La tentation défendue

NINA BRUHNS

La tentation défendue

NOCTURNE

éditions Harlequin

Titre original : LORD OF THE DESERT

Traduction française de FABRICE CANEPA

83-85, boulevard Vincent-Auriol, 75646 PARIS CEDEX 13.
Service Lectrices — Tél. : 01 45 82 47 47
www.harlequin.fr

ISBN 978-2-2802-3288-3 — ISSN 2104-662X

1

Je l'ai vu dans chacun de ses contours,
Evitant la douleur, libre de tout désarroi.

Litanie récitée par la prêtresse lors de la cérémonie des YEUX ET DE LA BOUCHE.

Désert Occidental,
Haute-Egypte, de nos jours

La première fois qu'elle l'aperçut, elle en eut le souffle coupé.

Et ce moment qui avait fait basculer son existence resterait gravé dans la mémoire de Gillian Haliday pour le reste de sa vie, ce qui, pour une immortelle, représentait tout de même un laps de temps assez considérable…

Gillian avait attaché à un palmier Dawar, le cheval qu'elle montait ce jour-là. Il encensa et fit voler d'un coup de sabot un petit nuage de poussière, trahissant une nervosité qui ne lui était pas coutumière.

— Qu'y a-t-il, mon vieux ? lui demanda-t-elle en flattant doucement le cou de l'animal.

Peut-être était-il tout simplement aussi las et assoiffé qu'elle après cette longue chevauchée à travers le désert.

Jetant un coup d'œil à sa montre, Gillian constata qu'il était midi passé.

— Mehmet ! appela-t-elle.

Son assistant sauta au bas de sa propre monture et vint la rejoindre en courant.

— Occupe-toi des chevaux puis tâche de manger un morceau. Tu n'as que la peau sur les os !

Mehmet lui décocha un large sourire et hocha vigoureusement la tête.

— Bien, mam'zelle, s'exclama-t-il.

Gillian se mit en marche en direction du sanctuaire de Sekhmet, où ses deux sœurs et elle s'étaient donné rendez-vous pour déjeuner.

Elle aperçut leur Land Rover cabossée garée non loin de là et, par l'une des fenêtres du temple, elle vit Gemma qui déballait la glacière et disposait le contenu sur la couverture qu'elle venait d'étendre sur le sol dallé.

C'est alors que quelque chose attira son attention. Elle n'aurait su dire ce dont il s'agissait au juste : un bruit presque indistinct, une ombre à peine entrevue ou une simple intuition. Mais elle sentit un frisson la parcourir et chercha des yeux ce qui avait pu la faire réagir de la sorte.

Portant la main en visière à son front pour se protéger de l'éclat aveuglant du soleil, elle scruta les environs. A l'est de l'endroit où elle se trouvait, on voyait scintiller le Nil qui formait à cet endroit une boucle paresseuse.

Source de vie depuis des millénaires, il était entouré d'une large bande de végétation dont la luxuriance contrastait avec l'aridité ambiante. Mais sur la rive ouest, cet improbable éden cédait rapidement place au désert. Une piste poussiéreuse s'y enfonçait.

Durant des siècles, elle n'avait été empruntée que par les plus courageux et les moins superstitieux des aventuriers et des pilleurs de tombe. Puis les archéologues étaient arrivés, dissipant les terreurs ancestrales et dévoilant les secrets de cette civilisation disparue.

Tous avaient suivi cette piste qui s'élevait progressivement sur un kilomètre environ et s'arrêtait au pied des falaises de grès du *gebel*. C'était à l'ombre de ces falaises que se cachaient les sépultures des rois et des reines d'autrefois et les vestiges des temples où ils étaient allés prier.

Le *gebel* marquait la limite occidentale de la vallée du Nil. Il constituait une frontière intangible entre le monde moderne et celui des anciens. Et les habitants de la région avaient coutume de dire qu'au-delà de cette ligne de démarcation les vérités communément admises n'avaient plus de sens.

— Gillian ! s'exclama alors Gemma, tirant sa sœur de sa contemplation. Qu'est-ce que tu fabriques ? Viens nous aider au lieu de rester plantée là à bayer aux corneilles !

Gillian tenta vainement de s'arracher à l'étrange fascination que le *gebel* semblait exercer sur elle. Mais il lui semblait que son corps tout entier fourmillait d'une étrange impatience, comme si elle se trouvait au seuil d'une révélation.

— J'arrive tout de suite ! répondit-elle.

Que lui arrivait-il donc ? Durant toute la matinée, elle s'était pourtant sentie très impatiente à l'idée de déjeuner en compagnie de ses sœurs. Après tout, les occasions de ce genre n'étaient pas si courantes.

Mais elle ne parvenait pas à se défaire de la sensation qu'elle avait d'être observée. Se tournant de nouveau vers le *gebel*, elle le parcourut des yeux, cherchant ce qui avait bien pu éveiller une telle impression.

Et c'est alors qu'elle le vit.

Le magnifique étalon à la robe plus noire que la nuit se tenait parfaitement immobile au sommet de la plus haute des falaises. Même à cette distance, elle fut frappée par l'impression de puissance qui émanait de l'animal. Il était très grand et son corps tout en muscles paraissait être taillé pour la course.

Gillian avait vu bien des chevaux au cours de son existence mais aucun n'aurait pu se mesurer à celui qu'elle avait sous les yeux. Et ce qui la stupéfiait le plus, c'était le fait que l'animal paraissait être sauvage. Elle aurait été prête à parier que jamais il n'avait connu la selle ou le mors.

Or cela n'avait aucun sens. Cela devait faire des siècles qu'on ne trouvait plus de chevaux sauvages en Egypte. De plus, celui-ci était bien plus massif que les étalons arabes originaires de la région. S'il en avait la grâce et la prestance, sa silhouette évoquait plus celle des chevaux européens.

Tout aussi étrange était la façon dont il se tenait parfaitement immobile. Gillian avait presque l'impression qu'il l'observait. C'était impossible, bien sûr : la faible acuité visuelle d'un cheval ne lui aurait certainement pas permis de la distinguer d'aussi loin.

Pourtant, elle aurait été prête à parier que le regard qu'elle avait senti peser sur elle était bien celui de l'animal. Et cette certitude irrationnelle lui arracha un frisson malgré la température ambiante qui avoisinait ce jour-là les quarante degrés.

Comme s'il savait qu'elle avait enfin pris conscience de sa présence, l'étalon se dressa sur ses pattes de derrière et sa silhouette magnifique se dessina à contre-jour. La beauté de cette scène était à couper le souffle et Gillian sentit son cœur s'emballer dans sa poitrine.

— Mon Dieu, murmura-t-elle, ébahie.

Elle se tourna alors vers ses sœurs.

— Vous avez vu ça ? s'exclama-t-elle.

Gemma se redressa et l'observa avec curiosité.

— Vu quoi ?

— Là-haut, sur le *gebel*, précisa Gillian.

Toutes deux se tournèrent dans cette direction mais l'étalon avait disparu aussi mystérieusement qu'il était apparu et il n'y avait plus rien d'autre à voir que l'imposante falaise de grès qui reflétait les rayons du soleil.

— Je ne comprends pas, murmura Gillian. Il était là, il y a un instant…

— De qui parles-tu ? s'enquit Josslyn, son autre sœur, en sortant à son tour du temple en ruine.

— Il y avait un cheval sauvage là-haut, répondit Gillian. C'était le plus bel étalon que j'aie jamais vu !

Joss secoua la tête d'un air incrédule.

— C'est impossible, dit-elle. Cela fait bien longtemps qu'il n'y a plus de chevaux sauvages dans le coin.

— Je sais pourtant ce que j'ai vu, insista Gillian.

— Si tu as vu un cheval, il appartenait probablement à l'un des clans de nomades qui campent en amont de la rivière, remarqua Gemma.

Gillian la rejoignit près du temple tandis que Joss

sortait une bouteille d'eau fraîche de la glacière et remplissait leurs gobelets. Les trois sœurs versèrent quelques gouttes sur le sol avant de vider leurs quarts à petites gorgées.

— Gemma a raison, déclara alors Joss. Ce cheval a dû s'échapper de son corral. Lorsqu'il verra combien l'herbe est rare dans les parages, il ne tardera probablement pas à retourner auprès de son propriétaire.

Gillian secoua la tête.

— Croyez-moi, cet étalon n'a jamais été dressé. Je sais que cela peut paraître absurde mais j'en mettrais ma main au feu.

Gemma et Joss échangèrent un regard intrigué.

— Qui sait ? déclara enfin celle-ci. Tu as peut-être rencontré le célèbre al Fahl…

— Al Fahl ? Le nom me semble familier, répondit Gillian en fronçant les sourcils. Qui est-ce, déjà ?

— Le héros d'une légende locale, répondit Joss. D'après les gens de la région, il s'agit d'un homme capable de se transformer à volonté en cheval. La version locale du loup-garou, en quelque sorte…

— Tu ne devrais pas prendre cela à la légère, objecta Gemma. La tradition orale prend souvent racine dans des faits bien concrets et la plupart des mythes ne sont qu…

— … qu'une version déformée de la réalité, compléta Joss d'un ton moqueur. Ne me dis pas quand même que tu crois aux chevaux-garous, maintenant ! Je sais que le soleil tape dur mais tout de même…

Ce n'était pas la première fois que Gillian assistait à ce genre de débat entre Gemma l'anthropologue et Josslyn l'archéologue. La première avait toujours été fascinée par les contes et légendes qui constituaient à ses yeux autant d'indices pour comprendre et interpréter la conscience collective d'un peuple.

Joss, au contraire, était l'archétype de la scientifique. A ses yeux, seuls comptaient les faits objectifs et démontrables, les indices matériels et tangibles. En tant qu'historienne, Gillian jugeait préférable de tenir le juste milieu et accordait autant d'importance aux éléments objectifs qu'à l'environnement mental qui les avait vus émerger.

Elle évitait donc prudemment de se laisser entraîner dans de telles discussions.

— Je me rappelle cette légende, dit-elle. Al Fahl, l'étalon fantôme…

— Il s'agirait d'un métamorphe maléfique, précisa Gemma. Selon la légende, il vit au plus profond du désert et ne s'approche des villages que pour enlever des jeunes femmes…

— … vierges, précisa Joss.

— Et de jeunes hommes pour faire d'eux les esclaves…

— … sexuels, intervint de nouveau Joss.

— … du puissant demi-dieu Seth-Aziz, compléta Gemma en lui lançant un regard noir.

— Tu as oublié de préciser qu'ils vivaient dans un gigantesque temple souterrain, ajouta Joss sans se laisser intimider le moins du monde. Comme tu le vois, ajouta-t-elle à l'intention de Gillian, tout ceci est parfaitement crédible et s'appuie certainement sur une réalité objective.

Craignant de vexer Gemma, Gillian s'efforça de réprimer le sourire qui lui montait aux lèvres.

— Ce Seth-Aziz n'était-il pas une sorte de vampire ? s'enquit-elle.

— Si, répondit Joss. Et comme personne ne saurait contester l'existence des vampires, nous tenons là la preuve qui nous manquait.

— Très drôle, répliqua Gemma. Mais le jour où tu accepteras de faire montre d'un esprit un peu plus ouvert, tu te rendras compte que ce mythe du vampire se retrouve dans presque toutes les cultures du monde. Le fait qu'une légende aussi communément répandue ne repose sur aucune réalité constituerait une aberration logique.

— Je n'ai jamais prétendu qu'il n'y avait pas une réalité à la base de cette légende, objecta Joss.

— Vraiment ? Et laquelle ?

— Tout simplement le fait que les hommes ont une imagination débordante et passent leur temps à inventer toutes sortes de monstres pour justifier leur peur de l'inconnu. Hier, c'était des vampires et des loups-garous, aujourd'hui, des extraterrestres…

— Tu es vraiment irrécupérable, soupira Gemma. Je crois que je n'ai jamais rencontré quelqu'un de plus matérialiste que toi.

— Tu dis cela comme s'il s'agissait d'un défaut, remarqua Joss. A mes yeux, c'est le plus beau des compliments !

— Ce que je ne comprends pas, intervint Gillian pour mettre un terme à leur dispute, c'est le rapport qu'il peut bien y avoir entre une légende moderne comme celle d'al Fahl et un demi-dieu antique comme Seth-Aziz.

— Excellente question, acquiesça Gemma. Il s'agit

effectivement d'un cas très intéressant de syncrétisme. D'après mes recherches, le mythe d'al Fahl n'apparaît que très tardivement. Il n'en est pas fait mention avant la fin du XIXe siècle. Il est donc probablement né d'un événement précis et on l'a rattaché à une légende plus ancienne afin de renforcer sa crédibilité…

— Un bel étalon chassant des vierges pour le compte d'un vampire, murmura Gillian. Tu parles d'un syncrétisme !

— Quoi qu'il en soit, si c'est bien un étalon que tu as aperçu au sommet du *gebel*, c'est probablement après ta jument qu'il en avait, intervint Joss.

— Dans ce cas, il sera très déçu, répondit Gillian en souriant. Je suis venu avec Dawar, aujourd'hui, et c'est un hongre.

— Mais si c'est bien al Fahl, c'est peut-être après Gillian qu'il en avait, remarqua Gemma avec un sourire malicieux.

— Et dans ce cas-là, il sera encore plus déçu, rétorqua Joss.

— Ne t'en fais pas pour ça : je me ferai un plaisir de te l'envoyer, répliqua Gillian.

En riant, toutes trois pénétrèrent dans le temple de la déesse Sekhmet.

Une fois de plus, Gillian se réjouit d'avoir retrouvé ses sœurs. Gemma travaillait pour la Dukes University aux Etats-Unis, Joss pour le musée royal d'Ontario au Canada et Gillian enseignait à Oxford, en Angleterre. En dehors des fêtes de fin d'année, elles ne se voyaient donc guère que lorsque leurs recherches respectives les conduisaient ensemble en Egypte.

Peut-être était-ce dans l'ordre des choses, d'ailleurs.

Car elles avaient passé une bonne partie de leur jeunesse dans ce pays, accompagnant dans ses campagnes leur égyptologue de père, qui cherchait à noyer dans le travail le chagrin que lui avait causé la mort de son épouse.

Chaque année, il revenait dans la vallée des rois, près de l'endroit où elle avait disparu. Là, il avait fouillé tombe après tombe, comme s'il espérait y trouver le moyen de la ramener auprès de lui.

Il avait même fini par quitter Chicago où il vivait depuis toujours pour s'installer définitivement ici. Et puis, un beau jour, il s'était enfoncé dans le désert pour rejoindre celle qu'il avait tant aimée et nul ne l'avait jamais revu.

Gillian ne lui avait jamais pardonné d'avoir baissé les bras et de les avoir abandonnées toutes les trois de cette façon. Obnubilé par son deuil, leur père n'avait pas voulu voir les responsabilités qu'il avait vis-à-vis de ses filles ni le mal qu'il leur ferait en les abandonnant.

S'efforçant de ravaler cette rancœur qui ne la quitterait sans doute jamais, Gillian s'adossa contre l'une des pierres massives du temple et croqua dans le sandwich que Gemma venait de lui tendre.

Tout en mangeant, elle écoutait d'une oreille ses sœurs qui devisaient joyeusement et laissait errer son regard sur le désert qui les entourait de toutes parts. Les gens lui demandaient souvent comment ses sœurs et elle pouvaient revenir aussi souvent dans ce pays qui leur avait ravi leurs deux parents.

Il lui était difficile de répondre à cette question de façon rationnelle. De fait, l'amour de l'Egypte était inscrit au plus profond d'elles-mêmes. C'était une passion qui coulait dans leurs veines et ne les avait jamais quittées. Malgré les nombreuses différences culturelles, malgré les risques que couraient parfois les étrangers et malgré le souvenir douloureux de ce qui était arrivé à leurs parents, elles se sentaient ici chez elle bien plus qu'en tout autre endroit au monde.

— Ohé, Gillian ? Gillian, ici la Terre !

Brusquement arrachée à sa rêverie, elle se tourna vers ses deux sœurs qui la regardaient avec un mélange d'amusement et d'indulgence. Elle secoua doucement la tête, s'efforçant de ravaler son humeur mélancolique.

— Désolée, s'excusa-t-elle. J'étais ailleurs...

Ses sœurs hochèrent la tête. Elles étaient habituées aux rêveries éveillées de Gillian. Lorsqu'elles étaient jeunes, celle-ci pouvait ainsi laisser vagabonder son esprit durant des heures. Evidemment, cela lui arrivait nettement moins souvent depuis qu'elle était adulte et que ses responsabilités avaient pris le pas sur son imagination fertile.

— Serais-tu en train de rêver à al Fahl ? ironisa Josslyn. Dommage qu'il ne s'agisse que d'un conte de fées et pas d'un homme de chair et de sang...

— Crois-tu vraiment que j'aie du temps à consacrer à un homme ? objecta Gillian d'un ton teinté d'autodérision.

De fait, au cours de ces dernières années, elle avait sacrifié tant de temps à son travail et à ses recherches qu'elle n'en avait pas eu beaucoup à consacrer à ses affaires de cœur. Cela expliquait d'ailleurs peut-être pourquoi celles-ci étaient si rares et si peu concluantes.

— Assez rêvassé, s'exclama-t-elle en se redressant. J'ai encore beaucoup à faire !

— Mais tu n'as même pas mangé de dessert, objecta Joss.

— Et tu as l'air épuisée, ajouta Gemma. Tu ferais sans doute mieux de rentrer à la villa avec moi et de t'accorder une petite sieste. Après tout, tu n'es pas obligée de chercher cette vieille tombe aux heures les plus chaudes de la journée !

— Je sens que je ne vais pas tarder à la trouver, objecta Gillian. Mon instinct me dit que c'est aujourd'hui ou jamais !

Cette fois, Gillian était revenue en Egypte à la demande du meilleur ami de l'un de ses mentors. Lord George Kilpatrick était un vicomte anglais qui cherchait à élucider un mystère familial. En 1885, l'un de ses ancêtres, le lieutenant Rhys Kilpatrick avait disparu quelque part entre la vallée des rois et la seconde cataracte.

Il faisait partie de la 19e compagnie de hussards qui avait été envoyée pour libérer Khartoum assiégée par les armées du Mahdi et qui était arrivée deux jours après la prise de la ville et l'exécution du général Gordon.

Officiellement, Rhys Kilpatrick était mort en héros lors de la bataille d'Abou Klea. C'était ce que rapportaient les archives militaires de l'époque que Gillian avait pu compulser. Mais une tout autre rumeur avait couru alors : selon elle, Kilpatrick aurait en fait déserté après s'être retrouvé mêlé aux agissements d'une étrange secte locale.

George Kilpatrick avait donc chargé Gillian de retrouver la tombe de son ancêtre et de dissiper ce mystère une bonne fois pour toutes.

— Justement, répondit Gemma. Où qu'elle soit, cette tombe sera toujours là demain !

Gillian prit une bouteille d'eau fraîche dans la glacière.

— J'ai perdu suffisamment de temps comme cela, répondit Gillian. Il faut que je vérifie les dernières informations dont je dispose.

— A propos, intervint Josslyn, tu ne trouves pas étrange que sa tombe puisse se trouver dans une sépulture datant de l'Egypte antique ?

— Pas si la rumeur dit vrai et que Kilpatrick s'est effectivement trouvé impliqué dans une quelconque secte, répondit Gillian.

— Et comment peux-tu être certaine que tu as trouvé la bonne tombe ? Il doit y en avoir des centaines dans les environs.

— Parce que la description que l'on m'en a faite semble correspondre avec certaines notes prises par notre père.

— A ce sujet, objecta Josslyn, j'ai eu l'occasion de constater que ses notes étaient souvent parcellaires et peu fiables.

— Les repérages que j'ai effectués ce matin m'ont permis de retrouver certains des sites qu'il mentionne, répondit Gillian, bien décidée à ne pas se laisser décourager. Je vous retrouve ce soir à la villa et, avec un peu de chance, nous sabrerons le champagne pour fêter la réussite de ma mission !

Sur ce, elle quitta le temple et rejoignit l'endroit où elle avait laissé son cheval. Mehmet l'attendait en mangeant des dattes. Cet adolescent d'un âge indéterminé se distinguait par son humeur joyeuse, son sourire communicatif et son agilité impressionnante.

Il paraissait connaître toutes sortes de personnes, des plus respectables aux plus louches. En fait, Gillian était même convaincue qu'il avait des contacts au-delà des frontières de l'Egypte et qu'au cas où elle devrait s'aventurer en territoire soudanais pour compléter sa mission il lui serait d'une aide précieuse.

— *Yalla*, Mehmet, lui dit-elle. Il est temps de nous remettre en route.

Elle le vit alors jeter un coup d'œil inquiet en direction du *gebel* avant de se tourner vers elle l'air hésitant.

— Alors, je n'ai pas rêvé ! s'exclama Gillian. Toi aussi, tu l'as vu !

Mehmet hocha la tête.

— Oui, mam'zelle. Et tu devrais faire attention. Je crois qu'il est venu pour toi !

— Nous parlons bien d'un cheval, n'est-ce pas ? lui demanda-t-elle en fronçant les sourcils.

— Oui mais ce n'est pas un cheval comme les autres, mam'zelle Gillian. C'est al Fahl !

Il n'y avait plus aucune trace de malice dans son regard. L'intelligence dont il faisait preuve et sa connaissance approfondie de l'Egypte et de ses habitants avaient tendance à faire oublier à Gillian qu'il n'avait probablement jamais été à l'école et croyait en toutes sortes de superstitions locales.

Or l'Egypte était pleine de contes et de légendes de cette espèce. C'était d'ailleurs l'une des raisons pour lesquelles Gemma avait choisi ce champ de recherches.

Tandis qu'elle se faisait ces réflexions, Mehmet avait porté la main à l'amulette qu'il portait autour du cou et qui représentait un *wedjat*, l'œil d'Horus. Selon les mythes égyptiens, cet œil était celui que Set-Sutekh, dieu des vents brûlants, du chaos et des ténèbres, avait arraché à son frère, Horus-Ra.

Mais contrairement à tous ceux qu'elle avait vus jusqu'alors, celui de Mehmet était orienté vers la droite et non vers la gauche. Elle avait toujours attribué cette bizarrerie au fait que le jeune garçon était originaire de Qurna, un village de la rive ouest du Nil, qui était autrefois associée au monde des morts.

— Ne me dis pas que tu crois à ces choses-là, objecta Gillian. Al Fahl n'existe pas vraiment...

Mehmet leva les yeux vers elle et, l'espace de quelques instants, elle eut l'impression de lire de la pitié dans son regard. Mais cette expression disparut presque aussi vite qu'elle était apparue et il haussa les épaules.

— Nous sommes en Egypte, mam'zelle, répondit-il enfin. Ici, la légende et la vérité ne sont qu'une seule et même chose.

2

J'entre pour le voir.

Ouverture de la cérémonie des Yeux et de la Bouche.

Lord Rhys Kilpatrick traversa le portail rehaussé d'argent qui menait au temple. Il traversa l'immense nef hypostyle pour accéder au sanctuaire intérieur, la partie la plus sacrée du palais souterrain de Khepesh où se déroulait la cérémonie d'ouverture des Yeux et de la Bouche.

En approchant de la chapelle, il entendit résonner les voix des prêtresses de Seth et comprit qu'il était en retard.

— Oh ! Seth-Aziz, entends-nous ! psalmodiaient-elles en chœur. Oh Seth-Aziz, viens à nous !

Le son cristallin de leur litanie résonnait tout autour de lui, éveillant d'étranges échos au cœur de ce temple immémorial. Identifiant aussitôt ce moment du rituel, il comprit que ce dernier était sur le point de s'achever.

De fait, lorsqu'il pénétra dans le sanctuaire, il s'aperçut que le sarcophage intérieur de Seth-Aziz avait déjà été redressé en position verticale devant la prêtresse Nephtys.

En temps normal, ce splendide cercueil recouvert de

feuilles d'or et incrusté de lapis-lazulis était protégé par une lourde tombe d'obsidienne ornée de nombreuses inscriptions magiques.

Mais il brillait à présent de mille feux, accrochant la lumière des centaines de bougies qui éclairaient la pièce et faisaient luire doucement les diamants qui décoraient le plafond bleu nuit.

La magnificence des lieux et la beauté de cette cérémonie ne manquaient jamais d'impressionner Rhys et, même après tout ce temps, il s'émerveillait souvent de la précision avec laquelle avait été conçue la tombe cinq fois millénaire de Seth-Aziz et l'immense palais qu'occupaient tous ceux qui, comme lui, vivaient pour le servir.

— A travers cette cérémonie, que soit purifié aussi notre dieu Set-Sutekh ! s'exclama Nephtys.

A quatre reprises, elle fit le tour du sarcophage en agitant le lourd encensoir de bronze qu'elle tenait à la main. Le mélange d'ambre gris et de myrrhe qui brûlait à l'intérieur laissait échapper une fumée entêtante.

Rhys se plaça discrètement au fond du sanctuaire. En réalité, sa présence ici n'était aucunement nécessaire. Seule Nephtys avait le pouvoir de procéder à la cérémonie mensuelle qui permettait d'arracher le demi-dieu au profond sommeil dans lequel il sombrait à chaque pleine lune. Pour cela, elle n'avait besoin que de l'aide de ses deux acolytes, ses *shemat*.

— Que le dieu ouvre les yeux et la bouche de son loyal serviteur, Seth-Aziz, pour qu'il puisse se présenter devant les neuf dieux qui veillent sur le palais de Khepesh et boire le sang de ses humbles servants, murmurèrent les trois prêtresses.

Bien que sa présence ne soit pas requise, Rhys se faisait un devoir d'être là chaque mois au surlendemain du jour de la pleine lune, à l'instant précis où se couchait le soleil et où commençait la cérémonie. De cette façon, il pouvait s'enquérir directement des besoins de ce demi-dieu qu'il en était venu à considérer comme son meilleur ami.

Les envies de ce dernier pouvaient être très variées : il pouvait tout aussi bien s'agir d'un type de nourriture particulier, d'une jolie femme, d'un livre ou simplement du sang d'une victime consentante. Ce dernier besoin était le plus rare et Seth-Aziz ne requérait plus désormais qu'un seul sacrifice de ce genre par an.

Rhys se concentra sur le rituel qui se poursuivait devant l'autel couvert de fleurs de lotus au centre duquel était posée une coupe emplie de vin. Nephtys lui adressa un léger sourire avant de s'emparer du sceptre que lui tendait l'une de ses assistantes. Il avait la forme d'un serpent et était surmonté par une tête de bélier, symbole de puissance et de vitalité.

Délicatement, elle le posa contre la bouche peinte du sarcophage puis sur chacun des yeux.

— J'ai ouvert tes yeux et ta bouche au moyen de ce sceptre de fer qui te fut confié par Set-Sutekh. Il est à l'image de celui qui éveilla les yeux et la bouche des dieux eux-mêmes. Qu'à son contact, ton *ka* se déploie, mon frère, et accède de nouveau à la vie !

La prêtresse leva les bras vers le ciel, imitée par ses deux acolytes. C'était la partie de la cérémonie que Rhys préférait, celle lors de laquelle s'accomplissait la véritable magie. Sous ses yeux, une forme brumeuse traversa le couvercle du sarcophage et se tint immobile devant lui.

Là, elle commença lentement à se matérialiser, prenant les traits d'un bel homme aux longs cheveux noirs et au visage sévère dont les traits évoquaient ceux qui ornaient depuis des millénaires les tombeaux des pharaons d'autrefois. Une fois de plus, le demi-dieu vampire, le grand prêtre Seth-Aziz, était revenu d'entre les morts.

Ou, du moins, se reprit mentalement Rhys, son *ka* était revenu. Car pour les égyptiens, l'homme était doté de plusieurs âmes qui remplissaient chacune une fonction différente. La plupart des servants de Seth-Aziz s'accordaient à dire que seul le *ka* de ce dernier, son double fantôme, en quelque sorte, traversait périodiquement la frontière qui séparait le royaume des vivants de celui des morts.

Selon eux, c'était la raison pour laquelle le demi-dieu avait besoin de consommer du sang pour se maintenir sur terre. En cela, il était différent de tous ceux qui vivaient dans le vaste palais de Khepesh. En fait, il ne restait plus qu'un seul de ses semblables en terre d'Egypte, Haru-Re, qui était à la fois son égal et son ennemi juré.

Rhys ne comprenait pas vraiment comment une magie aussi puissante pouvait continuer à opérer après plus de cinq mille ans. Et pourtant, mois après mois depuis cent vingt-cinq ans, il était témoin de ce miracle sans cesse renouvelé.

Cette fois encore, les paupières de Seth-Aziz s'ouvrirent lentement, laissant apparaître ce regard qui ne cessait de surprendre Rhys par le mélange de puissance et de sagesse qui s'en dégageait.

— Ma sœur, dit-il d'une voix forte et assurée à Nephtys qui s'inclinait légèrement devant lui, comme chaque fois que j'ouvre les yeux, ta beauté m'aide à chasser les songes de l'autre monde.

Nephtys lui sourit et s'approcha pour poser un petit baiser sur sa joue.

— Des rêves ou des cauchemars, *hadu* ? demanda-t-elle.

Le Gardien des Ténèbres haussa les épaules.

— Il n'y a pas de cauchemars, petite sœur, juste des songes que la peur nous empêche d'appréhender comme tels.

Seth-Aziz se tourna alors vers Rhys qui s'était approché de l'autel et posa une main amicale sur son bras.

— Et voici mon fidèle Anglais venu m'accueillir parmi les vivants, comme à son habitude.

— Je suis ton humble serviteur, seigneur.

Seth-Aziz éclata de rire.

— Tu n'es ni servile ni particulièrement humble, mon ami. Mais je suis sensible aux efforts que tu déploies pour me convaincre du contraire.

Après avoir embrassé Nephtys sur la joue, il prit Rhys par le bras et l'entraîna en direction de la salle hypostyle.

— Donne-moi des nouvelles du monde d'en haut, lui dit-il. Se serait-il produit des événements nouveaux auxquels il me faudrait faire face ?

Comme ils étaient sur le point de quitter le sanctuaire, Rhys adressa un petit signe de tête à Nephtys et un clin d'œil complice à ses deux *shemat*. Il suivit ensuite son maître à travers la pièce principale du temple, en direction de la porte d'argent qu'il venait de franchir, quelques minutes auparavant.

— Tout est calme, pour le moment, répondit-il. Mais je serais prêt à parier que cela ne durera guère…

— Penses-tu que notre guerre contre Haru-Re et les siens reprenne de plus belle ? s'enquit Seth-Aziz.

— C'est inévitable, répondit Rhys avec philosophie. A vrai dire, je suis même très surpris qu'un nouveau conflit n'ait pas encore éclaté. Ray doit mijoter quelque chose.

La lutte entre Seth-Aziz et Haru-Re se poursuivait depuis près de cinq mille ans, symbolisant la rivalité éternelle entre leurs divinités tutélaires, Set-Sutehk et Re-Horakhti.

Les anciens dieux de l'Egypte avaient aujourd'hui perdu quasiment tous leurs adorateurs et n'exerçaient donc plus qu'une influence très minime sur l'humanité. Mais les deux demi-dieux, ou *shemsu netru*, qui les servaient étaient demeurés sur terre et continuaient à mener l'un contre l'autre une guerre sans merci.

Ils étaient les derniers de tous les *shemsu netru*. Les uns après les autres, les avatars des autres dieux avaient été détruits par le fer, par le feu ou par la magie. Et aujourd'hui, il ne restait que deux cultes, deux *per netjer*, dont les grands prêtres respectifs étaient Seth-Aziz et Haru-Re, qui aimait aujourd'hui à se faire appeler Ray.

— Une rumeur court, en ce moment, reprit Rhys. Selon elle, Ray se cacherait quelque part dans le coin. Les espions de Shahin ne devraient pas tarder à rentrer de mission pour lui faire un rapport à ce sujet.

Le cheikh Shahin Aswadi était le capitaine des gardes de Seth-Aziz et un très bon ami de Rhys.

— Demande à Shahin de renforcer nos défenses, ordonna Seth-Aziz. Nous ne pouvons nous permettre de laisser Nephtys tomber entre les mains de Haru-Re.

Rhys hocha la tête. Il savait que Nephtys était une princesse née sur une île située très loin au nord de l'Egypte. Elle avait été l'esclave de Haru-Re mais avait été libérée par le père de Seth-Aziz qui l'avait adoptée comme sa fille, du temps où Seth-Aziz et Haru-Re étaient encore mortels.

Depuis, Nephtys était devenue l'une des prêtresses les plus puissantes qui aient jamais existé. Et aujourd'hui, elle était la dernière à connaître le rituel secret qui permettait de transformer un mortel en immortel. C'était d'ailleurs la raison pour laquelle Haru-Re était aussi farouchement décidé à récupérer son ancienne esclave.

— Nous devons nous préparer à livrer bataille, reprit Seth-Aziz. Et pour cela, nous devrons trouver de nouveaux serviteurs...

Tout en parlant, Rhys et son maître avaient traversé le temple et emprunté le couloir qui menait à la grande salle du conseil, devant laquelle ils se trouvaient à présent.

Rhys s'arrêta sur le seuil et considéra ce que Seth-Aziz venait de dire. Depuis que la grande prêtresse de Haru-Re était morte, ce dernier était incapable de transformer ses serviteurs mortels en servants immortels ou *shemsu* tels que Rhys ou Shahin.

La rumeur disait qu'il s'apprêtait à débaucher les

shemsu de son rival. Rhys n'avait pas encore été approché et, à sa connaissance, aucun de ses semblables non plus.

Par contre, il savait que Haru-Re avait pris le contrôle de plusieurs *shabti* de Seth-Aziz. Ces créatures étaient des humains privés d'esprit et de volonté qui servaient aveuglément le demi-dieu. Rhys déplorait le fait que Seth-Aziz ait recours à cette forme d'esclavage mais il savait aussi que tous les mortels n'étaient pas prêts à servir le seigneur des ténèbres pour l'éternité.

— Il se pourrait que le nombre de tes serviteurs augmente plus vite que prévu, remarqua Rhys d'un air sombre. D'après les informations dont je dispose, un mortel est sur le point de découvrir l'entrée de Khepesh qui se trouve dans ton ancienne tombe.

Seth-Aziz pénétra dans la salle du conseil au centre de laquelle trônait une immense table taillée dans l'ébène.

— Voilà bien notre chance, commenta-t-il d'un air sombre. Et qui est cet infortuné mortel ? Un pilleur de tombe ? Un archéologue ?

— Ni l'un, ni l'autre, semble-t-il. Il s'agirait d'une historienne à la recherche d'une sépulture bien plus récente que la vôtre, en fait…

— Que veux-tu dire ? s'enquit Seth-Aziz en fronçant les sourcils.

— Que c'est ma tombe qu'elle cherche, seigneur.

— La tienne ? Mais, par Osiris, qui donc pourrait vouloir retrouver ta tombe ?

Rhys haussa les épaules d'un air résigné : contrairement à Seth-Aziz, il s'attendait à ce qu'une telle chose se produise depuis 1885, l'année où il avait pris la décision de quitter l'armée de l'empire britannique pour rejoindre celle de son nouveau maître.

— La famille Kilpatrick l'a chargée de résoudre une fois pour toutes la question de ma mystérieuse disparition, répondit-il.

— On dirait que ton passé est sur le point de te rattraper, mon ami, remarqua Seth-Aziz avec un sourire amusé. Quoi qu'il en soit, si cette femme découvre l'existence de Khepesh, je n'aurai d'autre choix que de faire d'elle l'une de mes initiées. Que ce soit en tant que *shemsu* ou que *shabti* ne dépendra que d'elle…

Mehmet avait raison, songea Gillian comme tous deux progressaient en direction du *gebel*. En Egypte, légende et vérité n'étaient souvent qu'une seule et même chose. En fait, ce pays tout entier lui apparaissait parfois comme une gigantesque énigme qui ne se laisserait jamais vraiment résoudre. Et ce n'était pas là le moindre de ses charmes.

Mais elle était bien décidée à arracher aux sables du désert l'un de leurs secrets. Ainsi qu'elle l'avait dit à ses sœurs, elle était convaincue de la validité des informations qu'elle avait réussi à rassembler et du fait qu'elle ne tarderait pas à retrouver la tombe de Rhys Kilpatrick.

Une fois de plus, Gillian observa le *gebel* dont la masse ocre et beige emplissait à présent son champ de vision. Il réverbérait la lumière aveuglante du soleil en cette heure la plus brûlante de la journée où les Egyptiens avaient coutume de dire que seuls sortaient de chez eux les chiens et les Anglais.

De fait, la chaleur accablante pouvait fort bien causer la perte du malheureux qui ne s'entourait pas de toutes les précautions nécessaires. A cette époque de l'année, ceux qui s'aventuraient dans le désert devaient se munir de plusieurs litres d'eau et prendre soin de se couvrir pour éviter l'insolation.

C'est d'ailleurs la raison pour laquelle les archéologues avaient coutume d'interrompre leurs fouilles en cette saison. Malheureusement, Gillian et ses sœurs étaient bien trop occupées durant le reste de l'année et n'avaient d'autre choix que de profiter de leurs vacances d'été pour venir poursuivre leurs recherches personnelles.

En temps normal, Gillian aurait probablement suivi le conseil de Gemma et serait retournée à la villa le temps que la chaleur s'atténue un peu. Mais elle était bien trop impatiente de poursuivre la mission qui lui avait été confiée.

Bien sûr, s'il s'avérait que Rhys Kilpatrick avait bien déserté son régiment pour rejoindre une secte quelconque, il lui faudrait encore découvrir de quel mouvement religieux il pouvait bien s'agir.

Gillian savait que nombre d'entre eux avaient prétendu être les héritiers légitimes des anciens Egyptiens. Mais il s'agissait souvent de groupes proches des mouvances nationalistes et l'idée qu'un Anglais ait pu y être accepté était pour le moins étonnante.

Une chose était certaine, en tout cas : cela faisait bien longtemps qu'elle n'avait pas eu l'occasion de mener de telles investigations. Son poste de professeur d'université ne lui laissait que peu de temps pour se rendre sur le terrain et, si elle adorait enseigner, il lui arrivait de regretter le temps où elle se consacrait presque entièrement à la recherche.

— Mam'zelle ! s'exclama Mehmet, la tirant brusquement de ses réflexions.

Elle vit qu'il avait arrêté l'âne sur lequel il était juché. C'était un animal aussi résistant que têtu qui ne le quittait quasiment jamais. Et pourtant, lorsqu'elle lui avait demandé son nom, il l'avait considérée avec stupeur. Comprenant qu'elle était sérieuse, il lui avait répondu qu'un âne était comme une voiture et que même les Anglais ne donnaient pas de nom à leur voiture.

Estimant que Mehmet la prendrait pour une folle, Gillian s'était abstenue de répondre qu'elle-même l'avait fait.

— Qu'y a-t-il, Mehmet ? lui demanda-t-elle.

— Tu vois cette ombre, sur la roche ? lui demanda-t-il en tendant la main vers la falaise de grès. Je crois que c'est là que se trouve l'entrée que tu cherches, celle dont parle le carnet de ton père.

Gillian hocha la tête. La première chose qu'elle avait apprise en voyageant avec Mehmet, c'est qu'elle avait tout intérêt à se fier à ses intuitions. Elle était d'ailleurs convaincue qu'il en savait souvent plus long qu'il ne voulait bien l'admettre.

En bien des occasions, il lui avait permis d'accéder à des sites auxquels ils n'auraient pas dû avoir accès. Une fois, il l'avait même guidée jusqu'à une sépulture qui ne figurait dans aucun répertoire de fouilles. Il ne lui disait jamais d'où il tenait ses informations et elle s'abstenait prudemment de le presser de questions.

Gillian savait qu'il existait en Egypte des familles entières qui s'étaient spécialisées dans les fouilles clandestines et la revente sous le manteau d'antiquités. Depuis que les autorités du pays avaient renforcé les peines infligées aux trafiquants, certains d'entre eux s'étaient reconvertis en guides. Les autres avaient régularisé leurs activités.

Elle était convaincue que Mehmet avait ses entrées dans de tels réseaux clandestins. Bien sûr, elle s'était gardée de faire part de ses doutes à sa sœur Josslyn qui détestait les trafiquants et lui aurait conseillé de choisir un autre guide.

Or Gillian préférait payer grassement les services de Mehmet de façon à le convaincre qu'il avait autant à gagner en exerçant un métier honnête qu'en participant à un commerce illicite. Elle était également suffisamment réaliste pour savoir qu'il n'y avait pas grand-chose à attendre de la police des antiquités. Les salaires de ces fonctionnaires étaient si bas qu'ils ne pouvaient espérer survivre sans les généreux bakchich que leur offraient les trafiquants eux-mêmes.

— Tu penses qu'il s'agit vraiment de la tombe que je cherche ? demanda-t-elle en observant la tâche sombre que Mehmet venait de lui désigner sur la falaise.

— Peut-être, répondit-il en haussant les épaules.

Constatant qu'il n'osait pas la regarder dans les yeux, elle se demanda s'il avait vraiment le droit de la conduire jusqu'ici.

— Allons voir ça de plus près, déclara-t-elle.

Mehmet hocha la tête et éperonna son âne qui se remit à gravir lentement le sentier poussiéreux qu'ils suivaient depuis de longues minutes.

Gillian le suivit en se demandant ce qui pouvait l'inquiéter à ce point. Se trouvaient-ils sur les terres d'un autre village que le sien ? Généralement, les rivalités de ce genre étaient provisoirement mises de côté lorsqu'un étranger engageait un guide. Car il était de l'intérêt de tous que les touristes repartent satisfaits de leur séjour en Egypte.

Mais la tombe qu'ils s'apprêtaient à visiter était peut-être exploitée par l'un des réseaux de trafiquants d'antiquités et ceux-ci voyaient en revanche d'un très mauvais œil ceux qui osaient s'aventurer sur leur territoire.

Ne sachant que penser, Gillian décida une fois de plus de se fier au jeune Egyptien. S'il estimait que le jeu en valait la chandelle, elle était prête à le croire. Elle était d'ailleurs convaincue qu'il n'aurait jamais pris un risque totalement inconsidéré. Après tout, elle était une employeuse bien trop généreuse pour qu'il lui fasse courir un réel danger.

Au bout de quelques centaines de mètres, Mehmet arrêta de nouveau sa monture. Gillian observa la falaise mais ne vit plus trace de l'ombre qu'elle avait cru y distinguer.

— Je ne vois pas d'entrée, remarqua-t-elle.

— Je me suis peut-être trompé, répondit le jeune homme d'un ton qui sonnait faux.

Elle le vit porter furtivement la main à son amulette, ce qui lui confirma le fait qu'il était nerveux.

— Je vais aller jeter un coup d'œil, déclara-t-elle en mettant pied à terre.

Elle lui tendit les rênes et il les prit presque à contrecœur. Jamais elle ne l'avait vu aussi tendu qu'en cet instant mais cela ne faisait que renforcer sa propre curiosité. Quelque chose devait être caché dans les parages et elle était bien décidée à découvrir ce dont il s'agissait.

S'approchant de la paroi rocheuse, elle posa doucement ses mains sur la pierre dont la surface était rêche et brûlante sous ses paumes. Elle se concentra un instant, cherchant sans trop y croire à percevoir les vibrations dont parlait si souvent leur mère.

Celle-ci était persuadée que les sites sacrés émettaient une forme d'énergie que l'on pouvait percevoir si l'on se concentrait suffisamment. Elle avait aussi appris à ses filles à offrir une libation aux esprits chaque fois qu'elles buvaient dans un endroit sacré et à réciter une prière chaque fois qu'elles en traversaient un.

Aujourd'hui encore, Gillian et ses sœurs continuaient à respecter ces traditions, moins par croyance que par habitude et par attachement au souvenir de leur mère.

— Il n'y a rien ici, déclara Mehmet. Peut-être devrions-nous poursuivre un peu notre route…

— Tiens, tiens, murmura Gillian qui, en levant la tête, venait d'apercevoir l'ombre entrevue un peu plus tôt.

De près, aucun doute n'était permis : il s'agissait bien d'une anfractuosité dans la falaise. Et si elle était aussi difficilement détectable, c'est parce qu'elle était en grande partie masquée par une excroissance rocheuse. Gillian chercha des yeux un moyen d'accéder à cette fissure et remarqua alors l'étroite corniche qui courait le long de l'escarpement.

Plaquant son dos contre la paroi, elle commença à la suivre prudemment.

— Mam'zelle ! Ne fais pas ça, c'est dangereux ! s'exclama Mehmet. Tu vas tomber !

Mais Gillian était bien trop excitée par sa découverte pour tenir compte de ses mises en garde. D'autant que, en se rapprochant de la faille qu'elle avait repérée, elle constata qu'il s'agissait bel et bien de l'entrée d'une grotte.

— J'ai trouvé une ouverture ! cria-t-elle à son guide. Je vais aller voir ce qu'il y a à l'intérieur !

— Mam'zelle Gillian, ce n'est pas prudent...

Elle détacha la puissante lampe torche qui était attachée à sa ceinture, juste à côté du fourreau de son poignard.

— Je vais juste jeter un coup d'œil, dit-elle.

Sur ce, elle alluma sa lampe et se glissa dans l'étroite ouverture. Il lui fallut quelques instants pour adapter son regard au brusque changement de luminosité et elle s'aperçut alors qu'elle se trouvait dans ce qui devait être l'antichambre d'une tombe très ancienne.

En soi, cela n'avait rien de très surprenant : la falaise tout entière était un véritable gruyère percé de sépultures. La plupart avaient été explorées depuis bien longtemps par les générations de pilleurs de tombes et d'archéologues qui s'étaient succédé dans la région.

Celle-ci ne faisait probablement pas exception. La pièce dans laquelle elle venait de pénétrer était d'ailleurs totalement vide. Gillian balaya les murs du faisceau de sa lampe à la recherche de bas-reliefs ou de peintures qui pourraient lui en apprendre un peu plus.

Mais les parois étaient totalement nues et aucune ouverture ne permettait d'accéder à une autre salle. Une vive déception l'envahit et elle fut tentée de faire demi-tour. Mais à cet instant précis, Mehmet passa la tête par l'ouverture. Il contempla d'un air inquiet la salle dans laquelle se trouvait Gillian et effleura de nouveau son amulette.

— Tu vois ? lui dit-il. Il n'y a rien ici. Nous ferions mieux de partir…

Une fois de plus, elle eut la troublante conviction qu'il cherchait à tout prix à l'éloigner de cet endroit. Mais elle ne parvenait pas à comprendre ce qui pouvait bien l'y pousser.

— Attends une seconde, lui dit-elle en s'avançant vers le centre de la pièce.

Une fois de plus, elle observa les murs qui l'entouraient de toutes parts, cherchant ce qui pouvait bien expliquer l'étrange attitude de Mehmet.

Ce n'est qu'alors qu'elle repéra la fente presque imperceptible qui courait sur le mur du fond. Peu de gens l'auraient remarqué mais elle avait passé toute sa jeunesse auprès d'un père qui ne vivait plus que pour ce genre de découvertes et elle avait appris très tôt à identifier le moindre indice.

Un frisson la parcourut tandis qu'elle s'approchait de la fissure. C'était sans doute ce qu'avait ressenti Howard Carter lorsqu'il se trouvait encore sur les marches qui conduisaient à la tombe de Toutankhamon.

— Mam'zelle, s'il te plaît, allons-nous-en, la supplia Mehmet. Nous ne devrions même pas être ici… Quittons cet endroit avant qu'il ne nous arrive malheur !

Gillian se tourna vers lui et constata qu'il était à présent terrifié. Si c'étaient vraiment des trafiquants d'antiquités qu'il redoutait, ils devaient être plus cruels encore que ne le laissait imaginer leur réputation.

— Mehmet, plaida-t-elle, tu sais que tu peux me faire confiance. Quoi que puisse contenir cette tombe, cela ne m'intéresse pas. Tout ce qui m'importe, c'est de retrouver la stèle de Kilpatrick. Si elle est là, je prendrai quelques photos puis je m'en irai. Je te promets que je ne révélerai à personne l'existence de cet endroit.

Mehmet secoua la tête d'un air désespéré.

— Tu ne comprends pas…

— Va me chercher mon appareil photo qui se trouve dans l'une des fontes de ma selle. Plus vite je trouverai la tombe de Kilpatrick et plus vite nous partirons d'ici.

Il la contempla durant quelques instants d'un air hésitant puis parut comprendre que Gillian ne changerait pas d'avis. Il se détourna alors en marmonnant quelque chose qui aurait pu être une prière.

Elle refusa pourtant de se laisser impressionner et dégaina son poignard qu'elle inséra délicatement dans la fente qu'elle avait remarquée. Elle descendit très doucement, cherchant un éventuel mécanisme d'ouverture.

La présence d'un tel système indiquait que la tombe dans laquelle elle se trouvait datait de la période ptolémaïque. Avant cette époque, les Egyptiens ne disposaient pas de ce genre de mécanismes complexes. De plus, ils n'étaient généralement utilisés que dans les temples, ce qui pouvait signifier qu'elle se trouvait dans la tombe d'un prêtre.

Sa présence en cet endroit était pourtant étonnante : les Grecs et leur technologie étaient majoritairement demeurés cantonnés dans le nord de l'Egypte et l'on ne trouvait que peu de traces de leur passage aux environs de Thèbes.

Un cliquetis métallique signala à Gillian qu'elle ne s'était pas trompée. Elle appuya et le système s'enfonça, faisant naître au cœur de la tombe un grondement sourd.

Un système de contrepoids avait dû se déclencher

et la pierre qui se trouvait devant elle recula dans le mur, révélant dans le sol un escalier qui permettait d'accéder à une salle située en contrebas.

La gorge serrée par l'émotion, Gillian essuya ses paumes moites de transpiration sur son pantalon. Elle prit alors une profonde inspiration et, ravalant son angoisse, commença à descendre les marches.

3

Cours vers ta promise,
Plus vite que l'étalon porté par le vent...

CHANSON DU NOUVEL EMPIRE.

— Elle est tout près d'ici, à présent, murmura Seth-Aziz. Je peux déjà sentir l'odeur de son sang...

Rhys fronça les sourcils. Il n'aurait jamais pensé qu'elle parviendrait à découvrir aussi rapidement l'entrée du royaume souterrain.

— Que veux-tu que je fasse d'elle, seigneur ? Dois-je l'effrayer ? La capturer ? Ou l'éliminer purement et simplement ?

Seth-Aziz réfléchit à la question. Son visage ne trahissait pas la moindre émotion, rappelant à Rhys que celui qui était devenu son maître avait perdu son humanité, des siècles auparavant.

— Il ne faut pas qu'elle puisse rapporter à tes descendants l'existence et la signification des inscriptions qui te concernent, déclara enfin Seth-Aziz.

— Ce serait risqué, concéda Rhys.

Il avait déjà eu bien assez de mal à empêcher Howard Carter et Herbert Carnarvon de s'intéresser de trop près à cette tombe qui dissimulait l'une des entrées de Khepesh. Il avait même dû inventer cette histoire de malédiction pour les dissuader de poursuivre leurs recherches.

Un grondement se fit alors entendre, l'arrachant à ses souvenirs pour le ramener à l'instant présent.

— Cette fois, c'est fait, murmura-t-il. Elle a trouvé le mécanisme…

Rhys se sermonna intérieurement. Comprenant que Gillian Haliday se rapprochait un peu trop, il avait demandé à Mehmet de la conduire directement jusqu'à l'antichambre de la tombe. Il espérait que cette salle vide suffirait à décourager sa curiosité et n'avait pas imaginé qu'elle trouverait le passage secret.

De toute évidence, il l'avait sous-estimée.

— En découvrant ce passage, elle vient de sceller son destin, déclara alors Seth-Aziz.

— Veux-tu que nous la capturions ? demanda Rhys.

Il savait que la seule alternative pour Gillian était la mort et l'idée de la tuer lui répugnait. Après tout, elle n'avait fait qu'accomplir la mission dont on l'avait chargée et s'en était même acquittée avec un certain brio. Il paraissait assez injuste de la condamner à mort pour cela.

— As-tu vu cette femme ? lui demanda alors Seth-Aziz.

— Ce matin même, acquiesça Rhys. Mais d'assez loin.

— L'un de tes hommes est en contact avec elle, n'est-ce pas ?

— Mehmet, en effet. Lorsque j'ai appris l'objet de sa mission, je lui ai demandé de se débrouiller pour qu'elle l'engage comme guide.

— Et que t'a-t-il raconté à son sujet ?

— Qu'elle est américaine mais qu'elle travaille en Angleterre comme professeur d'histoire. Elle a passé une partie de son enfance en Egypte mais son père y est mort. Elle est très proche de ses deux sœurs qui se trouvent elles aussi en Egypte en ce moment même...

— Penses-tu qu'elle ferait un bon initié ?

— Elle a toutes les qualités requises, acquiesça Rhys, rassuré par le tour que prenait la conversation. Evidemment, il est très difficile de savoir comment un mortel réagira en ta présence...

De fait, certains étaient si terrifiés de découvrir l'existence de Seth-Aziz et de ce monde souterrain que leur raison s'en trouvait profondément ébranlée. D'autres refusaient catégoriquement de le servir. D'autres encore commettaient l'erreur d'essayer de s'enfuir. Tous ceux-là allaient grossir les rangs des *shabti* qui servaient aveuglément Seth-Aziz.

Rares étaient les élus qui, appelés à le servir de leur plein gré, finissaient par recevoir le don de la vie éternelle. Et Rhys avait parfaitement conscience d'être un privilégié.

— Je pourrais peut-être l'utiliser lors du rituel du Renouveau, remarqua Seth-Aziz d'un ton pensif. Et puis, qui sait ? Si elle me plaît, j'en ferai peut-être ma concubine. Cela fait bien longtemps que je n'ai pas eu de femme à mes côtés...

Rhys pesta intérieurement. En observant Gillian, ce matin même, il s'était fait exactement la même réflexion. Car s'il appréciait le don d'immortalité qu'il avait reçu de Seth-Aziz, la solitude lui pesait parfois.

Mais si son maître faisait de la jeune femme sa concubine attitrée, il n'aurait d'autre choix que de s'incliner sous peine d'encourir le bannissement ou même la mort.

— Elle pourrait effectivement prendre part au rituel du Renouveau, acquiesça-t-il. Si Nephtys donne son accord, bien sûr…

— Certes, acquiesça Seth-Aziz. Mais je me demande si le jeu en vaut la chandelle. Comme tu le sais, j'ai toujours apprécié la compagnie des étrangers. Ils m'apportent un point de vue différent sur les affaires de ce monde. Cependant, les faire disparaître comporte souvent un risque plus important. Je ne voudrais pas attirer sur nous l'attention des autorités égyptiennes ou américaines…

Rhys considéra longuement la question.

— Je ne pense pas que nous aurons ce genre de problème, répondit-il enfin. Comme je te l'ai dit les deux sœurs de Mlle Haliday se trouvent en Egypte. Je n'aurai probablement aucun mal à les envoûter de façon à ce que leur témoignage explique aux yeux du monde la disparition de Gillian. Personne ne songera à mettre en doute leur parole.

— Il serait peut-être plus prudent d'organiser un véritable accident, remarqua Seth-Aziz.

— Mais tu as dit toi-même qu'il allait nous falloir recruter de nouveaux adeptes en prévision de la guerre prochaine contre Ray, objecta Rhys. De plus, il nous faudra de toute façon trouver quelqu'un pour la cérémonie du Renouveau.

— C'est vrai, acquiesça Seth-Aziz. Une fois de plus, c'est toi qui as raison, mon ami. Faire d'une pierre deux coups nous épargnera sans doute de prendre des risques inutiles. Va trouver cette jeune aventurière, jauge la situation puis tâche de faire en sorte que cette Gillian se présente volontairement devant moi. Mais si elle cherche à te résister, prends les mesures qui s'imposent. Nous avons suffisamment de problèmes comme cela, ces temps-ci.

— Ce sera fait, seigneur, répondit Rhys en s'inclinant.

Sur ce, il se détourna et quitta la salle du conseil à grands pas. Il avait hâte de se retrouver enfin face à Gillian. La facilité déconcertante avec laquelle elle avait retrouvé la trace de sa tombe l'avait impressionné. C'est d'ailleurs la raison pour laquelle il avait demandé à Mehmet d'organiser une première rencontre.

Ce dernier avait fait montre de fort peu d'enthousiasme à cette idée. De toute évidence, il s'était attaché à Gillian. Mais il savait aussi ce qu'il en coûtait de trahir Seth-Aziz et s'était résolu à indiquer l'endroit où elle devait retrouver ses sœurs pour déjeuner ce jour-là.

Rhys avait enfin pu apercevoir celle qui avait été chargée par ses descendants de retrouver sa piste. Et il ne pouvait nier le fait qu'il avait été très favorablement impressionné par la vue de la jeune femme. Charmé serait sans doute plus juste, songea-t-il avec un demi-sourire.

Il n'aurait su dire ce qui en elle l'avait troublé à ce point. Sans doute lui avait-elle rappelé ce monde qu'il avait choisi de laisser derrière lui, plus d'un siècle auparavant. Mais c'était le cas de la plupart des touristes et des archéologues qu'il voyait défiler dans la région à longueur d'année.

Non, il y avait en elle quelque chose de plus. Un mélange d'assurance et de grâce, peut-être. Ou bien encore la sérénité de ce regard qui l'avait transpercé de part en part…

Rhys secoua la tête. Le moment était sans doute mal choisi pour se laisser aller à une telle rêverie. Le plus important était de la capturer en douceur et de la convaincre qu'il ne lui voulait pas de mal. Il trouverait bien ensuite un moyen de persuader Seth-Aziz de ne pas la prendre pour compagne…

Conforté par cette résolution, Rhys remonta à vive allure le couloir qui traversait Khepesh sur toute sa longueur. Il franchit la grande arche occidentale et pénétra dans le labyrinthe de galeries souterraines qui séparait le palais du monde extérieur.

Rhys le connaissait par cœur et n'eut aucun mal à retrouver l'escalier qui conduisait à un accès secret situé au sommet du *gebel*. Il émergea sur le gigantesque plateau de grès qui dominait la plaine au centre de laquelle coulait paresseusement le Nil.

Là, il commença à tourner lentement sur lui-même en égrenant les mots de pouvoirs qui lui permettaient d'abandonner son apparence humaine pour prendre celle de son totem, l'étalon al Fahl.

Sous cette forme, il s'élança au galop sur le sentier poussiéreux qui lui permettrait de rejoindre rapidement la tombe que Gillian était en train d'explorer.

Comme elle commençait à descendre les escaliers qui venaient d'apparaître devant elle, Gillian se figea brusquement. Que se passerait-il s'il s'agissait d'un piège ? Si son passage enclenchait le basculement d'un nouveau contrepoids qui refermerait derrière elle l'entrée qu'elle venait de mettre à jour ?

L'idée de se retrouver enfermée dans cette tombe à tout jamais éveilla en elle une horreur insoutenable et elle faillit faire demi-tour et se précipiter vers la sortie en courant. Réprimant cet accès d'angoisse irrationnelle, elle se força à reprendre le contrôle de sa respiration.

Du faisceau de sa torche, elle balaya les escaliers et remarqua un levier métallique qui se trouvait au bas des marches. De toute évidence, il servait à ouvrir le passage vers la sortie. Rassurée sur ce point, elle reprit sa descente et déboucha sur une sorte de petit vestibule aux murs de couleur ocre.

Une ouverture se découpait au fond et elle s'en approcha, la gorge sèche à l'idée qu'elle était peut-être la première à pénétrer en ces lieux depuis des siècles. En découvrant la pièce suivante, elle ne put retenir une exclamation de stupeur mêlée d'admiration.

Oubliant toute peur, elle s'avança et contempla les murs entièrement recouverts de scènes peintes d'une rare finesse et de hiéroglyphes parfaitement calligraphiés. Contrairement à ce qu'elle avait imaginé en découvrant le mécanisme d'ouverture, le style de la tombe était caractéristique de l'Ancien Empire.

Cela signifiait probablement que l'antichambre qu'elle venait de traverser avait été construite à une période ultérieure de façon à protéger l'accès à la tombe proprement dite.

S'avançant vers la fresque qui recouvrait le mur, Gillian comprit qu'elle devait se trouver dans la sépulture d'un prêtre. Un cartouche indiquait le nom du dieu qu'il avait vénéré et servi : Set-Sutekh. On retrouvait d'ailleurs une représentation de la divinité dont la tête évoquait vaguement celle d'un chacal.

A ses pieds était prosterné un homme, probablement le prêtre lui-même. Comme ses deux sœurs, Gillian avait appris très jeune à lire le langage des anciens égyptiens. Elle n'eut donc aucun mal à déchiffrer le nom du personnage qui était écrit juste au-dessous : Seth-Aziz.

— Ça alors, murmura-t-elle, sidérée.

Se pouvait-il que ce haut personnage du culte de Seth soit lié d'une façon ou d'une autre à Seth-Aziz le vampire dont lui avaient parlé Joss et Gemma ?

Cette question ne fit que renforcer sa curiosité. Car elle était à présent certaine de ne jamais avoir entendu parler de cette tombe. Et cela ne pouvait signifier qu'une chose : elle avait découvert une sépulture qu'aucun archéologue n'avait encore eu l'occasion d'explorer.

C'était une occasion qui ne se rencontrait qu'une seule fois dans la vie d'un chercheur. Nombre d'égyptologues passaient leur vie entière à rêver d'une telle chance sans que jamais elle ne se concrétise. Josslyn elle-même serait probablement verte de jalousie en apprenant ce qu'elle venait de trouver…

En observant plus attentivement la fresque, elle constata avec étonnement que la peinture paraissait avoir résisté à l'assaut des années. On aurait presque dit qu'elle avait été soigneusement entretenue et restaurée au fil des siècles.

De nombreux personnages entouraient le prêtre. Il s'agissait probablement de membres de sa famille ou de fidèles appartenant à son culte. Auprès de chacun d'entre eux était inscrit un nom.

— Mehmet ! s'exclama-t-elle. Il faut absolument que tu viennes voir cela…

Elle s'interrompit brusquement en découvrant le personnage qui se trouvait à l'extrême gauche de la fresque.

— Voilà qui est étrange, murmura-t-elle.

L'homme portait une moustache, ce qui n'était jamais le cas des Egyptiens de l'Antiquité. Cela ne pouvait signifier qu'une chose : qu'il s'agissait d'un étranger, probablement un prisonnier qui avait su gagner la confiance et le respect du prêtre. Dans le cas contraire, jamais il n'aurait été représenté parmi ceux qui se trouvaient ici.

Fronçant les sourcils, elle s'efforça de décrypter son nom et comprit que le scribe qui l'avait inscrit avait eu du mal à retranscrire la sonorité inhabituelle de ce patronyme. Une telle transcription était encore compliquée par le fait que, tout comme les Arabes après eux, les Egyptiens omettaient le plus souvent les voyelles.

— Lard Rss Khelpetrech, déchiffra-t-elle d'une voix hésitante.

Un frisson glacé la parcourut et elle lâcha sa lampe torche qui heurta violemment le sol de pierre et s'éteignit, plongeant la tombe dans les ténèbres.

— C'est impossible… , articula Gillian.

Plus de quatre mille ans séparaient la mort de ce prêtre de Set-Sutekh de l'arrivée en Egypte de Lord Rhys Kilpatrick. Qui donc avait inscrit son nom dans cette tombe et pourquoi ?

Il était évident qu'il ne s'agissait pas d'une simple plaisanterie : l'artiste qui avait peint ce portrait maîtrisait à merveille la technique des anciens Egyptiens et avait parfaitement respecté les couleurs et les proportions des autres personnages de la fresque…

— Je vois que vous avez fini par me retrouver, fit alors une voix derrière elle.

Gillian ne put réprimer un hurlement d'effroi. Car celui qui venait de parler n'était pas Mehmet. Instinctivement, elle porta la main à la gaine de son poignard mais constata que son arme ne se trouvait plus à sa ceinture. Elle se trouvait toujours dans l'interstice qui cachait le mécanisme d'ouverture de la tombe.

— Qui est là ? demanda-t-elle en s'efforçant vainement de maîtriser la peur qui lui nouait le ventre.

Un bruit de pas se fit entendre et elle comprit que l'inconnu se trouvait dans la tombe, à quelques mètres d'elle. Elle se rappela alors l'inquiétude de Mehmet et se demanda avec angoisse s'il ne s'agissait pas d'un trafiquant d'antiquités qui tenait à ce que l'existence de cette tombe demeure secrète.

Elle regretta soudain de ne pas avoir suivi les conseils de son guide.

— N'ayez pas peur, ajouta la voix.

Le ton et l'accent de l'homme révélaient qu'il s'agissait probablement d'un Britannique bien éduqué et distingué. Mais cela ne suffit pas à la rassurer complètement : après tout, nombre d'historiens supposaient que Jack l'Eventreur appartenait à la famille royale d'Angleterre.

Les pas se rapprochèrent encore et Gillian recula. Hélas, elle se trouvait à présent acculée contre la fresque qui se trouvait derrière elle et l'inconnu lui bloquait la seule issue possible.

Plissant les yeux, elle chercha vainement à entrevoir quelque chose, fût-ce une ombre indistincte. Mais l'obscurité était si épaisse qu'elle ne voyait même pas ses propres mains. Les ténèbres l'oppressaient, l'empêchant presque de respirer.

Elle sentait également une sorte de faiblesse l'envahir insidieusement et comprit que quelque chose n'allait pas. Se pouvait-il que l'homme l'ait empoisonnée ?

— Qui êtes-vous ? demanda-t-elle d'une voix tremblante.

Les bruits de pas s'arrêtèrent juste devant elle, comme si l'homme était parfaitement capable de la voir malgré l'obscurité ambiante. Elle percevait distinctement sa présence à quelques centimètres d'elle seulement.

— Vous devriez le savoir, répondit l'inconnu d'un ton emprunt d'amusement. Après tout, vous avez fait un long chemin pour me retrouver.

— Que voulez-vous dire ?

— Je suis Lord Rhys Kilpatrick.

— Mais bien sûr, répondit-elle avec bien plus d'assurance qu'elle n'en éprouvait en cet instant. Et moi, je suis Amelia Edwards…

— Très amusant, commenta l'inconnu. Peu de gens de votre génération se souviennent de cette intrépide exploratrice…

Gillian ferma les yeux, prise d'un nouvel accès de vertige.

— Que m'arrive-t-il ? articula-t-elle d'une voix pâteuse.

— Ce qui arrive à tous les explorateurs imprudents. Ne vous a-t-on jamais dit que la curiosité était un vilain défaut ?

Gillian voulut lui répondre mais elle en fut incapable. Sa langue paraissait soudée à son palais et elle se sentait si faible qu'elle dut s'appuyer contre le mur.

Elle eut tout juste le temps de penser à ses sœurs et à l'inquiétude qu'elles éprouveraient en apprenant qu'elle avait disparu tout comme leurs parents. Puis, incapable de lutter plus longtemps, elle s'abandonna à l'emprise des ténèbres.

4

Le foyer est préparé, le feu y brûle,
L'encens est répandu,
Ton parfum m'envahit, puisse le mien t'envahir
Puis-je être auprès de toi comme tu es auprès de moi.

TEXTE DES PYRAMIDES N°269.

La prêtresse Nephtys était accoudée au bassin sculpté qu'elle avait coutume d'utiliser pour pratiquer la divination et qu'elle avait surnommé « l'œil d'Horus ». Ce bol avait été façonné des siècles auparavant dans un bloc d'ambre doré qui avait été soigneusement poli. Il était placé sur un élégant piédestal de pierre sculptée.

De tous les supports qu'elle avait eu l'occasion d'utiliser, l'œil d'Horus était incontestablement le plus fiable et le plus puissant. Les visions qu'il lui offrait étaient le reflet fidèle d'événements présents où à venir.

Nephtys s'empara du pichet rempli d'eau claire qui était posé à ses pieds. Elle remplit le bassin et attendit que l'eau redevienne étale avant de prononcer les formules d'enchantement.

Le cœur battant, elle attendit, se demandant si, une fois encore, elle verrait se dessiner le visage de l'homme qu'elle avait aimé et qui s'était débarrassée d'elle après avoir bu son sang et l'avoir possédée l'espace d'une nuit.

Sans doute n'avait-il jamais deviné ce qu'elle pouvait éprouver, à cette époque. Comment l'aurait-il pu, lui qui était grand prêtre de Re-Horakhti ? Il ne voyait alors en elle qu'une simple esclave. Peut-être avait-il été intrigué par la pâleur de sa peau ou par ses longs cheveux roux.

Nephtys, en revanche, avait été immédiatement subjuguée par l'aura de cet homme appelé à devenir un demi-dieu. Ses cheveux d'un noir de jais, sa peau à l'éclat doré et sa silhouette athlétique n'avaient d'égal que son intelligence aiguë, sa volonté hors du commun et les pouvoirs magiques dont il était doté.

A l'instant où son regard s'était posé sur lui, elle était tombée éperdument amoureuse. Sans hésiter, elle lui avait offert sa virginité et s'était donnée à lui corps et âme. Certes, elle n'espérait pas gagner le cœur de quelqu'un comme lui. Mais elle ne s'était pas non plus attendue à se faire éconduire de façon aussi brutale.

Haru-Re ne s'était pas contenté de mettre fin à leur liaison : il l'avait purement et simplement cédée au père de Seth-Aziz comme un objet devenu inutile dont il se serait débarrassé. C'était peut-être ce qui avait donné à Nephtys la force de s'arracher à sa condition d'esclave.

Profondément blessée par le traitement injuste dont elle avait fait l'objet, elle s'était jurée de faire payer à Haru-Re sa morgue et son mépris. Elle s'était vouée au culte de Set-Sutekh, l'ennemi du dieu Re-Horakhti que vénérait Haru-Re et elle s'était rapidement élevée dans la hiérarchie jusqu'à devenir grande prêtresse et unique dépositaire du secret de l'immortalité.

Haru-Re avait fini par s'apercevoir de l'erreur qu'il avait commise et, à maintes reprises, il avait tenté de la capturer de nouveau. Mais Seth-Aziz, son frère adoptif, l'avait toujours défendue, ne ménageant aucune dépense ni aucun effort pour assurer sa sécurité.

L'amour qu'il lui vouait l'avait aidée à panser les plaies que Haru-Re lui avait infligées. Elle évitait pourtant d'évoquer le nom adoré et haï de cet amant qu'elle n'était jamais vraiment parvenue à oublier. Aujourd'hui encore, elle se prenait parfois à rêver à ce qui aurait pu advenir s'il l'avait gardée auprès de lui.

Il lui arrivait cependant de voir apparaître les traits de Haru-Re dans l'œil d'Horus et de surprendre certains moments de son existence. L'expérience s'avérait invariablement aussi frustrante que douloureuse et ne contribuait guère à lui faire oublier ses griefs.

De plus, ces visions préludaient généralement à une reprise du conflit entre Haru-Re et Seth-Aziz. Or cette lutte sans merci semblait ne jamais devoir finir. Son frère adoptif soupçonnait d'ailleurs son immortel ennemi de préparer une nouvelle offensive. C'est la raison pour laquelle il lui avait demandé de consulter les oracles.

Ecartant toute pensée parasite, Nephtys se concentra sur l'œil d'Horus. Elle vit de petites rides naître à la surface puis se répandre de façon concentrique. L'eau se brouilla, annonçant l'apparition imminente d'une vision. Puis, tout aussi brusquement, elle redevint parfaitement étale et translucide.

Sur cet écran liquide, Nephtys vit apparaître la salle intérieure du temple et ses piliers en forme de papyrus. Au cœur de ce sanctuaire sacré, une cérémonie se déroulait et elle reconnut bientôt le rite annuel du Renouveau. Seth-Aziz officiait, bien sûr, et devant lui se tenait celle qui avait été choisie pour lui offrir son sang.

Surprise, Nephtys constata qu'il s'agissait d'une étrangère, tout comme elle. Elle avait de longs cheveux blonds et ses yeux très maquillés étaient verts. L'étole brodée qu'elle portait la désignait cependant sans aucun doute possible comme la sacrifiée réservée au demi-dieu.

Elle ne paraissait guère réjouie de l'honneur qui lui était fait. Son regard trahissait même une profonde terreur. Puis elle leva les yeux et son expression se modifia du tout au tout, la terreur cédant place à une profonde adoration. Nephtys sentit un sourire se dessiner sur ses lèvres : apparemment, son frère était sur le point de trouver une femme digne de lui.

Se pouvait-il qu'elle soit celle qui était destinée à siéger à ses côtés jusqu'à la fin des temps ? Celle avec laquelle il partagerait son immortalité ?

La vision se brouilla puis laissa place à une autre, plus éloignée encore dans l'avenir. Elle montrait de nouveau Seth-Aziz en compagnie de la jeune femme aux cheveux blonds. Tous deux se tenaient affectueusement par la main dans la grande salle où Seth-Aziz avait coutume de tenir audience.

La femme semblait pleine d'assurance et de sagesse et les suppliants qui se trouvaient devant elle la considéraient avec un respect évident. Mais tous paraissaient également en proie à une profonde angoisse.

Nephtys ne pouvait entendre ce qui se disait dans la salle des audiences, bien sûr, mais elle était convaincue qu'une telle inquiétude ne pouvait signifier qu'une chose : un nouveau conflit se préparait.

Or Seth-Aziz n'avait qu'un ennemi et ce dernier n'avait qu'un objectif : lui arracher Nephtys et le secret de l'immortalité.

Un frisson la parcourut tandis qu'un mélange de crainte et d'espoir s'immisçait en elle. Car si elle redoutait les conséquences d'une nouvelle guerre fratricide, une partie d'elle aspirait à retrouver celui qu'elle n'avait jamais cessé d'aimer…

Rhys rattrapa la jeune femme avant qu'elle ne s'effondre sur le sol de la tombe. Il se demanda alors ce qu'il était censé faire d'elle : devait-il la conduire directement à Khepesh ainsi que Seth le lui avait demandé ? Ou bien devait-il prendre le temps de lui expliquer ce qui l'attendait et le choix qui s'offrirait à elle ?

Certes, le temps pressait. Mais Rhys détestait l'idée que Gillian puisse finir sa vie en tant que *shabti*. En fait, il trouvait profondément écœurante l'existence même de ces serviteurs privés de conscience et de volonté et réduits à l'état de zombis. Pourtant, chaque fois qu'il avait suggéré à Seth-Aziz de mettre fin à cette pratique, ce dernier avait refusé de considérer ses arguments.

Fort heureusement, il existait pour Gillian une alternative bien plus plaisante : celle de servir le demi-dieu en tant que *shemsu*, jouissant ainsi de la vie éternelle et de tous les avantages que pouvait offrir Khepesh.

Certes, il n'était pas toujours aisé de renoncer à ses proches et à la vie telle qu'on la connaissait. Mais le palais souterrain offrait à ses habitants bien des plaisirs du corps et de l'esprit que jamais ils n'auraient pu imaginer du temps où ils étaient de simples mortels.

En fait, sans la menace incessante de Haru-Re et de ses cohortes, Khepesh aurait pu apparaître comme un véritable paradis terrestre…

Evidemment, songea Rhys en baissant les yeux vers la jeune femme qu'il tenait entre ses bras, même l'immortalité présentait quelques inconvénients. Le plus douloureux était cette insidieuse sensation de solitude qui s'installait au fil du temps.

Car en renonçant à la mort, les *shemsu* ne se coupaient pas uniquement de leurs familles et de leurs proches. D'une certaine façon, ils s'éloignaient de l'humanité tout entière pour devenir des êtres à part. Le secret auquel ils étaient astreints les empêchait de partager avec qui que ce soit une expérience qui, de toute façon, demeurait difficilement communicable.

Ni les amitiés ni les liaisons amoureuses avec des mortels ne pouvaient réellement atténuer cette solitude qui se trouvait encore renforcée par la mort de tous ceux à qui ils commettaient l'erreur de s'attacher.

Certains plongeaient lentement dans la folie jusqu'à ce que Seth-Aziz n'ait d'autre choix que de mettre fin à leurs souffrances. D'autres cultivaient un détachement parfait vis-à-vis du monde des humains.

Rhys avait décidé que le meilleur moyen de résoudre ce problème serait de trouver une compagne avec laquelle il serait susceptible de partager l'éternité. Et qui sait ? Gillian Haliday possédait peut-être les qualités requises pour cela…

Evidemment, si tel était le cas, il lui faudrait tout d'abord persuader Seth-Aziz de renoncer à l'idée de faire d'elle sa concubine attitrée. Mais la cérémonie du Renouveau n'aurait lieu que d'ici une semaine, ce qui lui laissait tout le temps de mieux faire connaissance avec Gillian et de parler à son maître si besoin était.

Rasséréné par cette perspective, Rhys gagna les escaliers qui menaient à l'antichambre de la tombe. Là, il prit soin de refermer le passage secret et de récupérer le poignard dont Gillian s'était servie pour en déclencher l'ouverture.

Sans doute devrait-il veiller à ce que cet accès au palais de Khepesh soit définitivement condamné pour éviter que ce genre d'incident ne se reproduise.

Emergeant de la sépulture, Rhys fut momentanément aveuglé par l'éclat du soleil.

— Qu'est-ce que vous faites ? entendit-il une femme s'écrier.

Son regard finit par s'accoutumer à la clarté ambiante et il distingua deux femmes qui se trouvaient en contrebas. Celle qui venait de parler avait entrepris de gravir la pente menant à la tombe tandis que l'autre braquait un fusil en direction de sa tête.

— Reposez-la immédiatement ! ordonna cette dernière d'une voix glacée.

Son assurance tendait à indiquer qu'elle savait se servir de son arme et qu'elle était prête à le faire. Fort heureusement, il lui faudrait bien plus que quelques balles pour avoir raison de Rhys.

— Vous devez être les sœurs de Gillian, remarqua-t-il.

Les deux jeunes femmes échangèrent un regard étonné. Elles ne s'attendaient apparemment pas à ce qu'il en sache autant à leur sujet et devaient se demander si elles ne s'étaient pas méprises sur ses intentions. Cette hésitation offrit à Rhys l'occasion dont il avait besoin.

Faisant appel à ses pouvoirs magiques, il projeta son esprit vers les leurs et en prit momentanément le contrôle.

— Vous allez oublier que vous nous avez vus, Gillian et moi, leur dit-il d'une voix très douce. Lorsque nous serons partis, vous reprendrez le cours de vos existences comme si cette rencontre n'avait pas eu lieu. Lorsque Gillian vous contactera et vous dira qu'elle a choisi de demeurer en Egypte et de vivre à mes côtés, vous n'éprouverez aucune inquiétude et ne chercherez pas à l'en dissuader. Est-ce bien compris ?

— Oui, murmurèrent-elles d'une seule voix.

Il savait qu'elles se plieraient à ces instructions. Il ne lui restait plus qu'à espérer qu'il parviendrait à convaincre Gillian de téléphoner à ses sœurs.

Rhys descendit la pente qui menait au pied de la falaise. Là, il fit basculer la jeune femme sur son dos en la retenant par les bras. Il récita alors la formule magique qui lui permettait de prendre la forme d'al Fahl, puis une seconde qui empêcherait Gillian de basculer à terre.

Après quelques instants d'hésitation, il s'élança au galop vers l'ouest. La maison qu'il possédait au cœur du désert offrirait un cadre plus propice que Khepesh à la discussion difficile qui les attendait.

Lorsque Gillian reprit conscience, elle s'aperçut tout d'abord qu'elle se trouvait allongée sur un matelas moelleux. Il était bien plus confortable que celui qu'elle occupait dans la villa qu'elle avait louée avec ses sœurs. Et, sous ses doigts, les draps avaient une douceur satinée.

Où se trouvait-elle donc et comment était-elle arrivée jusqu'ici ?

— Ah, vous voilà enfin de retour parmi les vivants, fit une voix puissante et masculine.

Le cœur battant, elle ouvrit les yeux et découvrit un homme assis au bord du grand lit sur lequel elle reposait. Son visage était des plus remarquables avec des traits patriciens, une peau halée par le soleil et une moustache noire qui barrait sa lèvre supérieure et lui donnait un air de distinction et d'autorité.

Mais ce qui attira le plus l'attention de Gillian, ce furent ses yeux. Ils étaient de couleur ambrée et trahissaient un mélange d'assurance, de vigilance et d'intelligence aiguë. Il y avait quelque chose de prédateur dans ce regard et elle se fit brusquement l'effet d'être une proie.

Un frémissement la parcourut des pieds à la tête tandis que la mémoire lui revenait soudain : elle se trouvait très probablement en face de l'homme qui l'avait surprise dans la tombe. S'agissait-il d'un pilleur de sépultures ? D'un brigand qui l'avait enlevée pour obtenir une rançon ? D'un terroriste qui entendait la retenir en otage ?

Aucune de ces possibilités ne semblait très rassurante.

— Où suis-je ? parvint-elle à articuler en s'efforçant vainement de maîtriser l'angoisse qui l'étreignait.

Il lui décocha un sourire qui, en d'autres circonstances, aurait pu être qualifié de charmant.

— Vous vous trouvez sur mon domaine, répondit-il.

Vous vous êtes évanouie dans cette tombe. Heureusement que j'étais là pour vous rattraper…

Une fois de plus, elle fut frappée par son accent britannique et sa diction raffinée. Il y avait quelque chose de compassé dans sa façon de s'exprimer.

— J'imagine que je vous dois des remerciements, lui dit-elle prudemment.

Elle préférait s'abstenir de répondre que si elle s'était évanouie, c'était parce que sa brusque apparition l'avait terrifiée.

— Vous n'avez pas vu mon guide ? lui demanda-t-elle. Un jeune homme nommé Mehmet.

— Je n'ai vu personne, répondit l'inconnu. J'avoue que cela m'a quelque peu surpris. Mais j'imagine qu'il a dû s'enfuir en vous voyant pénétrer dans cette tombe. Nombre de villageois considèrent que l'endroit est hanté, voyez-vous…

Gillian hocha la tête. Cela pouvait effectivement expliquer l'étrange attitude de Mehmet. Elle avait pourtant du mal à croire qu'il ait pu l'abandonner de cette façon.

— Voulez-vous que j'appelle un médecin ? proposa l'homme.

— Ce n'est pas la peine, répondit-elle en se forçant à sourire. Par contre, je ne refuserais pas un verre d'eau. Je suis assoiffée…

— Cela ne m'étonne pas : vous étiez brûlante lorsque je vous ai amenée ici. Je me suis d'ailleurs permis de vous ôter votre veste.

Gillian s'aperçut alors qu'elle était en T-shirt et que l'homme lui avait également retiré ses bottes. Ce constat ne fit qu'ajouter à l'impression qu'elle avait de se sentir terriblement exposée.

— Vous avez dû attraper une légère insolation, reprit son hôte. C'est peut-être la raison pour laquelle vous vous êtes évanouie dans la tombe.

Il se leva et alla prendre un verre qui se trouvait sur une petite table, près d'un pichet d'eau. Après l'avoir rempli, il le rapporta à Gillian, qui le vida en quelques gorgées.

— Vous devriez peut-être prendre un bain pour vous rafraîchir, suggéra l'inconnu. Cette porte mène à une salle de bains où vous trouverez tout ce dont vous pourriez avoir besoin. Je vais demander à ce que l'on vous apporte des vêtements propres.

— C'est vraiment très gentil à vous, répondit Gillian, troublée.

Se pouvait-il qu'elle se soit trompée au sujet de cet homme ? Il paraissait être un modèle de civilité et de prévenance. Pourtant, son instinct lui soufflait qu'elle avait affaire à quelqu'un de dangereux.

— Je vais vous laisser, à présent. Venez me rejoindre dans le salon lorsque vous serez prête.

— Nous ne nous sommes même pas présentés, remarqua-t-elle tandis qu'il se dirigeait vers la porte. Je suis Gillian Haliday.

— Gillian est un très joli prénom, répondit l'homme en souriant. Quant à moi, je me suis déjà présenté, lorsque nous étions dans la tombe. Vous ne vous le rappelez pas ?

Gillian fronça les sourcils, s'efforçant de dissiper le brouillard qui paraissait occulter le souvenir de ce qui s'était passé dans la sépulture. Et lorsque la mémoire lui revint enfin, elle ne put réprimer un hurlement d'effroi.

Car cet homme, qui s'était effectivement présenté à elle sous le nom de Rhys Kilpatrick, était le portrait craché du personnage moustachu qu'elle avait aperçu sur la fresque de Seth-Aziz.

5

Je suis assise, les cheveux décoiffés,
Et mon cœur se souvient de l'amour que nous partagions autrefois,
Alors, les cheveux décoiffés, je m'élance
Et je cours pour aller te retrouver.

CHANSON DE LA FILLE DE L'OISELEUR.

— Qui êtes-vous vraiment ?

Rhys reposa la bouteille de pouilly-fuissé qu'il venait de déboucher et se tourna vers Gillian qui l'avait rejoint. Elle se tenait sur le seuil du grand salon, toujours vêtue de la tenue poussiéreuse qu'elle portait lorsqu'il l'avait surprise dans la tombe.

De toute évidence, elle ne lui avait pas fait suffisamment confiance pour prendre un bain et s'était contentée de se rafraîchir le visage et la nuque. Ses beaux cheveux blonds étaient légèrement humides, ce qui renforçait encore sa sensualité naturelle.

Rhys ne put s'empêcher de laisser son regard s'attarder sur sa bouche pulpeuse. Il vit alors ses joues s'empourprer légèrement et comprit que le soudain accès de désir qu'elle avait éveillé en lui n'était pas passé inaperçu.

Il se promit de faire preuve d'un peu plus de discrétion à l'avenir. Mais cela faisait bien longtemps qu'il ne s'était pas senti à ce point sous le charme. Il aurait d'ailleurs été prêt à parier que cette attirance n'était pas unilatérale. Mais il était évident qu'en cet instant la peur et la méfiance qu'il inspirait à Gillian l'emportaient sur tout autre sentiment.

Elle avait cependant réussi à dominer l'effroi qu'elle avait éprouvé en apprenant son identité. Sans doute pensait-elle qu'il lui avait menti à ce sujet. Rhys savait que le positivisme qui était né à son époque était devenu la norme : les explications irrationnelles n'avaient plus cours dans un monde que l'homme croyait dominer complètement.

L'existence des dieux égyptiens ou de leur magie devait paraître absurde aux yeux d'une femme aussi intelligente et cultivée que Gillian. N'était-ce pas ce que lui-même avait pensé, la première fois qu'il avait entendu parler du royaume souterrain de Khepesh ?

Il allait sans doute lui falloir un peu de temps pour la convaincre que tout ce qu'elle avait tenu pour vrai ne représentait en fait qu'une infime fraction de la réalité et qu'il existait des phénomènes qui ne pouvaient se réduire à un enchaînement rationnel de causes et d'effets.

— Puis-je vous offrir un verre de vin ? proposa-t-il.

Elle s'avança dans la pièce d'un pas hésitant.

— Répondez d'abord à ma question, lui dit-elle.

— Je vous l'ai dit : mon nom est Rhys Kilpatrick.

— Le lieutenant Rhys Kilpatrick est mort, il y a cent vingt-cinq ans, objecta-t-elle.

— C'est exact.

Cette réponse parut la rassurer quelque peu.

— Vous seriez donc son homonyme ? lui demanda-t-elle. Un descendant, peut-être ?

Rhys soupira intérieurement.

— Je n'en crois pas un mot, reprit Gillian.

— Vous pensez donc que je vous mens ? lui demanda-t-il. Vous êtes-vous seulement demandé à quoi cela me servirait ?

Gillian hésita, prise de cours par cette question.

— Peut-être espérez-vous faire fortune en vous faisant passer pour le descendant de Lord Kilpatrick, répondit-elle enfin.

— Rassurez-vous : je n'ai nullement l'intention de reprendre contact avec ma famille ni de leur demander quoi que ce soit. En fait, je ne tiens pas à ce qu'ils apprennent mon existence et je vous demanderai de ne pas les en informer. En fait, le mieux serait sans doute que vous ne parliez jamais de notre rencontre à quiconque.

— Pourquoi ? lui demanda-t-elle en acceptant enfin le verre de vin qu'il lui tendait.

— Parce que je préfère éviter d'inutiles complications, répondit-il. J'aime l'existence que je mène ici, en Egypte, et je n'ai aucunement l'intention de changer de vie, ce qui se produirait inévitablement si mon identité était révélée.

— Parce que vous êtes la preuve vivante du fait que Rhys Kilpatrick n'est pas mort comme l'ont prétendu ses officiers ?

— Entre autres choses, oui.

— Est-ce que vous savez ce qui est arrivé à votre ancêtre ? Est-ce qu'il a vraiment déserté pour rejoindre un culte égyptien ?

Rhys hocha la tête.

— C'est pour cela que son portrait figure dans cette tombe, n'est-ce pas ? Il est devenu un adorateur de Set-Sutekh ?

— C'est exact. Encore qu'il faille parler de *per netjer* et non de culte, répondit Rhys.

— *Per netjer* ? répéta Gillian en fronçant les sourcils. Cela signifie « maison du dieu », n'est-ce pas ?

— Je suis très impressionné, mademoiselle Haliday. Peu de gens savent cela.

— Mon père était égyptologue, répondit-elle en haussant les épaules. Mais qu'est-ce qu'un *per netjer*, exactement ?

— C'est assez difficile à expliquer, répondit-il. J'imagine que vous appelleriez cela un temple souterrain. En réalité, il s'agit d'un palais qui abrite l'avatar d'un dieu égyptien et ses serviteurs.

— L'avatar d'un dieu ? répéta-t-elle, sidérée.

— Seth-Aziz, en l'occurrence, acquiesça-t-il.

— Seth-Aziz ? N'est-ce pas le nom du prêtre dans la tombe duquel nous nous sommes rencontrés ?

— Si. C'est lui qui a été choisi pour devenir l'avatar de Set-Sutekh, voici plus de cinq mille ans.

— Et votre ancêtre croyait vraiment à ces histoires à dormir debout ? s'exclama Gillian.

Rhys ne put réprimer un sourire.

— Dur comme fer, répondit-il.

Gillian s'abstint de tout commentaire et jeta un coup d'œil autour d'elle, cherchant visiblement à changer de sujet.

— En tout cas, votre demeure n'a rien à envier à celle que votre ancêtre a laissée derrière lui.

— Dois-je comprendre que vous l'avez visitée ? lui demanda-t-il.

Gillian se troubla, songeant à la mission dont elle était chargée et dont elle n'avait toujours pas touché mot.

— J'imagine seulement que la demeure d'un lord anglais doit être richement meublée, répondit-elle en haussant les épaules.

Rhys admira l'aplomb dont elle faisait preuve.

— Depuis combien de temps vivez-vous ici ? lui demanda-t-elle.

— Cela fait des années, répondit-il. Mais il ne s'agit que d'une résidence secondaire. Je ne viens ici que lorsque j'ai besoin de me détendre. Je passe la majeure partie de mon temps dans une autre demeure située aux environs de Louxor.

— Je vois, répondit Gillian dont le regard venait de tomber sur la photographie encadrée qui se trouvait sur l'une des consoles du salon.

Elle s'en approcha et s'en saisit. Rhys l'observa attentivement. Ce cliché le représentait en compagnie de l'égyptologue Flinders Petrie. Il avait été pris dans les ruines du temple de Seth, à Naqada, lors de la campagne de fouilles de 1895.

A cette époque, Rhys avait été chargé par Shahin de voyager à travers toute l'Egypte et d'observer les changements qui étaient en train de s'opérer dans le pays qui, sous l'égide des britanniques, accédait rapidement à la modernité. Il avait rencontré de nombreuses personnes intéressantes et avait appris énormément de choses au sujet de son pays d'adoption.

— Incroyable, murmura-t-elle. C'est Flinders Petrie, n'est-ce pas ?

— Lui-même.

— S'il s'agit bien des fouilles de Naqada, cela signifie que cette photo a été prise près de dix ans après la disparition de votre ancêtre.

— Effectivement.

— Savez-vous ce que donnerait la famille Kilpatrick pour avoir accès à un tel cliché ?

— Je vous ai dit que je ne voulais avoir aucun rapport avec ces gens-là, objecta Rhys. Et vous m'avez promis de ne pas leur parler de notre rencontre.

— A vrai dire, je ne l'ai pas encore fait, lui rappela Gillian. Mais il semble que je me sois trompée à votre sujet. La ressemblance qui existe entre Lord Kilpatrick et vous est incontestable.

Et pour cause, songea Rhys avec une pointe d'ironie. Il se garda pourtant d'affirmer que l'homme qui se trouvait sur cette photographie et lui-même ne faisaient qu'un. Gillian avait encore besoin de temps pour admettre l'incroyable vérité.

— Je suis heureux que vous vous décidiez enfin à me faire confiance, lui dit-il.

Il lui prit la photographie des mains et leurs doigts se frôlèrent. Ce simple contact éveilla en lui un léger frisson de désir. En voyant Gillian sursauter, il sut qu'il n'était pas le seul à l'avoir ressenti.

— Je ne vous veux aucun mal, lui dit-il en reposant le cadre à sa place. Pas plus que je n'en veux à la famille Kilpatrick, d'ailleurs.

— Tant mieux, lui dit-elle d'une voix que le trouble rendait légèrement rauque. Est-ce que vous en avez d'autres ?

— D'autres quoi ?

— D'autres photographies de ce genre représentant votre ancêtre et ses descendants.

— Pourquoi donc ?

— Eh bien… Je suis historienne et je ne vous cache pas que ce genre de choses me fascine.

Rhys songea qu'en satisfaisant sa curiosité, il parviendrait peut-être à éveiller le doute en elle.

Après tout, il disposait de photographies qui le représentaient depuis la fin du XIXe siècle jusqu'au début du XXIe. En le voyant traverser cent vingt-cinq ans d'histoire sans prendre une ride ni un cheveu blanc, elle commencerait peut-être à admettre l'incroyable vérité. Il lui serait dès lors bien plus facile d'accepter le reste de son récit : l'existence de Khepesh, de Seth-Aziz et du rituel auquel elle devrait bientôt prendre part…

— Suivez-moi, lui dit-il en prenant son verre de vin et la bouteille. Si vous voulez compulser mes albums, nous serons mieux dans mon bureau. Je nous y ferai servir une petite collation.

— Avec plaisir, répondit Gillian en lui emboîtant le pas.

Ils remontèrent le couloir qu'elle avait dû suivre pour rejoindre le salon. Au passage, Rhys fit un signe à Amr, son homme de confiance, et lui demanda de leur apporter un plateau-repas.

Puis il conduisit Gillian jusqu'à son bureau. C'était une pièce beaucoup plus sévère que le salon, la seule aussi qui soit entièrement meublée à l'occidentale. Une immense bibliothèque de bois de rose occupait trois des quatre murs. Le quatrième s'ouvrait en une série d'arches élégantes sur le jardin intérieur qui se trouvait au cœur de la villa.

C'était son oasis secrète, le seul endroit à des lieues à la ronde où l'on trouvait une telle profusion de végétation. Car Rhys avait fait construire la maison sur l'emplacement d'une source qu'il avait découverte par hasard, près d'un siècle auparavant.

Le jardinier qu'il avait embauché avait su faire de cet endroit un véritable éden, y cultivant toutes sortes de fleurs et d'arbres fruitiers et allant jusqu'à introduire de nombreux insectes afin de reconstituer un écosystème indépendant et autorégulé.

C'était sans doute ce que Rhys préférait dans cette villa car les longs séjours qu'il effectuait dans le palais souterrain de Khepesh lui faisaient apprécier bien plus qu'autrefois le soleil et ses bienfaits. C'était peut-être pour cela qu'il se sentait si attiré par la belle Gillian aux cheveux dorés.

Se tournant vers elle, il lui fit signe de prendre place sur le canapé de cuir qui se trouvait près de la table basse. Il alla alors chercher l'un de ses albums photo, qu'il lui tendit avant de s'asseoir à ses côtés. Curieuse, elle commença à le parcourir et ne put retenir une exclamation étonnée.

— On dirait que Lord Kilpatrick a connu personnellement tous les gens importants de l'époque qui étaient de passage en Egypte, remarqua-t-elle. Et pas seulement les égyptologues mais aussi des acteurs ou des hommes politiques…

— C'est surtout parce que les gens voyageaient moins, à l'époque, remarqua Rhys. Du coup, les Britanniques qui étaient installés à l'étranger recevaient la visite de presque tous leurs compatriotes de passage. Et la plupart d'entre eux étaient des gens fortunés.

— Je vois, acquiesça Gillian. Mais Kilpatrick avait déserté et était censé être mort. Comment se fait-il que personne ne l'ait reconnu ?

— Il utilisait un nom d'emprunt, expliqua Rhys. De plus, la plupart des gens ne le connaissaient que de nom. Quant à ceux qui l'avaient déjà vu, il n'avait guère de mal à les éviter.

— Il aurait eu plus de mal à s'en sortir à l'époque d'internet, remarqua Gillian en souriant.

— Je ne vous le fais pas dire, murmura Rhys.

Gillian continua à tourner les pages de l'album et ne tarda pas à froncer les sourcils.

— Qu'y a-t-il ? lui demanda Rhys.

— C'est étrange, répondit-elle. A en croire les robes des femmes et les voitures qui se trouvent sur ses clichés, plus de quarante ans ont dû s'écouler depuis les premières photos et votre ancêtre semble ne pas avoir changé…

— Vraiment ? fit Rhys d'un ton volontairement détaché.

— Oui. Et plus je le regarde, plus je trouve que vous lui ressemblez.

— Ne trouvez-vous pas que je suis plutôt bien conservé pour quelqu'un qui est âgé de plus de cent cinquante ans ? lui demanda-t-il malicieusement.

Gillian lui jeta un coup d'œil suspicieux, ne sachant visiblement plus que penser de cette histoire. Elle se trouvait face à une double contradiction : d'un côté, elle ne pouvait admettre le fait qu'il puisse être immortel, de l'autre, elle ne pouvait accepter l'absence de vieillissement de son soi-disant ancêtre ni le fait que Rhys et lui se ressemblent à ce point.

— Je ne comprends pas, murmura-t-elle enfin.

Le regard qu'elle tournait vers lui était presque implorant, comme si elle voulait le supplier de révéler le fin mot d'un tour de magie qui lui échappait complètement. Et elle paraissait si vulnérable, en cet instant, si désemparée qu'il ne put y résister.

Se penchant vers elle, il posa ses lèvres sur celles de Gillian. Ce simple contact suffit à faire naître en lui un accès de désir aussi violent qu'incoercible. Il se répandit en lui, le faisant frissonner des pieds à la tête et le prenant totalement de court.

Cela faisait très longtemps qu'il n'avait pas réagi d'une telle façon à un simple baiser.

Et il semblait évident que Gillian n'y était pas insensible, elle non plus. Car après un premier raidissement de surprise, elle parut s'abandonner complètement et renversa la tête en arrière pour mieux s'offrir à lui.

Rhys la prit alors dans ses bras et la serra contre lui. Le contact de son corps brûlant décupla son ardeur et il faillit la renverser sur le canapé pour lui faire l'amour sans plus attendre.

Mais c'était impossible, bien sûr.

Seth-Aziz avait laissé entendre qu'il prendrait peut-être Gillian pour compagne. Si cela était, il verrait certainement d'un très mauvais œil le fait que Rhys l'ait séduite alors qu'il avait été chargé de la lui ramener.

Pour la première fois depuis qu'il était entré au service de Seth-Aziz, Rhys était tenté de désobéir à son maître. La simple idée que ce dernier puisse s'approprier Gillian éveillait en lui une jalousie mordante.

Ce sentiment était pourtant absurde : malgré son statut d'immortel, Rhys ne pouvait se comparer à un demi-dieu. Il n'était pas de taille à se mesurer à lui. De plus, c'était à Seth-Aziz qu'il devait ce qu'il était et quasiment tout ce qu'il possédait.

S'abandonner à l'envie qu'il avait de Gillian ne lui vaudrait sans doute qu'amère déception. Tant qu'il n'aurait pas convaincu Seth-Aziz de renoncer à l'idée de faire de Gillian sa concubine, il serait sans doute plus sage de garder ses distances.

Au prix d'un effort de volonté surhumain, il s'arracha à cette étreinte et se redressa brusquement, renversant au passage les albums photo qui étaient posés sur la table basse. Gillian leva vers lui un regard stupéfait comme si elle ne parvenait pas à croire qu'elle ait pu s'abandonner à lui si facilement ni qu'il ait pu mettre fin à ce délicieux baiser.

— Je suis désolé, articula-t-il en s'efforçant de dominer l'intolérable frustration qui l'avait envahi.

Il passa la main dans ses cheveux.

— Ma conduite est inexcusable, ajouta-t-il.

— Mais… , fit mine de protester Gillian.

Elle s'interrompit en rougissant.

— Je ne comprends pas, ajouta-t-elle.

Rhys ne pouvait lui expliquer les véritables raisons de son étrange revirement. Mais comme il cherchait une excuse valable, le regard de Gillian se fixa sur l'un des albums qui gisait à ses pieds et ses yeux s'écarquillèrent sous l'effet de la surprise.

D'une main tremblante, elle s'en empara et le posa sur ses genoux. Le cliché qui paraissait avoir retenu son attention avait été pris dans le jardin de la villa de Rhys lors d'une soirée qu'il avait organisée. On y voyait plusieurs personnes qui discutaient et buvaient.

— Que se passe-t-il, Gillian ? s'enquit Rhys d'un ton inquiet en voyant les yeux de la jeune femme s'embuer de larmes.

— Mon Dieu, murmura-t-elle. Tu vois cette femme au premier plan sur cette photographie ?

Il hocha la tête.

— C'est ma mère…

6

Seule ton étreinte redonne vie à mon cœur,
Qu'Amon m'accorde de conserver pour l'éternité ce que
j'ai trouvé auprès de toi.

PAPYRUS HARRIS 500, CHANSON 12.

— Ce n'est pas possible, objecta Rhys en fronçant les sourcils. Tu dois faire erreur...

— Crois-tu vraiment que je puisse me tromper ? Il s'agit de ma mère !

D'une main tremblante, elle s'empara de l'album et effleura ce visage qui lui avait toujours paru à la fois si familier et si mystérieux. Sa mère paraissait être très jeune sur cette photographie. Elle n'avait pourtant pas dû être prise bien longtemps avant sa mystérieuse disparition.

— Laisse-moi regarder, lui demanda Rhys, curieux.

Elle lui tendit l'album et désigna la jeune femme aux cheveux auburn. Son visage ne reflétait aucune émotion et paraissait même étonnamment inexpressif. Elle était assise aux côtés d'un séduisant Egyptien que Gillian était sûre de n'avoir jamais vu.

— Est-ce que tu la reconnais ? demanda-t-elle à Rhys qui observait attentivement le cliché.

— Non, répondit-il enfin d'un air sombre. Par contre, je connais très bien celui qui est assis à ses côtés...

— Qui est-ce ?

— Quelqu'un de peu recommandable.

Gillian sentit les battements de son cœur s'accélérer. Pour la première fois depuis des années, elle tenait peut-être une piste permettant d'expliquer la disparition de sa mère.

— Je devrais peut-être contacter la police et leur montrer cette photo, déclara-t-elle. Ils pourront peut-être retrouver cet homme et l'interroger...

— J'ai bien peur que ce ne soit impossible.

— Pourquoi ?

— Parce que cet homme est mort peu de temps après que la photo a été prise.

Une immense déception envahit Gillian, balayant l'espoir qui venait de germer en elle. Le plus dur pour ses sœurs et elle avait été le fait que l'on n'avait jamais retrouvé le corps de leur mère. Pendant de longues années, elles avaient caressé l'espoir qu'Isobelle Haliday referait un jour son apparition.

Elles avaient imaginé toutes sortes de scénarios, y compris les plus improbables : l'amnésie, l'enlèvement, la fuite avec un mystérieux amant, la dépression nerveuse... L'essentiel pour elles était de se convaincre que leur mère était peut-être toujours vivante quelque part.

Mais la police et leur propre père avaient suivi toutes les pistes possibles sans la retrouver. Au fil des années, les trois sœurs avaient fini par admettre le fait qu'Isobelle était probablement morte. Ce n'est qu'en voyant cette photographie que Gillian comprit qu'elle n'avait jamais complètement renoncé à espérer.

— Que lui est-il arrivé ? demanda-t-elle à Rhys en désignant l'inconnu assis aux côtés de sa mère.

— Il a été abattu au cours d'une bagarre, répondit-il en haussant les épaules.

— Dans ce cas, celui qui l'a tué sait peut-être ce qu'est devenue ma mère. Quand cela s'est-il passé ?

— Quelques semaines après la fête lors de laquelle cette photographie a été prise. Il doit y avoir une date au dos.

Gillian souleva le film transparent qui protégeait le cliché et le décolla de la page.

— Je ne comprends pas, murmura-t-elle, le cœur battant à tout rompre.

— Quoi donc ?

— D'après ce qui est écrit là, la photo aurait été prise en 1992.

— Et alors ?

— Alors ma mère a disparu en 1990 !

Rhys jeta un nouveau coup d'œil au cliché et elle vit son regard se durcir brusquement. De toute évidence, il venait de se rappeler quelque chose. Gillian fut frappée par l'intensité de la haine que trahissait son visage.

— Qu'y a-t-il ? lui demanda-t-elle sans parvenir à réprimer l'inquiétude qui montait en elle.

— Je ne suis pas sûr, répondit-il, les yeux toujours fixés sur l'homme de la photo.

— Mais tu as une idée, n'est-ce pas ?

Il hocha la tête et se tourna enfin vers elle.

— Peut-être, répondit-il. Mais tout ceci s'est produit il y a vingt ans et je peux me tromper.

— Si cela peut nous aider à comprendre ce qui est arrivé à ma mère, tu dois me le dire, objecta-t-elle. Le moindre indice pourrait nous permettre de faire rouvrir le dossier et de demander un complément d'enquête.

Rhys secoua la tête.

— Si tu tiens à obtenir des réponses à ce sujet, je te conseille de ne pas mêler la police à cette histoire.

— Pourquoi donc ?

— Parce que cet homme travaillait pour quelqu'un de très influent qui n'hésitera pas à faire pression sur les autorités. Tu risquerais de te faire expulser du pays ou même d'être victime d'un incident aussi malencontreux que fatal…

En entendant ces mots, Gillian ne put s'empêcher de frissonner. Une fois de plus, elle se demanda à quel genre d'activités Rhys pouvait bien être mêlé. Car il était évident que la photographie avait été prise dans la cour centrale de la maison. De plus, à l'arrière-plan, on distinguait un homme qui ressemblait comme deux gouttes d'eau à son hôte et ne pouvait être que son père.

— Tes parents se rappelleraient peut-être quelques détails au sujet de ma mère, remarqua-t-elle.

— Mes parents sont morts, répondit Rhys.

— Je suis désolée.

— Il n'y a pas de quoi, répondit-il. Cela s'est produit il y a très longtemps. Et de toute façon, nous n'étions pas très proches…

Quelque chose dans sa voix la persuada qu'il ne lui disait pas tout mais elle devina qu'il serait vain de l'interroger à ce sujet.

— Mes sœurs et moi nous entendions très bien avec nos parents. Nous formions une famille très unie et mon père a été profondément affecté par la disparition de ma mère. Certains disent même qu'il a basculé dans la folie. Une chose est certaine, en tout cas : il n'a jamais cessé de la chercher. Il acceptait tous les projets de fouilles qui se présentaient pour pouvoir revenir dans la région. Ses absences perpétuelles nous ont encore rapprochées, mes sœurs et moi.

— Et ton père ? s'enquit Rhys. Est-ce qu'il la cherche toujours ?

— Il a fini par se suicider, soupira Gillian, le cœur lourd.

— Je suis désolé, lui dit Rhys.

Levant les yeux vers lui, elle constata que sa compassion paraissait sincère. Il y avait même dans son regard une forme de tendresse qui la prit de court.

— Il y a peut-être une façon de découvrir ce qui est arrivé à ta mère, déclara-t-il enfin d'une voix hésitante.

— Laquelle ? demanda Gillian, curieuse.

— Je ne sais pas si cela te plaira…

— Crois-moi, si quelqu'un peut nous aider à élucider ce mystère, mes sœurs et moi lui serons éternellement reconnaissantes.

— Je connais effectivement quelqu'un, acquiesça Rhys. Une prêtresse au service de Set-Sutekh qui possède le don de seconde vue…

Gillian le considéra avec stupeur.

— Ne me dis pas que le culte de Set-Sutekh est toujours actif de nos jours.

— Bien sûr que si, répondit Rhys. S'il l'était en 1885, pourquoi ne le serait-il plus aujourd'hui ?

— C'est vrai, reconnut Gillian. Mais jamais je n'aurais cru que les dieux égyptiens puissent être encore vénérés au XXIe siècle.

— Ils l'ont été durant plus de cinq mille ans, objecta

Rhys. Et je doute que cela cesse de sitôt. Quoi qu'il en soit, Nephtys est capable de lire le passé tout aussi bien que l'avenir et elle se trompe rarement. Peut-être parviendra-t-elle à découvrir ce que ta mère faisait aux côtés de cet homme et ce qu'elle est devenue depuis…

De nouveau, Gillian fut envahie par une amère déception. L'espace de quelques instants, elle avait réellement cru pouvoir en apprendre un peu plus au sujet de la disparition d'Isobelle Haliday. Mais elle ne croyait ni aux miracles ni à la magie et doutait fort qu'une voyante puisse lui être d'une quelconque utilité.

— Je te remercie pour ta proposition mais ce n'est pas la peine, répondit-elle.

— Tu ne crois pas que Nephtys puisse avoir de tels pouvoirs, n'est-ce pas ?

Gillian hésita : elle ne tenait pas à blesser Rhys en mettant en cause ses croyances. Mais elle ne voulait pas non plus lui mentir en prétendant les partager.

— Je comprends, lui dit-il. La plupart des Occidentaux ont du mal à accepter l'existence de ce genre de phénomènes. Quoi qu'il en soit, au cas où tu viendrais à changer d'avis à ce sujet, n'hésite pas à me le faire savoir. Je connais bien Nephtys et je suis convaincu qu'elle accepterait de me rendre ce service. En attendant, je vais essayer de me renseigner de façon plus conventionnelle. Je ne te promets pas que je découvrirai quoi que ce soit. Mais on ne sait jamais…

Rhys fut interrompu par quelqu'un qui frappa à la porte.

— Entrez !

Amr ouvrit et vint déposer un plateau sur lequel était disposé un généreux assortiment de chaussons à la viande et aux légumes, de fruits et de pâtisseries orientales.

— Merci, lui dit Rhys.

— Quelqu'un est arrivé et demande à vous voir, lui indiqua alors Amr.

Rhys lui jeta un regard étonné.

— Qui donc ? s'enquit-il.

— Ray.

En entendant ce nom, Rhys se redressa vivement. Surprise, Gillian avisa le mélange d'inquiétude et de méfiance qui se lisait à présent dans ses yeux. Elle n'aurait jamais imaginé qu'un homme comme lui puisse avoir peur de qui que ce soit.

— Je suis désolé, dit-il en se tournant vers elle. Je vais devoir t'abandonner. N'hésite pas à compulser les autres albums et à te restaurer. Je ne devrais pas en avoir pour très longtemps.

Sur ce, il quitta la pièce à grands pas.

Tout en suivant le couloir qui conduisait au hall de la maison, Rhys ne cessait de se demander ce que l'irréductible ennemi de Khepesh pouvait bien faire là. Cherchait-il à le convaincre de rallier son camp ? Si tel était le cas, il allait être très déçu.

Lorsque Rhys pénétra dans le vestibule, Haru-Re se tenait devant l'une des fenêtres qui donnait sur le jardin. Les bras croisés derrière le dos, le regard perdu dans le lointain, le demi-dieu paraissait étonnamment décontracté et abordable. Pourtant, Rhys ne se faisait aucune illusion : il lui aurait sans doute suffi d'un mot pour le réduire en cendre.

Mais Haru-Re aimait se présenter comme quelqu'un de sympathique. C'était d'ailleurs la raison pour laquelle il avait choisi son nouveau sobriquet : Ray.

— Rhys Kilpatrick ! s'exclama-t-il d'un ton affable. Quel plaisir de te revoir !

— Un plaisir partagé, seigneur Haru-Re, répondit Rhys avec une parfaite mauvaise foi. Que me vaut l'honneur de ta visite ?

— Oh ! je passais dans le coin et j'ai décidé de venir te saluer au passage.

Rhys hocha la tête. Il n'en croyait pas un mot, bien sûr. Car Ray n'avait pas pour habitude de rendre de telles visites de courtoisie. De plus, la villa se trouvait au beau milieu du désert, pour décourager justement ce genre d'initiatives.

Haru-Re paraissait cependant d'humeur badine et, d'expérience, Rhys savait qu'il valait mieux ne pas le contrarier.

— J'en suis ravi, seigneur, déclara-t-il. Si tu veux bien me suivre.

Rhys escorta son hôte jusque dans le salon et en profita pour l'observer à la dérobée. Ce jour-là, Haru-Re portait un costume de lin de coupe occidentale, un panama et une canne dont le pommeau sculpté figurait un faucon. Tout autre que lui aurait pu sembler un peu trop maniéré mais le charisme surnaturel dont il était doté lui autorisait toutes les audaces.

— Puis-je te servir quelque chose à boire ?

— Je ne refuserais pas un martini gin, si tu en as.

— Certainement, répondit Rhys en se dirigeant vers le bar.

Il sortit un shaker qu'il remplit de glace pilée avant d'y ajouter le gin et le martini.

— J'ai cru entendre que tu avais de la compagnie, remarqua alors Haru-Re.

Rhys ajouta un trait de vermouth en regrettant amèrement de ne pas disposer d'un poison suffisamment puissant. Hélas, il fallait bien plus que cela pour affecter un demi-dieu.

— De qui s'agit-il ? ajouta Ray, curieux.

— De qui veux-tu parler ?

— Mais de la mortelle dont l'odeur parvient jusqu'à mes narines, la même odeur que celle qui s'attarde sur ta peau, devrais-je préciser.

— Un véritable gentleman ne poserait jamais une question de ce genre, remarqua Rhys.

Haru-Re éclata de rire.

— S'il y a bien une chose dont tu ne manques pas, l'Anglais, c'est de courage ! s'exclama-t-il.

— Pourquoi ? Dois-je comprendre que tu me menaces ?

— Bien sûr que non, protesta Haru-Re presque avec bonhomie.

— Alors que veux-tu, au juste ?

— Vaincre ton maître et régner sur l'Egypte tout entière pour la plus grande gloire de Re-Horakhti, dieu du soleil et seigneur du ciel, répondit Haru-Re en levant son verre.

Il le vida d'un seul trait avant de décocher à Rhys son sourire le plus étincelant.

— Je doute fort que cela se produise un jour, répondit ce dernier en levant le verre de vin qu'il venait de se servir. Après tout, ce sont les ténèbres qui constituent l'état naturel du monde. Et même si tout venait à disparaître, elles demeureraient. Le soleil que tu vénères n'est qu'un astre parmi d'autres, une simple bougie tremblotante à l'échelle du cosmos.

— Peut-être, concéda Haru-Re. Mais cette chandelle est mère de toute vie. D'ailleurs, personnellement, je préfère la chaleur d'une journée ensoleillée à la froideur de la nuit.

Haru-Re s'approcha de la fenêtre derrière laquelle on apercevait le jardin.

— Je constate que je ne suis pas le seul à apprécier les bienfaits de Re-Horakhti…

Haru-Re se pencha pour cueillir un brin de fleurs blanches qui étaient réputées pour leurs vertus anesthésiques.

— J'imagine que ceci explique la facilité avec laquelle tu attires les femmes dans tes rets, lui dit-il d'un ton moqueur.

— A vrai dire, je n'utilise cette plante que contre mes ennemis, répliqua Rhys en regardant le verre de son invité.

Haru-Re s'esclaffa de plus belle et vida le reste du shaker dans son verre.

— N'ai-je vraiment aucune chance de te convaincre de rejoindre nos rangs, l'Anglais ? demanda-t-il. Un homme aussi audacieux pourrait m'être fort utile…

— Sans aucun doute, acquiesça Rhys en se demandant quand son indésirable visiteur se déciderait enfin à vider les lieux. Mais ma réponse demeurera malheureusement la même : non, merci.

— Dommage. Je te trouve sympathique, Rhys. Et il est regrettable que tu te condamnes du fait de l'allégeance malheureuse que tu as contractée voici cent vingt-cinq ans…

— Horu-Re ! Quand comprendras-tu que notre loyauté n'est pas à vendre ?

Rhys et Ray se retournèrent vers celui qui venait de parler. Sur le seuil de la pièce se tenait le cheikh Shahin Aswadi, *shemsu*, capitaine de l'armée de Seth-Aziz et meilleur ami de Rhys. Il se tourna vers ce dernier et lui décocha un sourire en biais.

— J'étais venu t'avertir de sa visite mais on dirait que je suis arrivé trop tard…

Haru-Re jeta un regard mauvais au nouvel arrivant et l'air parut se charger soudain d'une tension presque palpable. La haine qui opposait ces deux êtres était évidente et Rhys comprit que s'il n'intervenait pas rapidement pour désamorcer la situation, ils risquaient fort d'en venir aux mains.

Or il n'était pas du tout convaincu que, même en unissant leurs pouvoirs, ils parviendraient à vaincre le demi-dieu.

— Shahin ! s'exclama-t-il donc avec une jovialité un peu forcée. *Ahlan, ahlan* ! Entre donc et viens prendre un verre avec nous.

— Je n'ai pas pour habitude de trinquer avec mes ennemis, répondit Shahin un peu sèchement.

— Rhys ?

En entendant la voix de Gillian, Rhys jura intérieurement. La jeune femme venait à son tour de pénétrer dans la pièce par le couloir qui conduisait à son bureau. Elle observait avec curiosité Shahin et Haru-Re.

Ceux-ci lui rendirent son regard et, dans leurs yeux, Rhys perçut une pointe d'admiration. De toute évidence, il n'était pas le seul à être sensible au charme de Gillian Haliday. Mais il n'avait pas l'intention de laisser Haru-Re s'emparer de son invitée.

Il traversa donc le salon, prit Gillian par les épaules et lança sur elle un sort de protection. Elle lui jeta alors un regard étonné, se demandant probablement les raisons de son geste ouvertement possessif. Après tout, ils n'avaient échangé qu'un simple baiser.

Ce n'était probablement pas ce que pensaient Haru-Re et Shahin. Ce dernier les observait d'un air légèrement amusé. Le demi-dieu, quant à lui, s'approcha de Gillian et s'inclina légèrement devant elle.

— Enchanté de faire votre connaissance, lui dit-il. Je suis Harold Ray. Rhys et moi travaillons parfois ensemble. Mais je ne crois pas que nous nous soyons déjà rencontrés, mademoiselle… ?

— Haliday, répondit Rhys en lançant à Gillian un avertissement du regard. Laisse-moi aussi te présenter mon ami le cheikh Shahin Aswadi, ajouta-t-il en désignant ce dernier.

Gillian lui adressa un petit signe de la tête.

— Je ne voulais pas vous interrompre, déclara-t-elle. Mais je pense qu'il est temps pour moi de rentrer. Mes sœurs risquent de s'inquiéter.

— J'ai bien peur qu'il ne te soit difficile de retrouver ton chemin sans mon aide, objecta Rhys. Tu devrais plutôt appeler tes sœurs pour les rassurer…

— Je préférerais…

— Dis-leur que tu passeras la nuit ici et que tu les rejoindras demain, insista Rhys.

Il accompagna cette suggestion d'une injonction mentale qui eut raison de sa résistance.

— D'accord, répondit-elle.

— Je sais que tu aimes les chevaux. Si tu veux, tu peux aller visiter mes écuries après avoir téléphoné à tes sœurs. Je te rejoindrai là-bas.

— Bonne idée, acquiesça Gillian.

— Je ne serai pas long, lui promit Rhys avant de se tourner vers ses hôtes.

Ceux-ci suivirent des yeux Gillian tandis qu'elle s'éloignait en direction du bureau.

— Tu l'as ensorcelée, remarqua Haru-Re d'un ton légèrement moqueur.

— Pourquoi m'en priverais-je ? répliqua Rhys d'un ton faussement désinvolte.

— J'avais entendu dire que tu mettais un point d'honneur à ne jamais user de magie pour séduire une femme. De toute évidence, ce bruit est infondé…

Rhys se contenta de hausser les épaules. Shahin lui jeta un regard intrigué mais s'abstint de tout commentaire en présence de leur ennemi.

— Le visage de cette femme m'a semblé vaguement familier, remarqua alors Haru-Re. Mais je ne parviens pas à me rappeler où j'ai bien pu la rencontrer auparavant.

— Peut-être as-tu connu sa mère, répondit Rhys en songeant à la photographie que Gillian avait remarquée.

L'homme qui se trouvait aux côtés de sa mère était l'un des plus fidèles lieutenants de Haru-Re. A cette époque, il avait essayé de s'insinuer dans les bonnes grâces de Rhys afin d'infiltrer Khepesh. C'est Shahin qui avait découvert ses véritables intentions et l'avait affronté. S'il avait séduit ou envoûté la mère de Gillian, peut-être l'avait-il présentée à Haru-Re, ce qui pourrait expliquer le fait que ce dernier ait cru reconnaître sa fille.

— Cela me reviendra certainement, déclara Haru-Re en haussant les épaules.

— J'en suis certain. Mais comme tu as pu le constater, je suis assez occupé. Avais-tu quelque chose de précis à me dire, seigneur Haru-Re ?

Ce dernier se raidit et Shahin posa ostensiblement la main sur le pommeau de son cimeterre. Rhys sentit le sol trembler légèrement sous ses pieds et comprit que son ami faisait appel au pouvoir qui lui permettait de provoquer de redoutables tremblements de terre.

Haru-Re lui jeta un coup d'œil ironique.

— Du calme, Shahin, lui conseilla-t-il. Ne sais-tu pas que le fait de répandre du sang divin est un crime passible de la damnation éternelle ?

— Je crois au contraire que je serais dûment récompensé dans l'autre monde si je parvenais à te décapiter.

— Ne crois pas cela : ton âme chargée de péchés sera bien plus lourde que ma tête sur les plateaux du dieu Thot...

— Tant que vous vous trouvez sous mon toit, je vous prierais de ravaler ce genre de menaces inutiles, leur conseilla Rhys. Nous savons tous trois que vous ne les mettrez pas à exécution : vous auriez bien trop à perdre. Alors viens-en au fait, seigneur Haru-Re, et finissons-en. Je ne voudrais pas faire attendre mon invitée plus que nécessaire.

— Très bien, acquiesça Haru-Re. Je ne suis effectivement pas venu jusqu'ici uniquement pour te saluer, Kilpatrick. Je tenais à ce que tu communiques l'offre que je souhaite faire à Seth-Aziz.

— Et que peux-tu bien avoir à lui offrir ? lui demanda Shahin d'un ton ironique.

— Une trêve d'une durée de cinq cents jours, répondit Haru-Re.

— En échange de quoi, exactement ? s'enquit Rhys, méfiant.

— De la prêtresse Nephtys.

— Jamais ! s'exclama Shahin.

Son exclamation s'accompagna d'un nouveau frémissement sous leurs pieds. Rhys leva la main en signe d'apaisement : il ne tenait pas à ce que le tempérament fougueux de son ami lui coûte la vie.

— Tu devrais pourtant savoir que Seth-Aziz ne te livrera jamais sa sœur, répondit-il à Haru-Re.

— Mais je ne lui demande pas de me l'abandonner complètement, objecta le demi-dieu. Je veux juste qu'elle partage son temps entre Seth et moi. Vous savez que je n'ai plus de prêtresse capable d'accorder l'immortalité à mes serviteurs. Je fais donc appel au sens de la justice de votre seigneur.

— Et pourquoi t'accorderait-il une telle faveur alors que son seul objectif est d'assurer la victoire de Set-Sutekh sur Re-Horakhti ? répliqua Shahin.

Cette fois, Haru-Re ne put maîtriser la colère qui montait en lui. Son sourire disparut et son regard s'emplit d'une haine farouche. Il serra les poings et ses mains se nimbèrent brusquement d'une lumière dorée.

— Je ne tolérerai plus tes insultes ! s'exclama-t-il rageusement.

— Vraiment ? demanda Shahin en dégainant le cimeterre qui pendait à sa ceinture. Préférerais-tu que je mette fin à ta misérable existence ?

Un nouveau tremblement de terre secoua la maison.

— Shahin ! protesta Rhys.

— C'est toi qui vas mourir, déclara Ray en tendant les mains vers le cheikh.

Haru-Re fut déséquilibré par une nouvelle secousse et les rais de lumière qu'il venait projeter vers Shahin frappèrent le mur derrière lui, creusant la pierre sur plusieurs centimètres. Shahin fit voler sa cape en prononçant quelques mots de pouvoir.

Sous leurs yeux, il se transforma alors en un faucon au plumage plus noir que la nuit. L'animal émit un hurlement perçant et se précipita vers le visage de Haru-Re qui leva les bras pour se défendre.

Un cri de stupeur retentit alors dans la pièce et Rhys constata avec effroi que Gillian se trouvait de nouveau sur le seuil de la pièce et venait d'assister à la scène.

7

Je suis celui qui vient et brisera la porte,
Celui dont la volonté fera renaître les ténèbres éternelles.

PAPYRUS D'ANI.

Gillian avait peine à croire à ce qui venait de se produire. Elle aurait aimé se convaincre qu'elle avait été victime d'une hallucination ou d'un simple tour de prestidigitation. Mais l'ami de Rhys venait de se changer en faucon sous ses yeux.

Quant à l'autre homme qui se trouvait dans la pièce, il était entouré d'un étrange halo doré et paraissait capable de projeter des rayons de lumière du bout de ses doigts.

Gillian avait l'impression de se trouver projetée en plein milieu de l'une de ces légendes qu'aimait à raconter sa sœur Gemma. Elle ne put retenir une exclamation de surprise et Harold Ray se tourna vers elle. La colère qui se lisait dans ses yeux en cet instant la fit frissonner.

Le faucon noir cria de nouveau et modifia brusquement sa trajectoire pour s'envoler vers la porte-fenêtre qui donnait sur le jardin.

Gillian, quant à elle, demeura figée sur place,

cherchant vainement une explication rationnelle à ce qu'elle venait de voir. S'était-elle cognée la tête dans la tombe ? Avait-elle été droguée par Rhys ? Souffrait-elle d'hallucinations provoquées par l'insolation ?

Une chose était certaine : il fallait qu'elle quitte cet endroit au plus vite.

A peine eut-elle formulé cette pensée qu'elle s'élança vers le vestibule. Mais Rhys s'interposa immédiatement entre elle et la porte qui donnait sur le hall.

— Arrête, Gillian ! lui ordonna-t-il en la prenant par les épaules.

Elle se débattit, cherchant vainement à s'arracher à son étreinte.

— Lâche-moi ! protesta-t-elle. Laisse-moi partir !

— Lâche-la, approuva Harold Ray qui fit un pas dans leur direction. Je vais m'occuper d'elle…

Il sembla alors à Gillian que ses canines s'allongeaient légèrement et elle poussa un hurlement de terreur. Rhys se décala de façon à se trouver entre Ray et elle.

— Laisse-la tranquille ! gronda-t-il d'une voix menaçante. Et sors de chez moi !

— Mais elle nous a vus, objecta Harold.

— J'en fais mon affaire, répondit sèchement Rhys.

Gillian eu la désagréable impression d'être prise au piège : si elle échappait à Rhys, Ray se lancerait probablement à sa poursuite. Or elle avait vu ce dont il était capable et savait qu'elle n'était pas de taille à l'affronter. A contrecœur, elle cessa donc de se débattre.

— Très bien, acquiesça Harold Ray qui paraissait avoir recouvré son calme. Je vais vous laisser. Mais qu'en est-il de ma proposition ?

— Je la transmettrai à mon maître, répondit Rhys.

— Très bien. Rappelle-lui également qu'utiliser sa prêtresse contre moi lui prendrait du temps. Or c'est une chose dont il manque cruellement. Mon armée est largement supérieure à la sienne, pour l'instant. Et si Seth-Aziz s'entête à me défier, je n'hésiterai pas à m'en servir contre lui.

La tête de Gillian bourdonnait tandis qu'elle s'efforçait de donner un sens à cet échange. Se pouvait-il que Rhys soit au service de Set-Sutekh, tout comme son ancêtre ? Cela signifiait-il que cet Harold appartenait à un culte rival ? Et qui était réellement ce Seth-Aziz qui portait le nom du prêtre dont elle avait découvert la tombe ?

— Je te laisse une semaine, l'Anglais, conclut Ray. Dans sept jours très précisément, je viendrai chercher la réponse de ton maître.

Il tourna un regard chargé de haine et de mépris vers Gillian.

— Sache que si cette réponse n'est pas conforme à mes attentes, je m'emparerai de ta petite protégée et j'en ferai mon esclave. J'imagine que cela devrait te pousser à te montrer plus convaincant…

Rhys se raidit brusquement mais ne répondit pas.

— Sa vie est entre tes mains, Kilpatrick, conclut Ray avec un sourire cruel. Alors ne me déçois pas…

Sur ce, il se détourna et, d'un pas léger, presque dansant, il se dirigea vers la porte d'entrée.

Le cœur battant à tout rompre, Gillian le suivit des yeux. Jamais elle ne s'était sentie aussi terrifiée de toute sa vie.

— Tu ferais peut-être mieux de t'asseoir, lui suggéra Rhys en la guidant vers le canapé.

Elle s'y laissa tomber, regrettant une fois de plus de ne pas avoir suivi les conseils de Mehmet. Si elle n'était pas entrée dans cette maudite tombe, elle ne se serait jamais retrouvée ici en compagnie de ces hommes dont l'existence même paraissait défier toute logique.

— Ne t'en fais pas, il est parti, tenta de la rassurer Rhys. Tu n'as plus à avoir peur.

— Mais qui étaient ces hommes ? articula-t-elle.

— J'y viendrai, soupira Rhys. Mais en attendant, je veux que tu comprennes une chose : étant donné ce que tu as vu, je ne vais pas pouvoir te laisser repartir.

En entendant ces mots, Gillian sentit son angoisse redoubler.

— Ecoute, plaida-t-elle, je t'assure que je ne dirai rien de ce que j'ai pu voir ici. De toute façon, même si je m'avisais de le faire, personne ne me croirait.

— Je ne peux malheureusement pas courir un tel risque, lui répondit Rhys. Il en va de ma sécurité autant que de la tienne.

— Mais tu ne peux pas me forcer à rester ici ! s'exclama-t-elle, de plus en plus effrayée par la tournure que prenaient les événements.

Elle ignorait si Rhys et ses compagnons étaient des terroristes ou les membres d'une secte mais elle était désormais convaincue qu'elle avait affaire à des gens particulièrement dangereux.

— Me sœurs vont se demander où je suis, ajouta-t-elle. Elles vont prévenir la police…

— Tu les as appelées pour leur dire que tu comptais rester ici ce soir, objecta Rhys.

Gillian le contempla d'un air consterné : elle se rappelait effectivement avoir passé un tel coup de téléphone mais ne parvenait pas à comprendre ce qui avait pu la pousser à le faire. Jamais elle n'avait eu l'intention de passer la nuit ici…

— Tu m'as droguée, n'est-ce pas ? s'exclama-t-elle, horrifiée.

— Non, lui répondit-il. Je t'ai lancé un sort. Et j'ai fait de même avec tes sœurs qui nous ont surpris devant la tombe. C'est la raison pour laquelle elles ne viendront pas à ta recherche : elles sont déjà convaincues que tu comptes demeurer à mes côtés.

— C'est absurde, protesta Gillian d'un ton bien moins assuré qu'elle ne l'aurait voulu. On ne peut pas convaincre quelqu'un d'aller à l'encontre de sa propre nature ! Rien n'empêchera mes sœurs de se lancer à ma recherche.

— Dans ce cas, soupira Rhys, elles aussi seront capturées.

Cette idée ne fit qu'accentuer la détresse de Gillian.

— Tu n'as pas le droit, articula-t-elle.

— Ce n'est pas un destin si terrible que tu sembles le penser, lui dit-il d'un ton qui se voulait rassurant. A vrai dire, j'espérais pouvoir te convaincre de m'accompagner de ton plein gré.

Gillian le considéra comme s'il avait perdu la raison. Jusqu'à présent, elle n'avait jamais envisagé qu'elle pouvait se trouver en présence d'un fou.

— Tu ne pensais tout de même pas que j'allais rejoindre une secte ou une cellule de terroristes simplement parce que je te trouve séduisant ! s'exclama-t-elle. Cela n'a aucun sens…

Un sourire malicieux se dessina sur les lèvres de

Rhys et le désir qu'elle vit passer dans ses yeux la mit légèrement mal à l'aise.

— Je suis heureux d'apprendre que tu n'es pas complètement insensible à mon charme, lui dit-il.

Gillian secoua la tête, bien décidée à ne pas se laisser hypnotiser une fois de plus.

— Tu n'as pas le droit de me retenir ici contre mon gré, lui dit-elle. Il y a des lois contre cela, même en Egypte !

— C'est vrai, reconnut-il. Mais j'ai bien peur de devoir les enfreindre. Ce n'est pas de gaieté de cœur, crois-moi, mais la curiosité dont tu as fait preuve ne me laisse guère le choix.

— Je ne comprends pas, protesta-t-elle. C'est toi qui m'as amenée ici. Si tu ne l'avais pas fait, je n'aurais jamais vu ce qu'ont fait Harold Ray ou ce cheikh Shahin…

— Je ne parlais pas d'eux mais de la tombe que tu as découverte, objecta-t-il.

— Je ne vois vraiment pas le rapport, objecta-t-elle.

— Je t'ai déjà dit que cette tombe était celle de Seth-Aziz, grand prêtre et avatar de Set-Sutekh.

Gillian hocha la tête d'un air méfiant.

— Ce que j'ai omis de préciser, c'est que je suis moi-même adepte de Set-Sutekh et intendant du *per netjer* de Seth-Aziz…

Ainsi, elle avait vu juste : tout comme son ancêtre, Rhys était un fanatique religieux. Elle aurait sans doute dû s'en douter lorsqu'il avait proposé de lui présenter l'une des prêtresses du culte de Set-Sutekh. Mais elle n'avait pas voulu croire qu'un homme aussi raffiné que lui puisse être mêlé à une telle secte.

— Je te jure que je ne parlerai pas de cette sépulture, lui dit-elle.

— Il est trop tard, Gillian. Non seulement tu l'as découverte mais encore tu as vu Shahin se transformer et tu as attiré l'attention de notre pire ennemi… En te laissant partir, je te condamnerais à une mort certaine. En fait, il ne te reste plus qu'une chance d'y échapper…

— Laquelle ? demanda Gillian, s'efforçant de dominer la panique qui menaçait à tout instant de la submerger.

Elle devait impérativement trouver un moyen de s'enfuir mais, pour cela, elle allait devoir gagner du temps.

— Il te suffit de participer à notre prochaine cérémonie, lui répondit Rhys.

— En quoi consiste-t-elle ?

— Chaque année, notre dieu Set-Sutekh exige un sacrifice. Cette fois-ci, c'est toi qui lui donneras ton sang.

Gillian réprima un cri d'horreur. Ce n'était pas possible, songea-t-elle. Il devait s'agir d'une mauvaise plaisanterie, d'un canular particulièrement élaboré dont elle était victime…

— Je croyais que tu voulais me sauver la vie, articula-t-elle d'une voix étranglée.

— Mais c'est le cas, acquiesça-t-il.

— Cela n'a aucun sens ! Comment pourrais-tu me sauver si tu m'offres en sacrifice à ton dieu ?

— Le sacrifice que le dieu exige de ses fidèles n'est pas celui de leur vie mais celui de leur mort.

Elle le considéra avec stupeur, de plus en plus convaincue qu'elle avait affaire à un fou.

— Je ne comprends pas, lui dit-elle.

— C'est très simple, Gillian : en participant à cette cérémonie, tu deviendras immortelle, tout comme je le suis.

8

Entends ma voix qui t'appelle,
Ma beauté parfumée de myrrhe.
Tu étais à mes côtés
Lorsque j'ai tendu mes filets.

CHANSON DU HARPISTE.

Gillian demeura parfaitement immobile durant ce qui lui sembla durer une éternité. Finalement, elle poussa un profond soupir et secoua doucement la tête.

— Tu es vraiment très fort, lui dit-elle. L'espace d'un instant, j'ai presque failli te croire…

Elle se leva brusquement et le fusilla du regard.

— Je crois que tu es un malade mental, lui dit-elle. Tu devrais vraiment te faire soigner. Quant à moi, j'en ai assez entendu. Je pars. Et ne t'avise pas de m'en empêcher !

Rhys soupira intérieurement. Il savait que les hommes et les femmes du XXIe siècle étaient moins superstitieux et crédules que ceux de son époque mais il avait apparemment sous-estimé à quel point.

— Tout ce que je t'ai dit est vrai, insista-t-il. Et ce n'est pas tout…

— Curieusement, cela ne m'étonne pas, répliqua-t-elle en se dirigeant vers le vestibule.

Rhys résista à l'envie qu'il avait de l'en empêcher : il sentait confusément que, s'il cherchait à la retenir de force, il risquait de se l'aliéner définitivement.

— As-tu déjà oublié ce que tu as vu de tes propres yeux ? lui demanda-t-il. Les rayons de lumières que projetait Haru-Re ? La façon dont Shahin s'est transformé en faucon ? Comment l'expliques-tu ?

Gillian s'arrêta sur le seuil de la pièce et se tourna à demi vers lui.

— Il s'agissait probablement de simples tours, répondit-elle, d'illusions et de tours de prestidigitation destinés à m'impressionner et à me convaincre de rejoindre votre culte. Mais tu t'es trompé de cible, Rhys : je ne me laisse pas berner aussi facilement.

— Crois-tu vraiment que tout ceci ne soit qu'un subterfuge ?

— Et que suis-je supposée croire ? Que les dieux égyptiens existent vraiment ? Qu'ils sont servis par des immortels ? Que tu es vraiment Rhys Kilpatrick, un soldat britannique qui a disparu en 1885 ?

— Et que fais-tu des photographies que je t'ai montrées ? De celles où l'on me voit aux côtés de Petrie ou de ta propre mère ?

— Donne-moi un ordinateur et un bon logiciel de retouche d'images et j'en ferai probablement autant. Je ne suis pas aussi crédule que tu sembles le penser, Rhys !

— Crois-moi, je ne t'ai jamais sous-estimée, Gillian. J'ai suivi avec attention tes recherches depuis que tu es arrivée en Egypte. Et le simple fait que tu aies pu retrouver ma trace aussi facilement prouve que tu es une femme intelligente et perspicace.

— Et pourtant, tu espères me convaincre que tu es un lord anglais du XIXe siècle, répliqua-t-elle.

— Je peux te le prouver, déclara Rhys.

Gillian haussa les épaules et se détourna.

— Nous sommes au beau milieu du désert, lui indiqua Rhys comme elle s'apprêtait à quitter la pièce. Crois-tu vraiment avoir la moindre chance de rallier Naqada à pied, sans eau et sans même une boussole pour te guider ?

Elle s'immobilisa de nouveau.

— Je peux te prouver que tout ce que je t'ai dit est vrai, répéta Rhys en se dirigeant vers le bar. Cela ne prendra qu'un instant.

Gillian se tourna vers lui et le regard qu'elle lui jeta prouva qu'il avait su éveiller sa curiosité. Il s'empara alors de l'un des poignards qui étaient accrochés au mur et le tira de son fourreau. L'intérêt de Gillian se mua aussitôt en inquiétude.

Avant qu'elle ne prenne la fuite, Rhys prit une profonde inspiration et plongea de toutes ses forces l'arme dans son ventre. Une douleur intolérable le foudroya lorsque l'acier s'enfonça dans sa chair et il tomba à genoux, incapable de réprimer un gémissement.

— Non ! s'exclama Gillian d'une voix paniquée en se précipitant vers lui.

Elle s'agenouilla face à lui, les larmes aux yeux.

— Mais qu'est-ce que tu as fait ? murmura-t-elle.

Rhys serra les dents et arracha la lame couverte de sang qu'il lui tendit.

— Ce n'est pas de la prestidigitation, articula-t-il

avec un sourire un peu crispé. Il s'agit d'une lame en acier forgée à Tolède. Et je t'assure que ça fait atrocement mal…

Horrifiée, Gillian contemplait la tâche de sang qui était apparue sur sa chemise et ne cessait de grandir. Rhys la déboutonna, révélant son torse. La plaie béante qu'il venait de causer se refermait déjà. En quelques secondes, elle disparut complètement.

— C'est impossible, murmura Gillian en secouant la tête.

— Aide-moi à me redresser, lui demanda-t-il.

Elle s'exécuta et il se dirigea vers le bar. Là, il remplit deux verres de whisky. Il fit glisser l'un d'eux vers elle et vida le sien d'un seul trait.

— C'est impossible, répéta-t-elle.

— Bois, lui conseilla-t-il. Tu es blanche comme un linge.

Elle avala une gorgée de whisky et se mit à tousser.

— Tu es vraiment Lord Rhys Kilpatrick ? articula-t-elle enfin.

— J'étais Lord Rhys Kilpatrick, né en Angleterre en 1849, engagé volontaire dans la glorieuse armée britannique et disparu lors d'une mission en Egypte, acquiesça-t-il. Aujourd'hui, je suis Rhys, intendant de Khepesh, le *per netjer* de Seth-Aziz.

— Ma sœur m'a parlé de ce palais souterrain, admit Gillian. Elle pensait que c'était une légende.

— Oh ! il existe bel et bien, lui assura Rhys. C'est un lieu magnifique, digne de l'avatar de Set-Sutekh. Mais une fois de plus, tu n'as pas à me croire sur parole : je t'invite à le visiter en ma compagnie.

Gillian parut hésiter.

— Je suis certain qu'une historienne comme toi trouvera l'endroit intéressant, insista Rhys. Qu'as-tu à perdre ?

— Je ne tiens pas à finir sacrifiée sur l'autel d'un dieu égyptien, répondit-elle.

— Seth-Aziz ne boira qu'une petite quantité de ton sang, objecta-t-il. Et l'expérience n'a rien de désagréable, bien au contraire.

— Qu'en sais-tu ?

— Comment crois-tu que je suis devenu immortel, il y a cent vingt-cinq ans ?

En guise de réponse, Gillian avala une nouvelle rasade de whisky.

— C'est de la folie, déclara-t-elle enfin. Rien de tout cela n'a le moindre fondement rationnel.

— Je ne peux prétendre le contraire, concéda Rhys. Mais Shakespeare n'a-t-il pas dit qu'il y avait plus de choses, dans le ciel et sur la terre, que n'en rêvait la philosophie ? Pense plutôt à la chance que je t'offre, Gillian : la vie éternelle.

Il se félicita intérieurement, sentant que cette fois il était bel et bien parvenu à éveiller sa curiosité.

— Si j'accepte de t'accompagner, répondit-elle d'une voix hésitante, peux-tu me promettre que tu me laisseras libre de faire mon choix ? Que si je décide de partir, tu ne chercheras pas à me retenir ?

A ces mots, Rhys sentit son cœur se serrer. Il savait pertinemment que Seth-Aziz ne la laisserait jamais quitter Khepesh après qu'elle eut appris tous ses secrets. Mais il ne pouvait le lui dire sans trahir la confiance de son maître et ami.

Il ne lui restait donc qu'à espérer que, tout comme

lui, elle accepterait avec reconnaissance le don qui lui était offert. Il se promit de faire tout ce qui serait en son pouvoir pour la convaincre de rejoindre le *per netjer*. Car l'idée de la perdre à tout jamais lui était insupportable.

Evidemment, la perspective de la voir devenir la concubine de Seth-Aziz ne lui souriait guère plus mais il trouverait bien un moyen de convaincre le grand prêtre de renoncer à ce projet et de choisir quelqu'un d'autre pour siéger à ses côtés.

— Je te promets que je respecterai ta décision, quelle qu'elle soit, répondit-il.

— Et cette Nephtys dont tu m'as parlé ? J'imagine que ses pouvoirs sont aussi réels que les vôtres. Crois-tu vraiment qu'elle pourrait découvrir ce qui est arrivé à ma mère ?

— C'est possible, acquiesça prudemment Rhys.

Il ne tenait pas à ce qu'elle se fasse trop d'illusions à ce sujet. Car le fait que sa mère ait été vue pour la dernière fois en compagnie d'un lieutenant de Haru-Re n'augurait rien de bon.

— Dans ce cas, je crois que je devrais l'interroger, déclara-t-elle. Si je ne le faisais pas, je finirais par m'en vouloir de ne pas avoir exploré toutes les possibilités. Je viendrai donc avec toi à Khepesh. Mais je ne te promets rien.

— Je ne t'en demande pas plus, répondit Rhys en posant doucement la main sur sa joue.

Il attendit quelques instants, lui laissant la possibilité de se dégager si tel était son désir. Mais elle n'en fit rien et continua à le regarder droit dans les yeux.

D'un pas, il couvrit la distance qui les séparait et se pencha vers elle pour l'embrasser.

Lorsque leurs lèvres se rencontrèrent, il eut de nouveau l'impression d'être foudroyé sur place. L'intensité du désir que Gillian éveillait en lui était aussi stupéfiante que grisante. Jamais depuis qu'il était devenu immortel il ne s'était senti aussi vivant.

Hélas, cela ne fit qu'accroître l'inquiétude qu'il éprouvait à l'idée de présenter Gillian à son maître. Que se produirait-il, en effet, si ce dernier tombait lui aussi sous le charme ? Rhys parviendrait-il réellement à lui céder la jeune femme et à ravaler sa frustration et sa jalousie ?

Plus il apprenait à la connaître et plus il en doutait.

— Comment puis-je me sentir à la fois si terrifiée et si attirée par toi ? murmura-t-elle alors contre ses lèvres.

Il plongea ses doigts dans ses cheveux plus doux que la soie la plus précieuse.

— Peut-être aimes-tu jouer avec le feu, suggéra-t-il en souriant.

— Ce n'est pourtant pas le cas d'habitude, objecta-t-elle. En temps normal, je suis plutôt quelqu'un de prudent.

— Voilà qui explique pourquoi tu es toujours célibataire, répondit-il. Mais quelque chose me dit que cela ne durera pas…

Elle leva les yeux vers lui et le considéra avec gravité.

— Ce qui nous arrive ressemble à un rêve étrange, objecta-t-elle. Et je ne cesse de me répéter que je ne vais pas tarder à me réveiller.

— Attends seulement de voir à quoi ressemble

Khepesh, lui dit Rhys. Lorsque nous y serons, il se peut fort bien que tu décides de ne jamais plus te réveiller.

— Tu sembles troublée, ma sœur, remarqua Seth-Aziz. Puis-je savoir ce qui pèse à ce point sur ton âme ?

Nephtys s'arracha à la contemplation de l'améthyste qui ornait l'amulette qu'elle tenait entre ses mains. Se tournant vers son frère, elle se força à lui sourire.

— Ne t'en fais pas pour moi, *hadu*, lui dit-elle. Je vais bien. J'ai même eu une vision.

Seth jeta un coup d'œil réprobateur à l'amulette en forme de scarabée. Il savait que c'était Haru-Re qui l'avait offerte à Nephtys. Son cartouche figurait même sur le ventre du petit animal d'améthyste qu'il lui avait donné au matin de la nuit où il avait pris sa virginité.

Aux yeux du demi-dieu, ce n'était qu'une babiole sans importance mais c'était plus que ne recevaient la plupart des esclaves qui, comme elle, avaient partagé sa couche. Nephtys l'avait fidèlement portée jusqu'à ce que Haru-Re trahisse sa confiance et la vende au père de Seth-Aziz.

Depuis, elle ne la sortait plus qu'à la veille de graves bouleversements et Seth avait appris à se méfier de ce bijou comme de la peste.

— Quel genre de vision ? lui demanda-t-il.

Nephtys glissa l'amulette dans la poche de son caftan et prit les mains de Seth-Aziz en souriant.

— Il s'agit de très bonnes nouvelles, lui assura-t-elle. J'ai vu ta future concubine.

— Vraiment ? s'étonna-t-il. Parle-moi un peu d'elle.

— Elle est très belle, indiqua Nephtys. Elle a les

cheveux blonds et les yeux couleur de jade. Si j'en crois ma vision, elle possède une grande sagesse.

— Crois-tu que tu serais capable de reconnaître cette femme si tu la voyais ?

— Certainement, acquiesça Nephtys. Pourquoi cette question ?

— Parce que Lord Kilpatrick m'a suggéré de recruter une nouvelle initiée. Or sa description pourrait correspondre à celle que tu viens de me faire. Tous deux ne devraient pas tarder à arriver. C'est d'ailleurs pour cela que je suis venu te chercher : Rhys m'a envoyé un message mental pour me signaler qu'ils approchaient de la porte occidentale.

— Laisse-moi le temps de me préparer et je te rejoindrai directement là-bas.

Seth-Aziz hocha la tête et fit mine de s'éloigner. Mais au dernier moment, il se retourna vers elle et la regarda droit dans les yeux.

— Est-ce que tu l'as vu, lui aussi ? lui demanda-t-il.

Il n'avait pas besoin de préciser de qui il voulait parler.

— Non, répondit-elle.

Après tout, c'était la stricte vérité. Et elle ne tenait pas à ennuyer Seth avec les conjectures qu'elle avait formulées lors de la deuxième partie de sa vision.

— Cela fait longtemps qu'il n'est pas apparu dans mes visions, ajouta-t-elle en se forçant à sourire.

Seth la contempla longuement et elle comprit qu'il n'était pas dupe de sa fausse bonne humeur. Une fois de plus, elle regretta qu'il se montre toujours aussi perspicace.

— Pourquoi continues-tu à te torturer de la sorte, petite sœur ? lui demanda-t-il. Cela m'attriste de te voir souffrir à cause d'un homme qui n'hésiterait pas à te détruire s'il en avait l'occasion.

Nephtys lutta contre l'émotion qui l'étranglait.

— Je sais, murmura-t-elle. Tu es ma seule famille, à présent, Seth. Et je te suis vraiment reconnaissante pour tous les bienfaits que tu m'as accordés. Quant à lui, je le hais du fond du cœur. Non seulement parce qu'il m'a trahie autrefois mais aussi parce qu'il voudrait m'arracher à Khepesh et à toi…

Ce n'était que la moitié de la vérité mais c'était tout ce qu'il avait besoin de savoir.

— Je ne le laisserai jamais te prendre, lui dit Seth d'une voix très douce. Tu le sais, n'est-ce pas ?

— Oui. Quant à moi, je préférerais mourir plutôt que de lui venir en aide !

Seth s'approcha d'elle et déposa un baiser sur sa joue.

— Je n'en ai jamais douté, *habibi*, lui assura-t-il. Et c'est toi qui devrais être ma concubine plutôt qu'une étrangère que je n'ai même pas encore rencontrée.

Nephtys se fendit d'un sourire malicieux.

— Se marier avec sa sœur était peut-être une tradition chez les pharaons mais je sais que tu as besoin d'une véritable épouse, de quelqu'un qui saura te satisfaire dans tous les domaines.

— Craindrais-tu de ne pas être à la hauteur, Nephtys ?

— Les hommes sont tous les mêmes, railla-t-elle. Qui te dit que, toi, tu serais à la hauteur de mes attentes ?

— Je pourrais prendre l'apparence de mon ennemi pour mieux te satisfaire, répliqua-t-il sur le même ton.

Nephtys ne put retenir un cri de colère et se jeta sur lui. Seth évita sans mal la pluie de gifles qu'elle lui décocha et leur bref combat s'acheva dans un éclat de rire.

— Je suis convaincue que tu ne ferais jamais une chose pareille, lui dit-elle. La simple idée de te faire passer pour Haru-Re te serait insupportable. Quant à moi, je préférerais coucher avec un chacal enragé plutôt que de m'offrir à lui !

Nephtys s'écarta de son frère et remit de l'ordre dans sa tenue.

— Et je préférerais encore épouser un buffle flatulent plutôt que de devenir ta concubine !

Seth-Aziz partit d'un nouvel éclat de rire. Nephtys était la seule personne auprès de laquelle il se permettait de faire preuve d'une telle décontraction. A son contact, il redevenait aussi humain que pouvait l'être un demi-dieu vieux de plusieurs millénaires.

Il ébouriffa tendrement les cheveux de Nephtys comme il l'avait fait si souvent lorsqu'ils étaient jeunes et vivaient dans la maison de son père.

— Tâche de ne plus te morfondre, ma sœur. Et viens plutôt avec moi pour t'assurer que la femme choisie par Rhys est bien celle que tu as vue.

— D'accord, répondit-elle.

Seth la prit par le bras et tous deux quittèrent la chambre de Nephtys pour gagner le couloir qui menait à la porte occidentale de Khepesh. La prêtresse de Set-Sutekh se sentait quelque peu rassérénée par la discussion qu'elle venait d'avoir avec son frère adoptif.

Cependant, le poids de l'amulette qui se trouvait dans la poche de son caftan lui rappelait insidieusement la seconde partie de sa vision, celle qu'elle avait choisi de garder pour elle.

Avec une pointe d'angoisse, elle se demanda si la guerre qu'elle avait pressentie était proche ou s'il leur restait encore quelques années avant que n'éclate la tempête. Car il était toujours difficile de dater une vision de façon précise.

Nephtys espérait en tout cas que la future compagne de Seth serait capable de leur venir en aide. Car si elle-même devait affronter Haru-Re, elle se savait condamnée à se perdre.

Lorsqu'ils sortirent de la villa pour se diriger vers les écuries, le soleil commençait déjà à décliner à l'horizon et se parait de teintes orangées.

Jamais Gillian ne s'était sentie aussi désemparée. Lorsque Rhys s'était poignardé sous ses yeux, elle avait été frappée par une double révélation. D'une part, toutes ses certitudes rationalistes s'étaient effondrées, laissant place à un doute vertigineux sur la véritable nature de la réalité.

D'autre part, l'angoisse qu'elle avait éprouvée lui avait démontré combien elle tenait à Rhys. Elle ne comprenait pas comment elle avait pu s'attacher à ce point à lui en quelques heures seulement et alors qu'elle l'avait successivement soupçonné d'être un pilleur de tombe, un terroriste et l'adepte d'un culte maléfique.

Pourtant, elle ne pouvait nier la fascination qu'il lui inspirait ni le puissant désir qui montait en elle chaque fois qu'ils s'embrassaient. C'était d'autant plus incompréhensible qu'elle n'était pas le genre de femme à se laisser séduire facilement.

Mais peut-être fallait-il voir là l'effet de cette magie

dont Rhys ne cessait de lui parler et dont elle avait pu constater elle-même l'existence.

Elle repensa alors à la photographie qu'elle avait vue dans l'album de Rhys et se demanda si sa mère avait pu tomber sous l'emprise d'un tel envoûtement. Avait-elle elle aussi découvert l'existence de ces êtres capables de lancer des rais de lumière ou de se transformer en animaux ? Etait-elle tombée amoureuse de l'homme qui se trouvait à ses côtés, lors de cette soirée chez Rhys ?

L'avait-il contrôlée mentalement comme l'avait fait ce dernier en la forçant à appeler ses sœurs ? Cela aurait pu expliquer le regard étrangement vide et indifférent de sa mère sur la photographie…

Elle était en tout cas convaincue d'une chose : ainsi qu'elle l'avait dit à Rhys, elle ne pouvait se permettre de laisser passer la chance qui lui était donnée de découvrir la vérité. Elle le devait à sa mère, à ses sœurs et au souvenir de leur père qui avait passé tant d'années à chercher son épouse disparue.

S'arrachant à ses réflexions, Gillian observa attentivement les alentours. La villa de Rhys était nichée au cœur d'une faille qui s'ouvrait dans une falaise. Elle se trouvait donc entourée sur trois côtés par d'imposantes parois de grès. Le dernier côté de l'enceinte intérieure était délimité par un mur infranchissable.

La maison et ses dépendances étaient de véritables joyaux de l'architecture mauresque. Gillian admira les colonnades torsadées qui entouraient la bâtisse principale, les élégantes mosaïques abstraites qui ornaient plusieurs des murs et la beauté des huisseries sculptées.

Le jardin dans lequel ils se trouvaient actuellement était si luxuriant qu'on avait peine à croire que le désert commençait juste de l'autre côté du mur pour s'étendre sur des centaines de kilomètres aux alentours.

Rhys lui avait expliqué que c'était lui qui avait découvert la source qui naissait au pied de la falaise. Il avait alors décidé d'installer ici cette retraite paradisiaque où il venait s'installer lorsque la pénombre éternelle du palais souterrain de Khepesh lui pesait trop.

Gillian jeta un coup d'œil à son compagnon. Il avait troqué ses vêtements ensanglantés contre la tenue traditionnelle des Bédouins. Il portait également un grand manteau de couleur sombre, de hautes bottes de cuir et un keffieh qui était retenu par un *agal* de couleur argentée.

Elle se prit à songer qu'il était certainement l'homme le plus séduisant qu'elle ait jamais rencontré. Par comparaison, elle se sentait un peu trop ordinaire, un peu trop quelconque, et regrettait presque de ne pas avoir troqué sa veste, son T-shirt et son pantalon poussiéreux contre la robe qu'il avait mise à sa disposition.

Pourtant, une telle tenue lui aurait sans doute encore plus donné l'impression d'être la captive sans défense de cet homme aux pouvoirs surhumains. C'est peut-être ce qu'elle était, d'ailleurs. Mais au moins, il ne semblait pas lui vouloir de mal…

Rhys ouvrit l'une des portes qui donnaient sur les écuries et pénétra dans le bâtiment. Gillian lui emboîta le pas et découvrit de très beaux boxes de bois dans lesquels se trouvaient plusieurs pur-sang arabes à l'œil vif et au pelage lustré. Un garçon d'écurie s'inclina respectueusement devant eux.

— Ils sont vraiment magnifiques, murmura Gillian en s'approchant de l'étalon le plus proche.

Elle caressa son museau et flatta son cou puissant.

— Au fait, qu'est devenu mon cheval ? s'enquit-elle alors. Tu aurais dû le voir devant la tombe…

— J'imagine que ton guide a dû s'enfuir avec, répondit Rhys en haussant les épaules. Je n'ai vu aucune monture lorsque nous sommes sortis de la sépulture de Seth-Aziz.

— A ce propos, comment as-tu su que je me trouvais là-bas ? lui demanda-t-elle, curieuse.

Un sourire se dessina sur les lèvres de Rhys.

— C'est très simple. La tombe de Seth-Aziz dissimule l'une des entrées de Khepesh. La sentinelle qui la surveille m'a prévenu que quelqu'un s'apprêtait à entrer et nous n'avons eu d'autre choix que d'intervenir.

— La porte d'un palais dissimulée dans une tombe, tu ne trouves pas cela plutôt macabre ?

— Sauf que la sépulture de Seth-Aziz n'en est pas vraiment une, répondit Rhys. Il l'a effectivement fait construire afin de s'y faire enterrer, du temps où il était grand prêtre du dieu Seth. Mais il est devenu immortel et n'a donc jamais été enseveli.

— Tu veux dire que le Seth-Aziz dont tu m'as parlé est le même que celui qui figure sur la fresque de la tombe ? Mais c'est impossible. Il serait âgé…

— De plus de cinq mille ans, en effet, acquiesça Rhys. Mais je t'assure qu'il ne les fait pas. D'ailleurs, tu t'en rendras bientôt compte par toi-même.

— De plus en plus incroyable, murmura-t-elle en secouant doucement la tête.

Rhys détacha une longe qui était accrochée à l'un des boxes et la lui tendit.

— Tu en auras peut-être besoin, lui dit-il.

Gillian la prit et observa de nouveau les chevaux.

— Lequel vais-je monter ? s'enquit-elle.

— Aucun de ceux-ci, répondit Rhys d'un air mystérieux. Viens.

Intriguée, elle le suivit jusqu'à la double porte qui s'ouvrait tout au fond de l'écurie. Elle était massive et renforcée de solides barres de fer. Rhys l'ouvrit.

— Mon Dieu, murmura Gillian lorsqu'ils franchirent le seuil.

La porte donnait à l'extérieur de la propriété et directement sur le désert. Le sable s'étendait à perte de vue, formant çà et là de hautes dunes qui ressemblaient à d'étranges vagues immobiles. C'était une vue à couper le souffle et Gillian sentit une étrange émotion lui étreindre la gorge.

Elle se sentait minuscule et perdue au sein de cette immensité parfaitement silencieuse.

— Heureusement que je ne suis pas partie à pied, murmura-t-elle enfin.

— Nous ne sommes pas aussi loin de Louxor que tu pourrais le penser, remarqua Rhys. Par contre, il ne faut pas se tromper de direction…

Gillian chercha des yeux les chevaux qu'ils étaient censés monter mais n'en vit aucun.

— Monte sur mon dos, lui dit Rhys.

Elle le considéra d'un air moqueur.

— Tu ne comptes tout de même pas me porter jusqu'à la Vallée des Rois ? ironisa-t-elle.

— C'est exactement ce que je vais faire, répondit Rhys.

— Mais c'est absurde…

— Fais-moi confiance, Gillian.

Il ploya les genoux et écarta légèrement les bras. L'espace de quelques instants, elle demeura immobile, se sentant vaguement ridicule.

— Très bien, soupira-t-elle enfin. Si tu y tiens…

Elle s'approcha de lui et se jucha sur son dos. Rhys se redressa alors et commença à murmurer des mots à la sonorité étrange. Elle crut pourtant reconnaître quelques mots d'égyptien ancien.

Mais comme elle s'apprêtait à interroger Rhys à ce sujet, elle le sentit se transformer brusquement sous elle et, avant même qu'elle ait pu comprendre ce qui était en train de se produire, elle se retrouva juchée sur un magnifique étalon au pelage noir.

Il lui fallut quelques instants pour comprendre ce qui venait de se produire : tout comme Shahin s'était changé en faucon, Rhys avait pris la forme d'un cheval. Simultanément, elle comprit pourquoi l'animal lui semblait aussi familier. C'était celui qu'elle avait aperçu au sommet du *gebel*, ce midi-là.

Al Fahl n'était autre que le vicomte Rhys Kilpatrick, disparu en 1885 en plein désert…

9

Puis-je t'accueillir comme est accueillie la monture du roi,
Le meilleur pur-sang de toutes ses écuries.
Reviens-moi au galop, mon bel étalon,
Que mon cœur de femme sache que son amour approche.

CHANSON D'AMOUR, PAPYRUS CHESTER BEATTY I.

Al Fahl chevauchait comme la brise au cœur du désert tandis que la belle Gillian s'accrochait à sa crinière, grisée par la caresse de l'air brûlant sur ses joues et dans ses cheveux.

Ses sabots soulevaient des gerbes de sable si fin qu'il demeurait quelque temps en suspension derrière eux, marquant d'une traînée de poussière dorée leur passage à travers les dunes.

Al Fahl galopait à vive allure, de peur peut-être d'être tenté de faire demi-tour et de regagner sa demeure avec sa cavalière.

Mais agir de la sorte reviendrait à trahir Seth-Aziz, à les condamner tous deux à une vie de fuite et de terreur jusqu'au jour où ils seraient inévitablement rattrapés par Shahin ou par l'un de ses hommes.

Car si Seth-Aziz était le plus fidèle des amis, il ne pardonnait pas facilement à ceux qui osaient le trahir…

Il fallut à Al Fahl un peu plus d'une demi-heure pour rallier le *gebel* qu'il gravit alors que le soleil était sur le point de se coucher. L'astre mourant dardait ses ultimes rayons couleur de feu et de sang, embrasant le désert tout entier en un ultime chatoiement de teintes mordorées.

Parvenu non loin de l'une des entrées secrètes qui permettaient d'accéder au palais souterrain de Khepesh, Al Fahl lança un puissant hennissement avant de se retransformer en homme. Il eut tout juste le temps de rattraper Gillian avant qu'elle ne tombe à terre.

Ainsi enlacés, tous deux demeurèrent quelques instants immobiles. Rhys pouvait entendre les battements précipités du cœur de la jeune femme.

— Comment est-ce possible ? lui demanda-t-elle enfin.

— Je serais bien incapable de répondre à une telle question, avoua-t-il. Tout ce que je sais, c'est que tous les immortels au service de Set-Sutekh ont la capacité de se transformer en animal. Shahin a choisi le faucon comme *ka* et moi, le cheval. Le moment venu, toi aussi tu pourras choisir l'animal qui te correspond le mieux.

— C'est ainsi que tu es devenu al Fahl, murmura-t-elle.

— Oui, répondit-il. La légende a commencé à se répandre à l'époque où je parcourais l'Egypte pour le compte de Seth-Aziz.

— Et tu captures vraiment des vierges pour les lui ramener ?

— La légende a souvent tendance à dépasser la réalité, répondit Rhys en haussant les épaules. Il ne faut pas écouter tout ce qu'on raconte sur mon compte.

Gillian lui jeta un coup d'œil dubitatif avant d'observer les alentours.

— Où sommes-nous, exactement ?

— Sur le plateau qui domine le *gebel*, répondit Rhys. Sous nos pieds s'étend le palais de Khepesh.

— Je ne vois aucune entrée, remarqua-t-elle.

— La plupart sont bien plus difficiles à trouver que la tombe que tu as découverte, répondit Rhys en se dirigeant vers une grande pierre plate.

Il posa ses mains dessus et prononça la formule qui permettait d'activer la porte secrète. Avec un crissement sourd, la pierre glissa sur elle-même, révélant une volée de marches qui s'enfonçaient sous terre.

Gillian contempla l'ouverture d'un œil méfiant.

— J'ai vraiment l'impression de me trouver en plein conte des *Mille et Une Nuits*, murmura-t-elle.

— C'est exactement ce que j'ai ressenti lorsque j'ai découvert Khepesh, il y a cent vingt-cinq ans…

— Tu es sûr que Seth-Aziz verra d'un bon œil le fait que tu m'aies conduite jusqu'ici ? demanda-t-elle. J'imagine que cet endroit est censé rester secret.

— Il sait que tu dois venir, répondit Rhys.

— Je ne sais pas si cela doit me rassurer, murmura-t-elle.

— Ne t'inquiète pas : je t'ai promis que personne ne te ferait de mal. Tu me fais confiance, n'est-ce pas ?

Elle l'observa longuement avant de hocher la tête.

— Tu ne le regretteras pas, je t'assure. Bientôt, si tu le souhaites, la mort n'aura plus de prise sur toi. Et tu posséderas des pouvoirs dépassant tes rêves les plus fous.

— Et si je refuse ? objecta-t-elle.

— Pourquoi le ferais-tu ? N'as-tu pas envie de devenir immortelle ?

— Tout dépend de ce que je suis censée faire de cette vie éternelle, répondit-elle.

— Sage réponse, acquiesça Rhys en souriant.

Lui-même ne s'était pas montré aussi clairvoyant, à l'époque. Fort heureusement, il ne regrettait pas le choix qu'il avait fait.

— Le seul engagement qui te sera demandé sera d'obéir à la volonté de notre dieu, Set-Sutekh et de son grand prêtre, Seth-Aziz. En dehors de cela, tu seras libre d'agir selon tes propres désirs.

— Mais je ne crois pas à l'existence des dieux égyptiens, qu'il s'agisse de Seth, de Ra ou d'Osiris.

— Pourtant, je t'ai vu offrir à deux reprises déjà une libation à la terre.

— C'est juste une forme de superstition, objecta-t-elle.

— Ne t'en fais pas : lorsque tu découvriras ce dont Seth-Aziz est capable, lorsque tu auras goûté à l'immortalité, l'existence des dieux anciens ne sera plus à tes yeux une simple question de croyance. Tu *sauras* qu'ils existent bel et bien…

Rhys comprit qu'elle hésitait encore.

— Qu'y a-t-il, Gillian ?

— Je crois que j'ai peur, avoua-t-elle en le regardant droit dans les yeux.

Il hocha la tête.

— Le contraire serait étonnant, répondit-il. Tu es sur le seuil d'un monde inconnu dont les lois annihilent tout ce que tu as tenu pour acquis jusqu'à ce jour. C'est une expérience terrifiante. Mais vas-tu t'arrêter là, à l'orée du mystère, alors qu'il ne te reste plus qu'à descendre quelques marches pour accéder à une connaissance que si peu de mortels ont entrevue ?

Gillian lui décocha un sourire teinté de nervosité.

— Si je le faisais, je passerais sans doute ma vie entière à le regretter et à me demander ce que j'aurais pu découvrir par-delà cette porte, avoua-t-elle.

— C'est exactement ce que je me suis dit autrefois, acquiesça Rhys.

Il s'abstint d'ajouter qu'en réalité Gillian n'avait plus le choix. Elle en savait beaucoup trop, à présent, pour qu'il puisse la laisser repartir. Mais en la convainquant de le suivre de son plein gré, il lui épargnait un sort peu enviable : celui d'être transformée en *shabti*. Ces serviteurs de Seth-Aziz dénués de toute volonté et réduits à l'état d'automates étaient bien traités, mais leur création n'en demeurait pas moins une pratique inhumaine aux yeux de Rhys.

Depuis qu'il était devenu l'intendant de Seth-Aziz, il s'était vainement efforcé de le convaincre d'y mettre un terme. Evidemment, s'il était parvenu à ses fins, il n'aurait eu d'autre choix que de faire assassiner ceux qui risquaient de découvrir Khepesh, ce qui ne le réjouissait pas beaucoup plus.

Malheureusement, après avoir été protégée durant des siècles par sa réputation de région maudite et hantée, la Vallée des Rois était aujourd'hui beaucoup trop fréquentée à la fois par les archéologues et par les touristes, ce qui multipliait les risques d'être découvert.

Seth-Aziz avait d'ailleurs dû faire condamner plusieurs entrées qui étaient trop exposées. Sans doute finirait-il par se résoudre à murer définitivement sa propre tombe…

— Est-ce que tu es prête ? demanda Rhys à Gillian.

— Non. Mais je ne le serai sans doute jamais. Alors allons-y.

Le courage dont elle faisait preuve éveilla en lui un élan de tendresse et il se pencha vers elle pour déposer un baiser sur ses lèvres. Puis il lui prit la main et fit mine de s'engager dans l'escalier.

— Promets-moi que tu ne m'abandonneras pas, murmura Gillian.

— Je te promets que je serai toujours là pour toi, Gillian Haliday, répondit-il d'un ton solennel.

Mais tout en formulant ce serment, il comprit qu'il ne pouvait en être certain.

Gillian serra la main de Rhys et le suivit dans l'escalier. Ils commencèrent à descendre les marches qui s'enfonçaient sous terre et l'obscurité se fit de plus en plus épaisse. Elle entendit alors la pierre se refermer sur eux et ne put s'empêcher de sursauter violemment.

— Ne t'inquiète pas, lui souffla Rhys. Laisse ton instinct te guider et tes pieds trouveront d'eux-mêmes les marches.

— Si tu le dis… , murmura-t-elle sans conviction.

En réalité, elle avait l'impression que tous deux étaient en train de descendre en direction des enfers. Peut-être était-ce le cas, d'ailleurs. Après tout, ce ne serait pas la chose la plus étrange qui lui serait arrivée ce jour-là.

Etant donné les circonstances, elle n'avait pourtant

plus d'autre choix que de faire confiance à Rhys et de se fier à ses conseils.

Elle s'efforça donc de dominer son angoisse et de suivre son intuition. Et contre toute attente, elle découvrit que son compagnon disait vrai. Comme mues par une volonté qui leur était propre, ses jambes trouvèrent le rythme idéal.

Ils descendirent encore, jusqu'à ce qu'elle perde le sens du temps et de l'espace. Il aurait aussi bien pu s'écouler quelques minutes que des heures entières.

L'air s'était rafraîchi et la température était à présent bien plus agréable qu'en surface. Elle perçut une légère odeur épicée qui lui rappela celle de l'encens.

— Nous y sommes presque, lui indiqua soudain Rhys. Fais attention, nous atteignons le bas de l'escalier.

Il ralentit et, quelques instants plus tard, les marches débouchèrent effectivement sur un large couloir. Contrairement à l'escalier, il était éclairé par d'étranges cristaux lumineux qui ne ressemblaient à rien de ce qu'elle avait pu voir jusqu'alors.

Lorsque ses yeux se furent habitués à leur clarté, Gillian constata qu'une lourde porte de couleur argentée leur barrait la route. Elle était décorée de nombreuses inscriptions hiéroglyphiques parmi lesquelles elle reconnut le cartouche de Set-Sutekh.

Elle eut également la stupeur de découvrir que l'immense œil d'Horus qui était dessiné au centre du battant était inversé, tout comme celui que portait Mehmet. Elle se demanda alors avec une pointe d'inquiétude si son guide faisait partie lui aussi de la secte de Seth-Aziz.

Mais avant qu'elle ait pu poser la question à Rhys, la porte commença à s'ouvrir lentement de l'intérieur.

— Bienvenue à Khepesh, lui dit son compagnon.

Elle constata que ses yeux brillaient de façon étrange dans la pénombre du couloir et se demanda une fois de plus si elle n'avait pas commis la pire erreur de sa vie en acceptant de le suivre jusqu'ici.

Un brusque accès de panique l'envahit et elle fut tentée de tourner les talons et de se précipiter vers l'escalier pour regagner la surface. Mais Rhys dut le sentir car son étreinte se fit plus ferme.

— Je crois que j'ai changé d'avis, articula-t-elle.

— Trop tard, répondit-il en désignant la porte.

Elle suivit son regard et découvrit que celle-ci était entièrement ouverte, à présent. Dans la vaste salle qui s'étendait au-delà, elle aperçut un groupe d'une cinquantaine de personnes qui étaient pour la plupart vêtues à la façon des anciens Egyptiens. Tous l'observaient avec curiosité.

Mais le regard de Gillian fut irrésistiblement attiré vers les deux personnes qui se trouvaient au centre de ce tableau vivant. L'une était une très belle femme à la peau laiteuse et aux longs cheveux roux. Elle portait une robe qui l'identifiait comme une prêtresse.

A ses côtés se tenait l'homme le plus charismatique qu'il lui ait jamais été donné de voir. Il émanait de lui une aura d'autorité et de noblesse si intense, si incontestable qu'elle ne pouvait être complètement naturelle. On aurait dit la réincarnation de quelque ancien pharaon.

Mais si ce que Rhys disait était vrai, songea-t-elle, elle avait affaire à un homme qui vivait depuis plus de cinq mille ans. Elle chercha dans son regard une confirmation de ce phénomène et ne put réprimer un frisson.

Car les yeux de Seth-Aziz reflétaient un terrifiant mélange d'expérience, de sagesse et de détachement. Ils paraissaient avoir tout vu. Ils semblaient aussi lire au profond de son âme comme si rien de ce qu'elle était, de ce qu'elle avait fait et de ce qu'elle pensait ne lui échappait. Et pourtant, il ne la jugeait pas.

Jamais elle ne s'était trouvée confrontée à quelqu'un d'aussi inhumain et elle ne pouvait douter à présent du fait que Seth-Aziz était l'incarnation d'une puissance qui dépassait tout ce qu'elle avait pu imaginer.

— Seigneur, déclara alors Rhys en s'inclinant devant lui, je suis revenu du monde d'en haut avec la femme que tu m'avais chargé de capturer. Agenouille-toi, ajouta-t-il à l'intention de Gillian, et salue ton seigneur et maître, Seth-Aziz, gardien des ténèbres, grand prêtre du maître de la nuit !

Incapable de résister à cette injonction et au poids du regard de Seth-Aziz, Gillian tomba à genoux. Ce n'est qu'alors qu'elle prit vraiment conscience de ce que Rhys venait de dire. Il prétendait l'avoir capturée. S'agissait-il d'une simple figure de langage ou fallait-il en conclure qu'il s'était joué d'elle depuis le début et l'avait attirée dans un piège ?

Son cœur se mit à battre la chamade et elle risqua un coup d'œil en direction des personnes qui se trouvaient là, cherchant un indice quelconque qui lui permettrait de répondre à cette question.

Ils ne paraissaient pas particulièrement agressifs ou menaçants. D'un autre côté, le choix de leurs vêtements et le fait qu'ils avaient choisi de vivre sous terre ne plaidait guère en faveur de leur santé mentale…

— C'est elle, déclara alors la prêtresse aux longs cheveux roux. C'est bien la femme de ma vision.

Un murmure se fit entendre au sein de la foule. Seth-Aziz observa Gillian plus attentivement encore et hocha la tête. Le sourire qui se dessina alors sur son visage le transfigura, soulignant la troublante perfection de ses traits.

— Excellente nouvelle ! déclara-t-il d'une voix profonde qui fit frissonner Gillian de la tête aux pieds. Je te félicite, Kilpatrick. Elle est digne de la cérémonie du Renouveau et fera une excellente concubine. Rappelle-moi quel est son nom.

— Gillian Haliday, seigneur, répondit Rhys.

— Et vient-elle à Khepesh de son plein gré ?

Gillian ouvrit la bouche pour répondre que ce n'était pas le cas et qu'elle n'avait pas l'intention de devenir la concubine de qui que ce soit. Mais elle ne put formuler aucun son et comprit que Rhys l'avait envoûtée une fois de plus.

— Oui, répondit ce dernier. Elle est venue de son plein gré.

— Bien. Et qu'en est-il de ces sœurs dont tu m'as parlé ?

— Je m'en suis occupé.

L'angoisse de Gillian redoubla. Rhys lui avait laissé entendre qu'il s'était servi de sa magie pour tenir ses sœurs à l'écart mais rien ne lui disait qu'il s'en tiendrait là. Comme s'il avait senti sa peur, Rhys lui lança un coup d'œil qui se voulait rassurant.

Une fois encore, elle songea qu'il était trop tard, à

présent. Elle n'avait d'autre choix que de continuer à lui faire confiance. De toute façon, elle ne pouvait plus espérer échapper à ces gens. Ils étaient plus nombreux, connaissaient mieux la région qu'elle et étaient probablement dotés de pouvoirs semblables à ceux dont Rhys avait fait usage.

Sa seule chance était de demeurer sur ses gardes, d'observer ce qui se passerait dans les heures à venir et de guetter la moindre occasion qui lui serait donnée de s'échapper.

Elle se demanda alors si sa mère s'était retrouvée prise dans un tel engrenage, des années auparavant. S'était-elle laissé entraîner par le désir ou, plus probablement, par la curiosité qu'avait dû éveiller en elle l'existence de ce palais souterrain ?

Après tout, sa mère était une égyptologue passionnée. Que pouvait-elle rêver de plus exaltant que de découvrir un tel endroit ?

Bien sûr, elle avait également pu se laisser tenter par la perspective de l'immortalité. Après tout, c'était un don suffisamment précieux pour convaincre quelqu'un de renoncer à sa propre famille.

Mais peut-être n'avait-elle pas eu le choix. Peut-être avait-elle été happée par ce monde tout comme elle le serait bientôt...

Pendant que ces pensées se bousculaient dans l'esprit de Gillian, Rhys s'était avancé jusqu'à la porte d'argent qu'il franchit sans hésiter, la laissant seule, agenouillée sur le seuil. Seth-Aziz fit alors un pas en avant et s'adressa directement à elle.

— Lève-toi, Gillian Haliday, lui dit-il. Pénètre au sein de Khepesh et joins-toi aux servants immortels de notre maître Set-Sutekh. Traverse le portail et accomplis le destin qui est le tien !

Tous les regards étaient à présent fixés sur elle. La tension qui planait sur la petite assistance était presque perceptible et Gillian comprit soudain qu'elle pouvait décliner l'invitation. Seth-Aziz avait demandé si elle se présentait à lui librement, ce qui signifiait qu'il ne pouvait la contraindre à entrer.

Evidemment, elle ignorait quelle pouvait être l'alternative. La laisserait-on regagner librement la surface ? Cela paraissait peu probable. Lui ôterait-on la mémoire à l'aide d'un enchantement ? Ou serait-elle purement et simplement abattue sur place ?

Elle leva les yeux vers Rhys qui hocha imperceptiblement la tête, l'encourageant à s'avancer. Elle avisa également l'inquiétude qui se lisait dans son regard et comprit qu'elle n'avait pas le choix. Quel que soit le sort qui lui était réservé en cas de refus, il valait mieux ne pas le connaître.

De plus, l'inquiétude de Rhys constituait un élément encourageant. Elle tendait à prouver qu'il se souciait réellement d'elle et que la tendresse dont il avait fait preuve à son égard n'était pas feinte.

Il lui avait promis de ne pas la quitter et de veiller sur elle et elle décida de lui faire confiance. Après tout, c'est ce qu'elle avait fait depuis qu'elle s'était réveillée dans sa villa au beau milieu du désert…

Gillian prit donc une profonde inspiration et se redressa. D'un pas lent et délibéré, elle s'avança en direction de la porte argentée. Le cœur battant à tout rompre, elle la franchit. A cet instant précis, elle comprit confusément que sa vie venait de basculer et que rien ne serait plus jamais comme avant.

Seth-Aziz la rejoignit alors et ouvrit les bras, englobant la pièce immense dans laquelle ils se trouvaient.

— Sois la bienvenue à Khepesh, Gillian. Cette demeure est à présent la tienne pour l'éternité.

10

Gisante, je rêve de l'amour que nous avons perdu,
Et je sens mon cœur s'arrêter au creux de ma poitrine.

CHANSON DE LA FILLE DE L'OISELEUR.

Rhys se faisait l'effet d'être le plus beau salaud que la terre ait jamais porté. Il avait délibérément induit Gillian en erreur. Il l'avait trompée et l'avait conduite jusqu'à Khepesh à grand renfort de mensonges et de fausses promesses.

Ce n'était pourtant pas la première fois qu'il agissait de cette façon mais, jusqu'à présent, il était toujours parvenu à se donner bonne conscience. Cette fois, par contre, il en était incapable. Et ce sentiment de culpabilité ne lui plaisait guère.

Une fois de plus, il essaya de se persuader qu'il n'avait pas eu le choix. Il s'était contenté de remplir ses obligations vis-à-vis de Khepesh dont il était l'intendant et l'un des immortels gardiens.

N'avait-il pas accompli son devoir à de multiples reprises, au cours des cent vingt-cinq années qui venaient de s'écouler ?

Rhys se tança intérieurement. Qui prétendait-il donc tromper ? Si sa conscience le torturait soudain, c'était surtout à cause des sentiments que lui inspirait Gillian. Depuis le moment où il l'avait aperçue près du temple de la déesse Sekhmet, il avait éprouvé un désir qui n'avait cessé de croître.

Mais plus il apprenait à la connaître et plus cette attirance physique se doublait d'un mélange de respect, de tendresse et de profonde sympathie. Pour la première fois depuis plus d'un siècle, il était en train de tomber amoureux.

Cette soudaine certitude ne fit qu'accentuer la jalousie qu'il éprouvait envers Seth-Aziz et la détresse que lui inspirait la situation. Car il était de plus en plus convaincu qu'il ne pourrait supporter de voir son maître prendre Gillian pour compagne.

Nephtys s'avança alors.

— Seigneur, dit-elle à son frère, permets-moi de conduire Gillian jusqu'au temple. La cérémonie a lieu dans cinq jours et je dois lui apprendre nos croyances et nos coutumes avant cette date.

— Bien sûr, acquiesça Seth-Aziz.

— Je lui ai promis de lui faire visiter le palais, intervint Rhys en avisant le regard inquiet que lui jetait Gillian. Elle tient sans doute à découvrir l'endroit où elle sera appelée à vivre, à présent. Et elle doit avoir bien des questions à poser…

— Dans ce cas, tu lui feras visiter les lieux dès demain, déclara Seth-Aziz. En attendant, elle passera la soirée en compagnie de Nephtys, qui lui enseignera les premiers rudiments de notre culture.

— Très bien, seigneur, répondirent en chœur Rhys et Nephtys.

— Mais, Rhys… , fit mine de protester Gillian.

— Je te verrai demain, lui dit-il. Ce soir, tâche de te reposer.

— Mais…

— Nephtys prendra bien soin de toi, poursuivit-il. Tu peux lui faire entièrement confiance.

Il lui décocha un sourire qui se voulait rassurant et elle hocha la tête, comprenant apparemment que le moment était mal choisi pour discuter les ordres de Seth-Aziz. Tandis qu'elle s'éloignait en compagnie de Nephtys, il se promit qu'il trouverait un moyen d'enfreindre le règlement et de lui rendre visite dans la soirée. Il lui devait au moins ça.

La foule se dispersa et Seth-Aziz entraîna Rhys en direction de la salle du conseil où ils devaient retrouver le reste du clergé de Set-Sutekh afin d'organiser la cérémonie qui approchait.

— Elle est parfaite, déclara Seth tandis qu'ils remontaient à grands pas le couloir central du palais. Comme toujours, tu es parvenu à surpasser mes attentes. Je n'aurais pu demander mieux…

— Je suis heureux que tu sois satisfait, répondit Rhys en s'efforçant de dominer le désespoir qui l'envahissait. Mais il y a quelque chose dont je dois discuter avec toi au plus vite, seigneur.

— As-tu entendu ce qu'a dit Nephtys ? poursuivit Seth-Aziz. Elle a eu une vision de Gillian.

— Vraiment ? Et en quoi consistait-elle, exactement ?

— Elle m'a dit que Gillian ferait une compagne idéale, qu'elle était emplie de sagesse et que nous serions heureux, tous les deux.

Rhys sentit son cœur se serrer dans sa poitrine. Car cette vision changeait radicalement la situation.

Jusqu'à présent, il avait eu bon espoir de persuader Seth-Aziz de lui abandonner Gillian. Mais si cette vision la présentait comme la concubine idéale pour son maître, il n'avait que peu de chance d'obtenir ce qu'il désirait.

— Nephtys a vraiment prophétisé en ce sens ? articula-t-il d'une voix étranglée.

— Oui, peu de temps avant que vous n'arriviez. C'est pour cette raison qu'il y avait tant de monde pour vous accueillir. Tous voulaient voir celle qui avait été désignée par les dieux !

La douleur et la jalousie qui rongeaient Rhys se firent plus mordantes encore.

— C'est une excellente nouvelle, parvint-il pourtant à articuler. Il était temps que tu trouves une femme selon tes goûts.

En temps normal, Rhys se serait effectivement réjoui pour son ami qui était demeuré seul bien trop longtemps. Mais pourquoi fallait-il que ce soit précisément cette femme-ci qui lui soit destinée ?

— C'est vrai, acquiesça Seth-Aziz. Elle est très belle. Mais elle semble un peu timide. Et il est évident que je la terrifie. J'imagine que cela changera avec le temps…

— Tout cela doit lui sembler à la fois étrange et intimidant. Laisse-lui le temps de s'habituer à cette nouvelle situation. Et à toi…

— Elle n'aura malheureusement guère de temps pour le faire.

— Tu n'es pas obligé de la faire tienne immédiatement après la cérémonie, remarqua Rhys en s'efforçant de paraître détaché alors qu'il bouillonnait intérieurement.

— C'est la tradition.

— Mais pas une obligation. Ce dont tu as besoin, c'est de son sang.

— C'est vrai, concéda Seth-Aziz.

— Si tu apprécies vraiment Gillian, laisse-lui le temps de s'habituer à l'idée de devenir ta compagne. Vous aurez ensuite l'éternité pour profiter des plaisirs de la chair…

— Tu as raison, l'Anglais, approuva Seth-Aziz en lui décochant une bourrade affectueuse. Ton conseil est avisé, comme souvent.

— En attendant, reprit Rhys, je veillerai à lui enseigner tout ce qu'elle aura besoin de savoir pour devenir la concubine d'un grand prêtre…

Qui sait ? songea-t-il. Cela lui laisserait peut-être le temps de dissuader Seth-Aziz de la prendre pour compagne.

Il n'osait pourtant songer à ce qui se passerait s'il n'y parvenait pas. Parviendrait-il à supporter de voir Gillian aux côtés de Seth-Aziz ? Arriverait-il à dominer les sentiments qu'elle lui inspirait ? Rien n'était moins sûr.

Ravalant ces inquiétantes questions, il se promit qu'il trouverait une solution avant qu'elles ne se posent réellement.

— N'aie pas peur, personne ici ne te fera de mal.

Gillian leva les yeux et croisa le regard de la prêtresse Nephtys. C'était une femme étonnante. Physiquement, elle était petite et très fine et aurait aisément pu passer pour une adolescente. Mais ses yeux trahissaient un savoir et une sagesse hors du commun.

Tout comme Seth-Aziz qui était apparemment son frère adoptif, elle avait traversé des millénaires, accumulant une expérience à nulle autre pareille.

— Je l'espère, répondit Gillian en se forçant à sourire. Parce que j'ai la conviction que sinon j'aurais peu de chance d'en réchapper.

— Ce n'est pas faux, concéda Nephtys.

Elles poursuivirent leur chemin et Gillian observa avec stupeur et fascination les pièces qu'elles traversaient. Les torches et les cristaux qui éclairaient les lieux révélaient une architecture à couper le souffle.

Ici, c'était une véritable forêt de colonnes en forme de feuilles de lotus, là d'immenses fresques colorées représentant les dieux de l'Egypte et les secrets de l'au-delà. Elle aperçut de magnifiques tapisseries et toutes sortes d'objets dont la beauté et le raffinement étaient sans égal.

C'était un rêve d'égyptologue : un palais entier en parfait état de conservation qui s'étendait sur des milliers de mètres carrés. Elle songea à Josslyn qui aurait tout donné pour se trouver dans un tel endroit.

Mais elle écarta rapidement le souvenir de sa sœur qui l'emplissait de désarroi. Car elle n'avait aucun moyen de savoir quand elle reverrait enfin Joss et Gemma. En fait, elle n'était même pas du tout certaine de les retrouver un jour. Et cette idée lui donnait envie de pleurer.

Elles parvinrent enfin devant une double porte argentée qui, si elle était moins imposante que la porte de l'occident par laquelle elle était entrée dans Khepesh, était décorée de façon plus raffinée encore. Le réseau de hiéroglyphes qui ornait la surface de métal formait une véritable dentelle de symboles sacrés.

Deux jeunes femmes ouvrirent les battants et s'inclinèrent respectueusement devant Nephtys et Gillian. Celles-ci pénétrèrent alors dans une immense pièce rectangulaire ornée de nombreuses colonnes.

— Nous nous trouvons dans la salle hypostyle, expliqua Nephtys. C'est ici qu'ont lieu les banquets et les célébrations.

Elles traversèrent la grande salle et atteignirent une pièce légèrement plus petite au milieu de laquelle était creusé un bassin empli d'une eau qui bouillonnait légèrement et était presque intégralement recouverte de nénuphars aux belles fleurs roses.

— Voici le bassin sacré de Set-Sutekh, expliqua Nephtys. Les nénuphars sont des *Victoria amazonica*, qui éclosent dans l'obscurité. Le premier a été offert à Rhys par l'égyptologue Howard Carter. Comme ce dernier s'intéressait d'un peu trop près à un passage qui risquait de le conduire à Khepesh, Rhys a fait en sorte qu'il découvre la tombe du pharaon Toutankhamon.

— Pourquoi ne lui avez-vous pas proposé de se joindre à vous ? s'enquit Gillian, curieuse.

— Parce qu'il s'était associé avec Lord Carnarvon qui était un personnage très en vue. Il aurait été très difficile de faire disparaître l'un sans éveiller la méfiance de l'autre. C'est pourquoi Rhys a eu recours à cette petite diversion.

— Vous nommez ainsi ce qui demeure l'une des plus grandes découvertes archéologiques de tous les temps ?

— Toutankhamon était un souverain relativement mineur, répondit Nephtys. Il n'a régné que peu de temps et son seul mérite est d'avoir rétabli le culte des dieux anciens après la brève période de monothéisme inaugurée par son père Akhenaton…

— Il n'en reste pas moins que le trésor retrouvé dans sa tombe était magnifique.

— Si vous aviez vu la tombe de son grand-père Amenhotep, vous ne diriez pas cela, répondit Nephtys en souriant.

Gillian fut prise d'un brusque vertige en songeant que la prêtresse était en train de parler de pharaons qu'elle avait peut-être connus personnellement.

— Je n'arrive pas à comprendre comment un complexe aussi immense a pu demeurer secret durant si longtemps, murmura-t-elle.

— La sécurité est la première des priorités de Seth-Aziz, expliqua Nephtys. Nous ne pouvons nous permettre que Khepesh soit découvert. Et nous ne reculons devant aucun sacrifice pour préserver notre secret…

L'insistance que la prêtresse avait fait peser sur cette dernière phrase éveilla un frisson glacé le long de la colonne vertébrale de Gillian. Car ce que Nephtys venait de lui faire comprendre à demi-mot, c'est qu'elle ne serait jamais autorisée à quitter cet endroit, même si elle faisait le serment de ne jamais en révéler l'emplacement.

Comme si elle avait lu dans ses pensées, Nephtys posa doucement sa main sur le bras de Gillian.

— Ne vous en faites pas, lui dit-elle. Vous vous plairez ici, je vous le promets. Moi aussi, j'ai été prisonnière comme vous, autrefois. Et je suis tombée amoureuse de celui qui m'avait capturée. Ce sera votre cas également, j'en suis sûre.

Cette déclaration ne faisait que confirmer ce que Rhys avait laissé entendre sur le seuil de la porte d'occident : elle était bel et bien prisonnière de Khepesh. Cette pensée aurait probablement dû l'emplir d'angoisse mais, curieusement, elle se sentait assez calme.

Elle comprit que la seule raison pour laquelle elle ne succombait pas à la panique était la promesse que lui avait faite Rhys de veiller sur elle et de la protéger.

Se pouvait-il qu'elle soit en train de succomber au syndrome de Stockholm ? Qu'elle soit tombée amoureuse de l'homme qui l'avait enlevée ?

— Mon frère peut sembler intimidant au premier abord, reprit Nephtys. Mais au fond, c'est quelqu'un de bien et il a un cœur d'or…

Gillian avait beaucoup de mal à voir Seth-Aziz sous cet angle. En fait, elle avait même du mal à imaginer qu'il puisse s'agir d'un être humain comme les autres. D'ailleurs, Rhys ne lui avait-il pas laissé entendre qu'il était l'avatar de Set-Sutekh, l'incarnation du dieu sur terre ?

— Nous voici à présent dans le sanctuaire, lui indiqua alors Nephtys. C'est l'endroit le plus sacré de Khepesh.

Arrachée à ses réflexions, Gillian considéra avec stupeur la salle dans laquelle elles venaient de pénétrer. Les torches qui étaient accrochées aux murs révélaient des murs intégralement recouverts d'argent qui contrastaient avec le sol pavé d'obsidienne.

Mais ce qui l'impressionna le plus, ce fut l'immense plafond qui formait un dôme de pierre au-dessus de leurs têtes. Il était entièrement recouvert de lapis-lazuli dont la couleur était celle du ciel nocturne.

Cette surface était piquetée de centaines de pierres

précieuses qui scintillaient à la lumière des torches, formant une réplique fidèle des constellations que l'on pouvait apercevoir dans le ciel égyptien.

— C'est magnifique, murmura Gillian.

De fait, elle n'avait jamais rien vu d'aussi beau.

— Je suis heureux que cela vous plaise, déclara Nephtys. C'est ici qu'aura lieu la cérémonie.

Gillian baissa les yeux et découvrit une série d'autels disposés tout autour de la pièce. Il y en avait six en tout, équidistants du grand sarcophage en obsidienne qui occupait le centre de la salle. Ce dernier servait également d'autel et était recouvert de fleurs, de fruits et de coupes emplies de vin.

L'ensemble était aussi impressionnant qu'esthétique mais il rappela brusquement à Gillian ce que Rhys lui avait dit au sujet de la cérémonie dont parlait Nephtys.

— J'ai cru comprendre que ce rituel était très important pour votre *per netjer*, mais je ne suis pas vraiment sûre de vouloir y participer, déclara-t-elle.

Nephtys se tourna vers elle et la considéra avec étonnement.

— J'en déduis que Lord Kilpatrick ne vous a pas tout expliqué.

— Je sais juste que je dois être consentante et que je dois sacrifier un peu de mon sang.

— C'est exact, acquiesça Nepthys.

— Pouvez-vous m'expliquer ce dont il s'agit plus précisément ?

La prêtresse s'avança vers le sarcophage central et le caressa du bout des doigts.

— Il faut d'abord que vous sachiez qu'être élue par le dieu est un très grand honneur. N'importe quel *shemsu* de Set-Sutekh serait honoré de prendre votre place. Mais une fois par an, le dieu a besoin du sang d'un mortel. Et c'est vous que mon frère a choisie.

— Je vois…

— Et il obtient quasiment toujours ce qu'il veut, ajouta Nephtys.

Cela n'étonna pas Gillian outre mesure. Seth-Aziz n'était probablement pas le genre d'homme que l'on pouvait aisément contredire ou contrarier. Mais elle espérait que, en dernière instance, il accepterait de tenir compte de ses propres inclinations.

— Et que serai-je censée faire, si j'accepte ?

— Oh ! ce n'est vraiment pas compliqué, répondit la prêtresse. Le rituel est appelé « cérémonie du Renouveau » parce que le grand prêtre réaffirme ainsi son lien avec Set-Sutekh et renouvelle son immortalité et celle des autres fidèles. Il lui suffit pour cela de boire le sang d'un mortel.

— Comme un vampire, en quelque sorte ? demanda Gillian en songeant à ce que Gemma lui avait raconté.

— C'est exact, acquiesça Nephtys.

Gillian ne put réprimer un violent frisson.

— Et si j'accepte, est-ce que j'en deviendrai un, moi aussi ?

— Non. Vous deviendrez vous aussi une *shemsu*, une immortelle, mais vous n'aurez nullement besoin de boire du sang pour le demeurer. Vous gagnerez également certains pouvoirs, comme celui de vous transformer en animal.

— C'est étrange, remarqua Gillian en observant de nouveau la pièce dans laquelle elles se trouvaient. Je croyais que les vampires étaient allergiques à l'argent. Et pourtant, il y en a partout à Khepesh.

— Seth-Aziz ne craint ni l'argent, ni l'ail, ni les pieux, répondit Nephtys en riant. Ne vous en faites pas pour lui.

— Et les rayons du soleil ?

— Ils pourraient effectivement lui être fatals, reconnut Nepthys.

— Et il ne boit du sang qu'une fois par an ?

— Et en très petite quantité, acquiesça Nephtys. En fait, ce rituel perpétue l'alliance de Seth et de la déesse Sekhmet. En échange de l'immortalité qu'elle lui a accordée, elle lui prend un peu de sa force tout au long de l'année. Une fois par an, il doit donc la reconstituer. S'il ne le faisait pas, il s'affaiblirait et finirait par dépérir complètement.

Gillian se prit à songer qu'une telle cérémonie n'était peut-être pas aussi terrible qu'elle en avait l'air. Et elle avait énormément à gagner en acceptant d'y prendre part. Pourtant, rien de ce que Nephtys venait de lui décrire n'expliquait ce que Seth-Aziz avait dit lorsqu'elle s'était présentée devant lui.

Elle est digne de la cérémonie du Renouveau et elle fera une excellente concubine…

— Que se passera-t-il lorsque votre frère aura bu mon sang ? Est-ce la fin de la cérémonie ?

— En général, oui, répondit Nephtys.

— Que voulez-vous dire par-là ? demanda Gillian d'un ton méfiant.

— Eh bien, il arrive que le grand prêtre décide d'honorer la personne qui a offert son sang…

— De quelle façon ?

Nephtys la regarda droit dans les yeux.

— En la faisant sienne, bien sûr, répondit-elle.

— Et c'est ce que Seth-Aziz compte faire avec moi ? s'enquit Gillian, inquiète.

— Oh ! non ! Vous avez plus de chance encore car il veut vous prendre pour concubine officielle. Si tout se passe comme je le pense, vous serez alors unis pour l'éternité.

11

Que les portes du temple soient ouvertes en grand,
Car sa maîtresse se prépare au sacrifice !

NAKHT SOBEK, SCRIBE DE LA GRANDE NÉCROPOLE.

A Khepesh, les intrigues de palais appartenaient à un passé depuis longtemps révolu. Seth-Aziz s'efforçait de maintenir une certaine harmonie et ne ménageait pas ses efforts pour rendre la vie de ses fidèles aussi agréable que possible.

C'est la raison pour laquelle les gardes de Shahin Aswadi ne patrouillaient jamais dans l'enceinte même de Khepesh mais concentraient leur attention exclusivement sur les voies d'accès.

En traversant le palais cette nuit-là, Rhys n'avait donc pas à craindre de croiser une patrouille. Il était également persuadé qu'aucune sentinelle ne se trouverait en faction devant la porte de Gillian. La grande prêtresse devait d'ailleurs penser qu'elle n'avait nulle part où aller.

Rhys était pourtant convaincu que cela ne suffirait pas à la dissuader de tenter quelque chose. Aussi alla-t-il se poster près du bassin de Set-Sutekh, juste en face de la porte qui permettait d'accéder au *haram* qu'occupaient la grande prêtresse et ses assistantes et où Gillian passait la nuit.

Quasiment certain qu'elle finirait par sortir, il alla s'allonger sur le rebord du bassin sacré et noua ses mains derrière sa nuque. Se concentrant sur l'odeur poivrée des nénuphars et le bouillonnement de l'eau, il s'efforça de se détendre.

Depuis qu'il avait abandonné Gillian aux bons soins de Nephtys, sa culpabilité n'avait fait que croître et il s'était finalement décidé à venir lui parler. Il ne savait pas vraiment ce qu'il pourrait bien lui dire ni comment il pourrait justifier ce que lui-même considérait comme une trahison. Mais peut-être avait-il juste besoin de la voir et d'entendre sa voix…

Près de trois quarts d'heure s'écoulèrent et Rhys se sentait déjà gagné par une légère torpeur lorsqu'un bruit le réveilla brusquement. Se redressant, il aperçut Gillian qui venait de sortir du *haram*, une bougie à la main.

— Tu vas quelque part ? lui demanda-t-il.

Gillian sursauta si violemment en entendant le son de sa voix que sa bougie s'éteignit, replongeant la pièce dans une obscurité presque totale.

— Rhys, c'est toi ? murmura-t-elle.

Il quitta le rebord du bassin et s'approcha d'elle.

— Nephtys ne t'a-t-elle pas mise en garde contre toute tentative de fuite ? lui demanda-t-il.

— Si, répondit-elle d'une voix pleine de colère. Elle a dit que si j'essayais, je subirais un lavage de cerveau et serait transformée en une sorte de zombie. C'est curieux, d'ailleurs. Je ne me souviens pas t'avoir entendu mentionner ce détail !

L'amertume qu'il percevait dans sa voix lui fit bien plus mal encore que les reproches qu'elle venait de formuler.

— Je suis désolé, soupira-t-il. Je n'avais pas d'autre choix que de te conduire jusqu'ici. Je te l'ai dit : en découvrant ce que j'étais devenu, tu te condamnais toi-même.

— Il n'empêche que tu m'as menti ! insista-t-elle.

— Seulement par omission…

— Sauf qu'il ne s'agissait pas de petits détails sans importance. Mais je ne veux même pas en parler. Je m'en vais.

— C'est de la folie, Gillian ! Tu n'arriveras jamais à trouver ton chemin jusqu'à la surface. Et même si c'était le cas, tu serais immanquablement capturée. Veux-tu finir ta vie comme *shabti* ?

— Plutôt que de devenir l'esclave sexuelle d'un vampire pour l'éternité ? répliqua-t-elle. Evidemment ! Sais-tu seulement que ton maître a l'intention de me violer après avoir bu mon sang, Rhys ?

— Il ne ferait jamais une chose pareille, protesta-t-il. De toute façon, pour que le rituel fonctionne, il faut que tu sois consentante.

— Parles-en à Nephtys. A l'entendre, on pourrait croire que la chose est déjà décidée !

Rhys se ressaisit enfin et comprit qu'il agissait de façon complètement irresponsable : si tous deux se faisaient surprendre ici à cette heure avancée de la nuit, ils risquaient de graves ennuis.

Il utilisa donc l'un des charmes qu'il connaissait pour bloquer les portes de la pièce et créer autour d'eux une sphère de silence. Pendant ce temps, Gillian s'était éloignée en direction de la porte d'argent. Elle essaya de l'ouvrir et découvrit qu'elle était fermée à clé.

— Comment es-tu entré ? demanda-t-elle à Rhys.

— Je te l'ai dit, Gillian, tu n'as aucune chance de sortir d'ici vivante. Alors, écoute-moi...

— Pourquoi ? l'interrompit-elle. Tu n'as pas cessé de me mentir. Alors pourquoi te ferais-je confiance, à présent ?

Rhys posa doucement les mains sur les épaules de Gillian et la regarda droit dans les yeux.

— Parce que nos corps, au moins, ne mentent pas. Nous sommes faits l'un pour l'autre, c'est évident. Il existe entre nous une alchimie que tu ne peux nier. Et je t'assure que je ferai tout ce qui est en mon pouvoir pour dissuader Seth de te prendre pour concubine.

— Et quelle chance as-tu d'y parvenir ? répliqua-t-elle. D'après ce que j'ai pu comprendre, c'est un homme déterminé qui a l'habitude d'obtenir ce qu'il désire. Et que fais-tu de la vision de Nephtys ? N'est-ce pas toi, justement, qui m'as vanté ses talents de devin ? Elle a prédit que Seth-Aziz et moi serions heureux ensemble.

— Crois-tu que ce soit possible ? lui demanda gravement Rhys.

— A moins qu'il ne me transforme en zombi, j'en doute, répondit-elle. Mais c'est peut-être cela qu'a vu Nephtys, en réalité. Mon destin est peut-être de tenter de fuir cet endroit et d'être privée de ma volonté...

— Je t'assure que Seth n'a jamais possédé une femme contre sa volonté, soupira Rhys. Ce n'est pas un monstre.

Gillian soupira et hocha la tête.

— Je veux bien reconnaître que tout ce que m'a dit

Nephtys à son sujet m'a donné de lui une image plutôt positive. Mais je ne m'imagine vraiment pas devenir la compagne d'un demi-dieu âgé de cinq mille ans...

Un profond soulagement envahit Rhys. Jusqu'à cet instant, il avait redouté que Gillian puisse s'être laissée envoûter par le charisme exceptionnel de Seth-Aziz et avoir décidé d'accepter cette union. Fort heureusement, il n'en était rien. Il ne put cependant s'empêcher de lui poser la question qui lui brûlait les lèvres.

— Tu viens juste de le rencontrer, remarqua-t-il. Comment peux-tu être sûre que tes sentiments envers lui ne vont pas évoluer ? Après tout, la plupart des femmes trouvent Seth irrésistible.

Gillian hésita quelques instants avant de lui répondre.

— Peut-être m'aurait-il fait cette impression si je ne t'avais pas rencontré avant... , avoua-t-elle enfin.

Le cœur battant, Gillian attendit la réponse de Rhys. Ce dernier demeura longuement silencieux avant d'ouvrir les bras pour la serrer contre lui.

— Nous sommes vraiment dans de sales draps, murmura-t-il dans ses cheveux.

Si Seth-Aziz était réellement l'incarnation d'un dieu, il s'agissait de l'euphémisme le plus énorme qu'elle ait jamais entendu formuler.

— Qu'allons-nous faire ? soupira-t-elle en s'abandonnant à son étreinte.

Certes, il ne lui avait pas avoué ses sentiments comme elle venait de le faire à demi mot mais ses paroles paraissaient indiquer qu'il entendait prendre son parti. Cela signifiait-il qu'il éprouvait plus que du désir à son égard ? Ou se sentait-il seulement désolé de l'avoir placée dans une situation aussi délicate ?

Elle n'avait aucun moyen de le savoir. En fait, la prodigieuse succession d'événements et de révélations auxquels elle s'était trouvée confrontée au cours des dernières vingt-quatre heures commençait à la rattraper. Rien ne l'avait préparée à faire face à ce genre de situation et elle se sentait à bout, aussi bien sur le plan physique qu'émotionnel.

— Comment pouvons-nous convaincre Seth-Aziz de changer d'avis s'il croit que la vision qu'a eue sa sœur correspond à la réalité ?

— Nephtys se trompe rarement mais cela se produit parfois, répondit Rhys. L'avenir n'est jamais gravé dans le marbre : il évolue et se redessine sans cesse au gré de nos actions. Nephtys le sait et Seth aussi. Le tout est de les convaincre que ce sera le cas, cette fois.

— Crois-tu vraiment que nous y parviendrons ?

— Il le faudra bien, répondit Rhys.

— Mais que se passera-t-il si Seth-Aziz refuse de renoncer à son projet ?

— Nous réfléchirons à la question le moment venu. En attendant, il nous faut tout faire pour le convaincre. Je n'ai pas envie de te perdre alors que nous venons tout juste de nous rencontrer, Gillian…

Elle leva les yeux vers lui et il se pencha vers elle pour l'embrasser. Gillian ne put réprimer un gémissement de plaisir et leur baiser se fit plus passionné. Les mains de Rhys couraient à présent sur son corps, allumant au creux de son ventre un brasier qui menaçait de la consumer tout entière.

Le dos plaqué contre la porte, elle s'abandonna entièrement à lui, haletante. Jamais elle n'avait connu une envie aussi ardente, aussi impérieuse. Il envahissait chacun de ses membres, se répandait en elle, la faisant trembler convulsivement sous l'effet du désir.

— Est-ce que tu m'as envoûtée ? lui demanda-t-elle.

Rhys secoua doucement la tête.

— C'est toi qui m'as envoûté, répondit-il avant de l'embrasser de plus belle.

Il y avait dans leurs gestes une certaine urgence, peut-être parce que, même en cet instant où ils étaient si proches l'un de l'autre, ils avaient parfaitement conscience de la formidable épée de Damoclès qui pesait au-dessus de leurs têtes.

D'une main tremblante, Rhys fit glisser sa robe qui coula le long de son corps et vint se poser doucement à ses pieds, la laissant complètement exposée à ses regards. Curieusement, elle n'éprouvait aucune gêne à l'idée de se retrouver nue devant cet homme qu'elle connaissait à peine.

Au contraire, l'admiration qu'elle lut dans son regard lorsqu'il la contempla ne fit qu'accentuer l'envie qu'elle avait de lui en cet instant.

— Je te veux, articula-t-il enfin d'une voix très rauque. Maintenant.

— Mais quelqu'un risque de nous entendre, objecta-t-elle à contrecœur. Que se passera-t-il si nous sommes découverts ?

— Je m'en moque. J'ai besoin de toi, Gillian. Nous sommes faits l'un pour l'autre et personne ne pourra rien y changer !

Le cœur battant à tout rompre, elle hocha la tête et il la souleva entre ses bras, récupérant sa robe au passage. Jetant un coup d'œil autour de lui, il hésita un instant avant de se diriger d'un pas résolu vers le sanctuaire intérieur du temple où se dressaient les sept autels consacrés à Set-Sutekh.

Il déposa enfin son précieux fardeau sur le sarcophage d'obsidienne qui occupait le centre de la pièce.

— Tu es sûr que Seth-Aziz n'est pas à l'intérieur ? lui demanda Gillian, inquiète.

— Certain, lui assura-t-il. Il n'y dort qu'une fois par mois, au moment de la pleine lune.

La lumière des torches qui éclairaient la salle soulignait les traits de son visage, accentuant la courbe volontaire de sa mâchoire ainsi que ses pommettes bien dessinées. Ses yeux dorés la dévoraient du regard et elle se sentit fondre de nouveau.

— Mais si tu dois vraiment offrir ton corps à Set-Sutekh, reprit-il, c'est moi qui lui servirai d'intermédiaire. Et si notre amour doit être immolé au nom de Khepesh, il n'est que justice qu'il soit consacré sur l'autel où il sera sacrifié.

Tout en parlant, Rhys s'était débarrassé de ses bottes et de sa tunique.

— Est-ce que tu veux de moi, Gillian ? lui demanda-t-il alors. Est-ce que tu es prête à t'offrir à moi quelles que puissent en être les conséquences ?

Gillian hésita, sachant qu'en acceptant elle les mettait tous deux en danger. Certes, elle ne connaissait pas vraiment Seth-Aziz mais elle savait déjà qu'il considérait qu'elle lui était destinée. Or elle était convaincue qu'il n'était pas le genre d'homme à tolérer qu'un autre lui prenne ce qui lui appartenait.

Mais l'envie qu'elle avait de Rhys était si puissante

qu'elle lui faisait oublier toute prudence. Tout ce qu'elle voulait en cet instant, c'était qu'il soulage ce désir insoutenable qui ne cessait de monter en elle, balayant toute autre considération.

Elle voulait sentir ses mains sur son corps. Elle voulait le sentir entrer en elle. Elle voulait s'abandonner corps et âme à cet homme qui avait su éveiller en elle un besoin si impérieux.

— Oui, répondit-elle d'une voix rauque. Je te veux, Rhys. Quoi qu'il puisse advenir de nous par la suite…

Il se pencha sur elle et l'embrassa de nouveau. La tendresse dont il avait fait preuve auparavant avait cédé place à l'urgence. Son torse se pressait contre le sien, agaçant la pointe de ses seins qui se dressaient déjà à ce contact.

Gillian ne put retenir un gémissement et s'arqua pour mieux s'offrir à ses doigts, qui couraient sur sa peau. Encouragé par sa réaction, il se fit plus audacieux, couvrant son corps de baisers qui alimentaient encore sa passion.

Elle avait l'impression de se consumer de l'intérieur et lorsque la bouche de Rhys se posa sur l'un de ses mamelons, une bouffée de pur plaisir explosa en elle. Elle se laissa pleinement aller à cette sensation, sentant confusément que ce qu'ils étaient en train de faire était juste.

Les mains de Rhys glissèrent plus bas encore pour se poser entre ses cuisses. Il commença à la caresser et, presque instantanément, elle succomba à une vague d'extase qui la balaya tout entière.

Elle commençait tout juste à reprendre conscience d'elle-même et de l'endroit où elle se trouvait lorsqu'une seconde vague déferla en elle. Renonçant à comprendre ce qui lui arrivait, elle se contenta de laisser Rhys l'entraîner toujours plus loin.

Puis il lui prit les poignets et les plaqua au-dessus de sa tête. Elle s'aperçut alors qu'il était nu, à présent. Mais elle eut à peine le temps de prendre conscience de l'intensité de son désir : déjà, il pénétrait en elle, la clouant contre le sarcophage sur lequel elle était allongée.

Gillian renversa la tête en arrière et noua ses jambes autour de la taille de Rhys pour l'attirer plus loin encore. Elle perdit alors toute notion du temps et de l'espace. Plus rien d'autre n'existait que le plaisir qu'ils se donnaient l'un à l'autre, que la magie de leurs gestes qui paraissaient se compléter à la perfection, comme s'ils étaient amants depuis toujours.

Emportée par un maelström de sensations qu'elle aurait été incapable d'identifier ou d'analyser, elle chevauchait une nouvelle vague d'extase qui paraissait enfler encore et encore sans jamais retomber.

Puis, soudain, ils furent emportés par cette lame de fond qui les terrassa tous deux et, l'espace de quelques instants, ils se perdirent corps et âme l'un en l'autre.

Combien de temps restèrent-ils ainsi enlacés, haletants, incapables d'esquisser le moindre geste ? Gillian avait l'impression que le temps était suspendu, que l'univers tout entier retenait son souffle. Mais dans ce silence recueilli, son propre esprit, au contraire, se trouvait dans un état de profonde confusion.

Ce n'était pas uniquement à cause de la conscience qu'elle avait d'avoir commis une folie. En cet instant, la peur d'être surprise et punie par Seth-Aziz était moins grande que celle que lui inspirait sa propre vulnérabilité à l'égard de Rhys.

Ce n'était pas seulement une question de plaisir physique : il avait réussi à la toucher au plus profond d'elle-même, à atteindre son cœur, son âme.

Elle ne parvenait pas à comprendre comment une telle chose était possible. D'ordinaire, elle ne croyait pas aux coups de foudre, estimant que l'amour était plus affaire de construction commune que de soudaine révélation.

Mais comment expliquer alors ce qu'elle éprouvait envers Rhys ? Comment expliquer ce lien qui l'unissait déjà à lui alors qu'ils ne se connaissaient que depuis quelques heures ? Il prétendait pourtant ne pas l'avoir ensorcelée. Etait-il possible qu'elle soit réellement tombée amoureuse ?

— Est-ce que tu te sens bien ? lui demanda Rhys d'une voix légèrement inquiète.

— A merveille, répondit-elle en s'étirant pour chasser la délicieuse langueur qui avait envahi son corps. C'était extraordinaire.

— Je suis d'accord, répondit-il avant de poser un petit baiser sur ses lèvres.

— Qu'allons-nous faire, Rhys ? lui demanda-t-elle alors gravement. Je ne veux pas devenir la compagne de Seth-Aziz. Ce qui vient de se passer entre nous ne fait que renforcer cette certitude.

Rhys aida Gillian à se redresser et tous deux entreprirent de se rhabiller tout en continuant à discuter.

— Pour le moment, je pense qu'il vaut mieux faire comme si de rien n'était, suggéra-t-il. Il nous reste encore quelques jours avant la cérémonie et je ne désespère pas de pouvoir convaincre Seth. Qui sait ? Je pourrais peut-être lui trouver une autre compagne…

— Je ne veux pas que tu kidnappes une autre femme qui sera condamnée à subir le même sort que moi, protesta vivement Gillian.

— Je ne pensais pas à un enlèvement, répondit-il. La plupart des *shemsu* qui nous ont rejoints l'ont fait de leur plein gré, tu sais.

— Malheureusement, la vision de Nephtys joue contre nous…

— C'est vrai, reconnut Rhys à contrecœur. Mais nous ne pouvons nous avouer battus. Je refuse de penser que notre histoire était condamnée depuis le début. D'une façon ou d'une autre, nous trouverons une solution !

Gillian hocha la tête en s'efforçant de dissimuler ses doutes. Mais en son for intérieur, elle était quasiment certaine qu'il ne leur restait d'autre alternative que la fuite.

Bien sûr, elle ne pouvait l'imposer à Rhys. Après tout, sa vie était ici et elle n'avait pas le droit de lui demander de tout abandonner pour elle. Mais elle sentait confusément que Seth-Aziz ne renoncerait pas facilement à la décision qu'il avait prise. N'était-il pas un demi-dieu habitué à se faire obéir par ses sujets ?

— Je lui parlerai dès demain, ajouta Rhys. En attendant, tu ferais mieux de rentrer au *haram* avant que quelqu'un ne s'aperçoive de ta disparition. Je viendrai te chercher demain matin et nous profiterons de la visite de Khepesh pour discuter de la stratégie à adopter, d'accord ?

— D'accord, répondit Gillian en se forçant à sourire.

Il l'enlaça une dernière fois et l'embrassa avec une

ardeur qui semblait indiquer qu'il avait conscience de la fragilité de leur relation. Gillian lui rendit son baiser, se perdant avec reconnaissance dans cette étreinte qui lui faisait oublier l'espace de quelques instants la menace qui pesait sur eux.

Lorsqu'ils se séparèrent enfin pour regagner leurs chambres respectives, ni l'un ni l'autre ne remarqua la silhouette qui était tapie dans l'ombre et les observait depuis plusieurs minutes déjà.

12

Si quelqu'un venait à dire :
« Il y a là une femme qui t'attend »
En entendant cela, je reprendrais courage immédiatement.

PAPYRUS CHESTER BEATTY I.

Nephtys vit les deux amants échanger un langoureux baiser avant de se séparer pour partir chacun de leur côté.

Elle se sentait vaguement désolée pour eux. Mieux que tout autre, elle savait que l'on ne choisissait pas forcément celle ou celui dont on s'éprenait. Cela se produisait par hasard, parfois au mauvais moment et avec la mauvaise personne.

Pourtant, cette compassion n'était pas ce qui l'emportait en elle. En fait, le sentiment qui dominait était la colère et l'indignation. Car Gillian était la concubine destinée à son frère, celle qui était censée apporter le bonheur à Seth-Aziz et la paix au palais de Khepesh.

La trahison de Rhys était impardonnable : ne siégeait-il pas au conseil ? N'était-il pas l'un des plus proches conseillers du grand prêtre ? Il devait savoir qu'en agissant comme il l'avait fait, il se condamnait au bannissement.

Troublée, Nephtys attendit quelques minutes que les amants se soient éloignés. Puis elle regagna ses appartements dans l'enceinte du *haram*. Le cœur lourd, elle comprit qu'elle n'avait plus qu'une chose à faire : rapporter à son frère la trahison qui venait d'être commise à son égard.

Mais avant cela, elle tenait à consulter l'œil d'Horus pour tenter de discerner les conséquences de ce qui venait de se produire. Qui sait ? Une nouvelle vision lui serait peut-être accordée qui lui indiquerait la meilleure façon de gérer cette regrettable situation.

Elle se rendit donc dans le petit oratoire où se trouvait le bol d'ambre dont la couleur dorée rappelait qu'il n'était pas originaire de Khepesh mais du palais solaire de Haru-Re. Pour chasser le trouble qui l'habitait en cet instant, Nephtys commença par allumer plusieurs lampes à huile ainsi que des bâtons d'encens.

Elle prit ensuite le pichet de cristal empli d'eau qui était posé auprès du piédestal de pierre et remplit le bol.

— Par Horus et par Thot, que me soit accordée une vision qui me guide en cette heure sombre, murmura-t-elle. Donnez-moi aussi la sagesse de la comprendre…

L'eau se brouilla sous ses yeux et elle sut qu'elle avait été entendue. Mais lorsqu'elle s'éclaircit de nouveau, Nephtys ne put retenir un cri de surprise et le pichet qu'elle serrait convulsivement entre ses mains éclata en mille morceaux, lui entaillant les mains.

Quelques gouttes de sang tombèrent dans le bol mais elle n'y prêta pas attention, incapable de détourner les yeux de la vision qui s'offrait à elle. Elle représentait Haru-Re ouvrant les bras pour accueillir un nouveau serviteur immortel de Re-Korakhti.

Et ce serviteur n'était autre que Rhys Kilpatrick.

— Est-ce que tu as pu parler à Seth ? s'enquit Gillian d'une voix qui cachait mal son angoisse.

Rhys jeta un coup d'œil aux alentours pour s'assurer qu'ils étaient seuls. Comme il l'avait promis, il était passé chercher Gillian peu de temps après l'heure du petit déjeuner. Officiellement, il avait été chargé par Seth-Aziz de lui faire visiter le palais, de lui parler de la vie à Khepesh et des devoirs qui seraient les siens en tant que *shemsu*.

— Non, répondit-il. Nous avons passé des heures à discuter de l'ultimatum de Haru-Re.

— L'homme que j'ai vu chez toi et qui se faisait appeler Harold Ray ? Nephtys a évoqué son nom. C'est bien le grand prêtre de Re, n'est-ce pas ?

— Et l'ennemi juré de Seth-Aziz, acquiesça Rhys. Il a menacé d'entrer en guerre contre lui s'il refuse de lui livrer Nephtys.

Il vit alors Gillian se rembrunir.

— Qu'y a-t-il ? s'enquit-il.

— Nephtys… Je suis sûre qu'elle est au courant de ce que nous avons fait.

— Qu'est-ce qui te fait dire cela ? s'enquit Rhys, inquiet.

— Elle était tout à fait sympathique hier soir, mais ce matin elle ne m'a quasiment pas adressé la parole. Elle n'osait même pas me regarder en face. Je suis certaine qu'elle a vu ou entendu quelque chose.

Rhys se rembrunit. Si ce que Gillian pensait était vrai, ils couraient tous deux un grave danger. Ce qu'ils avaient fait cette nuit-là était passible de la peine capitale ou, à tout le moins, d'un bannissement définitif.

— Je suis certain que Nephtys s'inquiète seulement à cause de Haru-Re, objecta-t-il. Je ne sais pas quels sont leurs rapports exacts mais je l'ai déjà entendue dire qu'elle préférerait mourir plutôt que de tomber entre ses mains.

— Mais je croyais que Nephtys était immortelle, objecta Gillian.

— Même les *shemsu netru* comme Seth-Aziz et Haru-Re ne sont pas invincibles, répondit Rhys. Il existe des moyens pour les tuer. C'est d'ailleurs ainsi qu'ont disparu leurs semblables au fil des siècles...

— Il y en avait donc d'autres comme eux, auparavant ? s'étonna Gillian.

— La plupart des principaux dieux du panthéon égyptien avaient leurs avatars. Il n'en reste plus que deux, aujourd'hui. Khepesh et Petru sont les deux derniers *per netjer* qui subsistent...

— Comment un demi-dieu peut-il mourir ?

— De bien des façons, en fait. Certains ont perdu leurs fidèles, d'autres ont été tués au combat, d'autres encore ont négligé de procéder aux rituels et aux incantations qui leur permettaient de demeurer immortels...

— Ce n'est donc pas un état permanent ?

— Pas pour les *shemsu netru*. Ils doivent renouveler régulièrement le lien qui les unit à leur divinité tutélaire. S'ils négligent ce devoir, ils redeviennent des mortels comme les autres.

— Incroyable.

— Il en va de même pour un *shemsu* qui perd le contact avec son *per netjer*, ajouta Rhys. C'est pour cette raison que le bannissement est un châtiment particulièrement redouté.

— Je peux le comprendre, acquiesça Gillian.

— Remarque, ça vaut toujours mieux que de se faire entièrement vider de son sang…

Le visage de Gillian devint blafard.

— Ne t'en fais pas, dit-il pour tenter de la rassurer. Cela n'est pas arrivé depuis plus d'un millénaire. Et encore ! Celui à qui Seth-Aziz a infligé ce châtiment était un traître, quelqu'un qui avait choisi de déserter pour passer à l'ennemi. Seth n'avait guère d'autre choix que de venger cet affront…

— Et que se passera-t-il s'il découvre ce que nous avons fait ? demanda Gillian d'une voix blanche. Ne considérera-t-il pas cela comme un affront ?

— Rien ne dit qu'il l'apprendra, répondit Rhys avec plus d'assurance qu'il n'en éprouvait réellement. De plus, ce nouveau conflit avec Haru-Re tombe à point nommé. Cela devrait monopoliser l'attention de Seth et nous donner l'occasion de reprendre l'initiative.

— Espérons-le, soupira-t-elle.

Tout en devisant de la sorte à voix basse, ils avaient suivi le couloir qui conduisait à la grande bibliothèque. Rhys ouvrit les portes qui permettaient d'y accéder et s'effaça pour laisser Gillian entrer.

Elle tomba en arrêt devant l'immense galerie dans laquelle s'alignaient des centaines d'étagères. Chacune d'entre elle était remplie de livres, qu'il s'agisse d'ouvrages imprimés, de manuscrits enluminés, de rouleaux de parchemin et de papyrus ou même de tablettes en terre cuite couvertes de caractères cunéiformes.

— Ça alors, murmura Gillian, les yeux écarquillés.

— Tu as devant toi la plus grande bibliothèque du monde, lui indiqua Rhys avec une pointe de fierté dans la voix. Il y a là des centaines de milliers d'ouvrages rédigés au cours des cinq mille dernières années. Certains d'entre eux proviennent de la célèbre bibliothèque d'Alexandrie.

— Je croyais qu'elle avait brûlé.

— Seth-Aziz est parvenu à sauver une partie de ce qu'elle contenait. Le reste se trouve à Petru.

Rhys vit les yeux de Gillian s'embuer de larmes.

— Mais c'est toute notre histoire, murmura-t-elle d'une voix tremblante. As-tu une idée de ce que cela représente ?

Il hocha la tête, touché de la voir aussi émue. Il aurait voulu pouvoir la prendre dans ses bras pour partager pleinement cet instant avec elle. Mais c'était impossible. Il y avait dans la bibliothèque de nombreuses personnes qui les observaient à la dérobée.

— On peut passer des mois entiers enfermé dans ces pièces sans même parvenir à prendre la mesure de ce qu'elles contiennent, lui dit-il. Tu peux me croire sur parole : c'est ce que j'ai fait.

Un sourire étincelant se dessina sur les lèvres de sa compagne.

— Au moins, si je reste ici, je ne risque pas de m'ennuyer, déclara-t-elle.

— C'est certain, acquiesça Rhys. Mais à vrai dire, je t'ai amenée ici pour une raison bien précise. Suis-moi.

Elle lui jeta un regard curieux mais s'exécuta. Rhys la conduisit alors jusqu'aux rayonnages consacrés à Re-Horakhti et à Haru-Re. Il prit l'un des lourds volumes qui s'y trouvaient et alla le poser sur la table la plus proche.

— Qu'est-ce que c'est ? lui demanda Gillian lorsqu'il l'ouvrit, révélant des pages couvertes de noms, de dates et de notes manuscrites.

— C'est un registre où sont recensés tous les initiés de Petru dont nous avons connaissance, expliqua-t-il. Ils sont classés par ordre chronologique. Quand ta mère a-t-elle disparu, au juste ?

Gillian le considéra en fronçant les sourcils.

— Tu penses qu'elle aurait pu être capturée par Haru-Re ? demanda-t-elle.

— Je l'ignore, soupira Rhys. Pas plus que Seth, il n'a pour habitude d'enfermer des gens contre leur volonté. Ce serait une pratique bien trop risquée. Mais sur la photo que tu as découverte chez moi, elle se trouvait aux côtés de l'un de ses lieutenants…

— Si elle a rejoint le *per netjer* de Haru-Re, c'est qu'elle n'a pas eu le choix, remarqua Gillian. Jamais elle n'aurait abandonné sa famille de son plein gré.

— Il se peut qu'elle ne figure même pas parmi les initiés, remarqua Rhys. En quelle année a-t-elle disparu ?

— En 1990, répondit-elle.

Rhys tourna rapidement les pages jusqu'à la période correspondante. Gillian et lui parcoururent des yeux les noms qui figuraient sur le registre.

— Ça alors ! s'exclama soudain sa compagne. Regarde là ! Son nom est bien écrit. Tu avais raison, Rhys. Elle a été admise à Petru !

L'émotion que ressentait Gillian était si intense qu'elle avait presque du mal à respirer.

— Il faut que j'aille la voir ! s'exclama-t-elle.

— C'est malheureusement exclu, répondit Rhys en secouant la tête.

— Mais je ne peux pas l'abandonner aux mains de Haru-Re ! protesta-t-elle.

Rhys observa les gens qui se trouvaient là et la prit par le bras pour l'entraîner vers la porte. Au passage, il remit en place le registre de Petru.

— Nous ferions mieux de trouver un endroit plus discret pour en discuter, lui chuchota-t-il.

Une fois à l'extérieur de la bibliothèque, il guida Gillian jusqu'à un couloir qui paraissait nettement moins fréquenté et les mena jusque dans l'antichambre d'un luxueux appartement qui devait être celui de Rhys.

Bien trop perturbée par ce qu'elle venait de découvrir, Gillian ne prêta guère attention à la richesse et au raffinement avec lesquels il avait aménagé les lieux.

— Il faut que je trouve un moyen de contacter ma mère, déclara-t-elle.

— Es-tu vraiment sûre qu'elle en ait envie ? lui demanda Rhys en fronçant les sourcils.

— Que veux-tu dire ? lui demanda-t-elle.

— Eh bien, il se peut très bien que ta mère ait choisi de rejoindre le *per netjer* de Re-Horakhti, répondit-il.

— Je te l'ai dit : jamais elle n'aurait fait une chose pareille.

— Très bien, soupira-t-il l'air peu convaincu. Admettons qu'on lui ait effectivement forcé la main comme à toi. Admettons encore que tu sois capable de sortir d'ici, ce qui est loin d'être évident, crois-moi. Que comptes-tu faire, au juste ? Aller frapper à la porte de Petru ? Encore faudrait-il que tu saches où se situe le palais de Haru-Re. Et ensuite ? Comment comptes-tu le convaincre de libérer ta mère ?

Gillian sentit son cœur se serrer dans sa poitrine. En voyant le nom de sa mère sur le registre, elle avait réagi de façon purement instinctive, sans vraiment réfléchir à toutes ces questions.

— Tu pourrais m'aider, déclara-t-elle.

— As-tu seulement idée de ce que Haru-Re ferait de toi ? répondit-il.

— Si tu es avec moi, il n'osera pas s'en prendre à moi, objecta-t-elle.

— Serais-tu en train de me demander de trahir Seth-Aziz ?

— Tu l'as déjà fait, lui rappela-t-elle.

Elle vit sa mâchoire se crisper.

— C'est vrai, reconnut-il enfin. Et pourtant, cela fait cent vingt-cinq ans que je le considère comme mon meilleur ami. Qui te dit que je ne te trahirai pas à ton tour ? ajouta-t-il d'un ton teinté de cynisme.

— Je le sais, répondit-elle en le regardant droit dans les yeux.

Rhys poussa un profond soupir.

— Tu sais qu'il y a une autre possibilité, n'est-ce pas ? lui demanda-t-il gravement.

Gillian détourna le regard.

— Oui, murmura-t-elle.

— Cela pourrait expliquer l'expression de son visage sur la photographie.

— J'y ai pensé, acquiesça Gillian d'une voix brisée. Est-ce que cet état est réversible ? Est-ce qu'il est possible de rendre à un *shabti* sa volonté et sa conscience de soi ?

Rhys demeura longuement silencieux et elle dut

faire appel à toute la force de sa volonté pour retenir les larmes qui menaçaient de la submerger.

— C'est possible, répondit-il enfin. Ce n'est pas facile mais c'est possible. Cependant, nous n'en sommes pas là. Pour le moment, il n'y a rien que nous puissions faire pour elle. A terme, nous pourrions peut-être essayer de négocier un échange.

— Quand ? lui demanda Gillian.

— Je l'ignore. Au cas où tu l'aurais oublié, notre situation est déjà très incertaine. Tant que la situation ne se sera pas éclaircie, il ne saurait être question pour nous de quitter Khepesh pour Petru. Ce serait considéré comme une trahison.

Gillian ferma les yeux. Elle savait qu'il avait raison mais cela ne contribuait guère à atténuer la sensation nauséeuse qui l'avait envahie. Comment pourrait-elle demeurer là sans rien faire alors qu'après vingt ans d'incertitude, elle avait enfin découvert où se trouvait sa mère ?

Percevant sa détresse, Rhys la prit dans ses bras et la serra tendrement contre lui. Elle s'abandonna à cette étreinte avec reconnaissance et, lorsqu'il l'embrassa, elle lui rendit son baiser avec passion.

Instantanément, un désir brûlant la submergea, explosant au creux de son ventre pour envahir chacun de ses membres. Cette envie lui paraissait évidente, naturelle comme si Rhys et elle avaient de tout temps été destinés l'un à l'autre. Jamais elle n'avait éprouvé une telle impression d'évidence.

Mais il s'arracha alors à elle et recula vivement, faisant naître en elle une frustration insoutenable.

— Non, articula-t-il d'une voix rauque. Nous ne

devrions pas faire cela. Pas tant que je n'aurai pas parlé à Seth…

— C'est bien la seule chose intelligente que je t'ai entendu prononcer depuis que vous êtes entrés ici, fit la voix de Shahin juste derrière eux.

13

Ne laisse pas mon cœur être façonné
Par toutes ces choses mauvaises qu'ils ont proférées à mon encontre.

LE LIVRE DES MORTS.

Le cheikh Shahin Aswadi se tenait dans l'embrasure de la porte qui menait dans le salon de Rhys et brandissait son cimeterre d'un air menaçant. Gillian ne put retenir un cri de frayeur tandis que Rhys se figeait sur place. Un instant lui suffit à recouvrer ses esprits et il se plaça devant la jeune femme de façon à faire rempart de son corps.

— Que fais-tu ici ? demanda-t-il à Shahin.

— J'étais venu pour tenter de te sauver la vie, répondit ce dernier en lui jetant un regard empli de fureur et de dégoût. Lorsque Nephtys m'a dit que vous étiez sur le point de trahir Seth-Aziz et le *per netjer*, j'ai d'abord refusé de la croire. Mais je vois hélas qu'elle ne s'était pas trompée et que tu es bien le renégat qu'elle disait !

— Je ne suis pas un traître ! protesta Rhys. Tu étais chez moi, hier. N'as-tu pas deviné alors que nous étions amants ? Comment pouvais-je prévoir que Nephtys ferait cette prédiction et que Seth-Aziz déciderait de la prendre pour concubine ?

— Lorsque tu l'as appris, tu aurais dû immédiatement mettre un terme à votre relation, répliqua Shahin. Mais on dirait bien que, cette fois, c'est toi qui t'es laissé ensorceler, Kilpatrick !

— Ne sois pas ridicule ! J'estime simplement qu'après avoir servi fidèlement notre maître pendant toutes ces années, je mérite de choisir la femme qui partagera ma couche !

Cette fois, ce fut au tour de Gillian de pousser un cri outragé.

— C'est donc tout ce que je suis, pour toi ? s'exclama-t-elle, furieuse.

Un sourire moqueur se dessina sur les lèvres de Shahin.

— On dirait que la femme en question a une vision très différente de votre relation, remarqua-t-il.

— Je ne tiens pas à discuter avec toi des sentiments que nous éprouvons l'un pour l'autre, répliqua Rhys avec hauteur. La seule chose qui importe, c'est que je n'ai jamais trahi Khepesh. Et je n'ai fait aucune promesse que je ne puisse tenir !

Gillian fit entendre une nouvelle exclamation de colère. Rhys aurait voulu se tourner vers elle pour lui faire comprendre que leurs vies étaient en jeu mais il n'osait quitter des yeux la lame étincelante que brandissait Shahin et qui risquait à tout moment de s'abattre sur eux.

— Elle a pourtant parlé de se rendre à Petru, remarqua le cheikh d'un ton suspicieux. Pourquoi ?

— Parce que sa mère a été capturée par Haru-Re, répondit Rhys. Et elle veut la libérer.

Le visage de Shahin ne trahit aucune réaction mais Rhys vit passer dans ses yeux une lueur sauvage. Les parents et la sœur de son ami avaient été capturés près de trois cents ans auparavant. Haru-Re ne s'embarrassant pas de scrupules comme Seth-Aziz, il avait bu le sang de la jeune femme et l'avait prise de force pour maîtresse. Humiliée, la sœur de Shahin s'était alors donné la mort.

Son père s'était fait tuer en tentant de la venger. Quant à la mère de son ami, elle vivait toujours à Petru en tant que *shabti*. C'est pour cela que Shahin avait décidé de rejoindre l'armée de Seth-Aziz. A force de travail et de volonté, il s'était élevé dans la hiérarchie jusqu'à devenir le chef de la garde du grand prêtre.

Mais ce dont il rêvait vraiment, c'était de décimer une fois pour toutes Haru-Re et ses armées.

Shahin rengaina son cimeterre et se rapprocha de Gillian, qu'il regarda droit dans les yeux.

— Oublie ta mère, lui dit-il d'une voix aussi tranchante que l'acier de son arme. Elle pourrait tout aussi bien être morte.

— Shahin ! protesta Rhys.

De grosses larmes roulèrent sur le visage de la jeune femme et il fit mine de se rapprocher pour la prendre dans ses bras. Mais elle recula vivement.

— Ne me touche pas ! s'exclama-t-elle avant de se tourner pour se précipiter en direction de la porte.

Il fit mine de la suivre mais Shahin le retint par le bras.

— Laisse-la partir, lui dit-il. De toute façon, elle n'ira pas loin.

— Ce que tu viens de lui dire était aussi cruel qu'inutile, déclara Rhys en le fusillant du regard. Et à cause de toi, elle ne me fait même plus confiance !

— C'est un service que je lui rends, déclara Shahin. Tes promesses sont comme la poussière dans le vent, mon ami. Et tu ne devrais pas oublier à qui elle appartient !

— Son cœur est à moi, répondit-il. Et je compte bien la posséder tout entière.

— Ne sois pas stupide, protesta le cheikh. Tu as entendu la prédiction de Nephtys. Tu sais donc que cette femme ne t'est pas destinée.

Il hésita comme s'il s'apprêtait à ajouter quelque chose puis secoua la tête.

— Oublie-la, Rhys. Elle ne t'apportera que souffrance et déshonneur. Seth, au contraire, a besoin d'elle.

Un violent accès de jalousie s'empara de Rhys.

— Nephtys se trompe ! s'exclama-t-il. C'est moi que Gillian aime. Elle n'acceptera jamais de devenir la maîtresse de Seth !

— Que veut dire jamais lorsque l'on a la vie éternelle devant soi ? répliqua Shahin.

Rhys pâlit. La simple idée de passer l'éternité aux côtés du couple que formeraient Seth et Gillian lui était intolérable.

— Ce n'est pas possible, articula-t-il. Seth est mon ami. Il comprendra ce que je ressens envers elle…

— Le crois-tu vraiment ? Combien a-t-il eu de maîtresses depuis que tu le connais ? Et combien d'entre elles a-t-il pleurées lorsqu'elles sont mortes ? Penses-tu qu'il sache ce qu'est l'amour ?

— Il respectera au moins les sentiments de Gillian.

Shahin secoua la tête d'un air compatissant.

— Seth-Aziz est un demi-dieu, un vampire immortel qui règne sur ce palais depuis plus de cinq mille ans. Ne te fais aucune illusion : les sentiments d'une femme comme Gillian ne comptent pas.

— A t'entendre, il serait dénué de tout sentiment, protesta Rhys.

— Disons juste qu'il s'en méfie. Il sait qu'ils sont susceptibles de lui faire commettre des erreurs qui coûteraient très chers à l'ensemble de son *per netjer*. D'ailleurs, si je me souviens bien, c'était également ton cas jusque très récemment. Et je suis surpris de te voir tomber sous le charme d'une femme…

— Gillian est différente, répondit Rhys.

— En quoi ? s'enquit Shahin. N'est-elle pas aussi dangereuse que toutes ses semblables ?

Rhys connaissait parfaitement les raisons du cynisme de Shahin. C'était la meilleure amie de sa sœur, sa propre maîtresse, qui avait trahi sa famille en échange d'une généreuse récompense de la part de Haru-Re.

En apprenant sa trahison, Shahin l'avait tuée de ses propres mains. Mais cela n'avait pas assouvi sa soif de vengeance. Depuis ce jour, sa défiance envers les femmes ne s'était jamais démentie.

— Tu te trompes, lui répondit Rhys. Gillian n'est pas quelqu'un d'ordinaire. Et ni elle ni moi ne trahirons Seth-Aziz ou le *per netjer*. Mais j'imagine que ce n'est pas uniquement pour me parler d'elle que tu es venu me voir.

Shahin l'observa longuement comme s'il cherchait à lire en lui pour s'assurer de la sincérité de ses propos.

— Nephtys m'a envoyé chercher Gillian pour la conduire au festin qui est organisé en son honneur dans la grande salle. J'ai cru comprendre que Seth-Aziz comptait profiter de cette occasion pour annoncer son intention de la prendre pour concubine.

Ainsi, songea Rhys, Seth avait finalement décidé de ne pas tenir compte de ses conseils.

— On peut dire qu'il ne perd pas de temps, remarqua-t-il en s'efforçant de conserver un ton détaché.

— A quoi cela servirait-il ? objecta Shahin. La vision de Nephtys ne lui offre guère d'autre choix.

— Tu es donc convaincu que telle est la volonté du dieu ? s'enquit Rhys, amer.

Shahin haussa les épaules.

— La volonté du dieu, des dieux ou du destin, l'ordre naturel de l'univers... Appelle cela comme tu veux, l'Anglais. De toute façon, nos chemins sont tracés bien avant que nous ne les empruntions.

— Tu sais que je ne le crois pas, répondit Rhys qui avait très souvent eu ce genre de discussion avec lui. Je pense que les êtres humains sont libres de forger leur propre destinée.

— Voilà une idée bien dangereuse, mon ami, remarqua Shahin avec un pâle sourire.

— Mais sans elle, la vie n'aurait aucun sens, affirma Rhys. A quoi nous servirait de jouer une pièce écrite par d'autres ?

— Ce qui compte n'est pas la voie que nous choisissons mais la façon dont nous l'empruntons. Quel que soit notre destin, nous devons y faire face avec courage et honneur.

— Je crois quant à moi qu'il peut y avoir plus d'honneur encore à se battre contre sa propre destinée.

— Peut-être, concéda Shahin en le regardant gravement. Mais ce genre de combat mène le plus souvent à la mort.

Il y avait derrière ces mots une mise en garde qui n'échappa pas à Rhys.

— Que t'a dit Nephtys, exactement ? s'enquit-il.

— Elle a eu une nouvelle vision qui ne lui laissait guère de doute à ce sujet, répondit Shahin.

— Et c'est tout ce sur quoi elle se fonde ? Sur une vision ?

— A vrai dire, elle n'a sollicité ladite vision que parce qu'elle avait assisté à une scène beaucoup plus prosaïque et terre à terre…

— Que veux-tu dire ?

— Qu'elle vous a vus en train de faire l'amour.

— Ici ? Dans le temple ?

— Dans le temple ? répéta Shahin, choqué. Eh bien ! On peut dire que lorsque tu te rends coupable d'hérésie, tu ne fais pas les choses à moitié ! Je te regretterai du fond du cœur lorsque Seth-Aziz aura décidé de punir ton arrogance en te vidant de ton sang.

— Cela me touche beaucoup, ironisa Rhys. Mais sais-tu si Nephtys a parlé de tout ceci à Seth-Aziz ?

— Je l'ignore.

— Dans ce cas, je ferais sans doute mieux de me joindre au banquet pour en avoir le cœur net. Laisse-moi juste le temps de me changer.

Tandis que son ami l'attendait dans le salon, Rhys gagna sa chambre et choisit l'une de ses plus belles tenues de cérémonie. Elle était taillée dans une soie de couleur bleu nuit tissée de fils d'argent.

Shahin et lui avaient vraiment fière allure et, lorsqu'ils pénétrèrent dans le grand hall quelques minutes plus tard, ils s'attirèrent plus d'un regard admiratif. En avisant les femmes qui les observaient, Rhys se demanda soudain pourquoi son ami et lui étaient demeurés si longtemps célibataires.

L'histoire personnelle de Shahin expliquait sans doute en grande partie son choix. Mais contrairement à lui, Rhys n'avait jamais fui la compagnie des femmes. Il n'était même pas opposé à l'idée d'une union durable. Pourtant, curieusement, il n'avait jamais rencontré quelqu'un qui lui donne envie de tenter l'aventure.

Jusqu'à Gillian.

Il n'aurait su dire ce qui le fascinait tant chez elle. Il avait connu des femmes plus belles, plus sophistiquées et bien plus rompues aux choses de l'amour. Mais aucune d'elles n'avait su éveiller en lui une telle émotion.

Sans doute n'y avait-il aucune explication rationnelle à ce phénomène. Gillian l'aimait et lui l'aimait en retour. C'était aussi simple que cela.

En fait, ce qui était compliqué, ce n'était pas leurs sentiments mais la situation dans laquelle ceux-ci les plaçaient. Car Gillian appartenait à quelqu'un à qui Rhys avait toujours voué obéissance et loyauté. Comment était-il censé choisir entre la femme qu'il aimait et l'homme à qui il devait littéralement la vie ?

Rhys n'était pas sûr de pouvoir répondre à cette question.

Lorsque Shahin et lui le rejoignirent, Seth-Aziz se trouvait dans l'antichambre qui donnait sur la salle de réception. Il était en train de revêtir une tenue de cérémonie. Comme à son habitude, il était assisté par sa sœur et une demi-douzaine de serviteurs.

— Voilà précisément les deux hommes que je voulais voir, déclara-t-il lorsque Rhys et Shahin s'inclinèrent devant lui. Rhys, Nephtys vient tout juste de me dire qu'elle avait eu une vision de toi alors que tu étais accueilli à bras ouverts par Haru-Re à Petru.

Rhys se figea et ouvrit de grands yeux. Se tournant vers Shahin, il constata que ce dernier avait la main sur le pommeau de son cimeterre. De toute évidence, il était déjà au courant.

— Je vois que l'on ne peut vraiment faire confiance à personne, murmura-t-il à l'adresse de son vieil ami.

— C'est exactement ce que je me suis dit lorsque Nephtys est venue me trouver, déclara Seth-Aziz. Et puis, j'ai réfléchi et je me suis dit qu'il y avait peut-être une façon de retourner la situation à mon avantage. Etant donné le dernier ultimatum de Haru-Re, cela me permettrait peut-être de gagner un peu de temps.

— Je ne comprends pas, déclara Rhys en fronçant les sourcils.

— C'est pourtant simple. Haru-Re essaie de te recruter depuis des années. Pourquoi n'accepterais-tu pas ?

Rhys se demanda s'il s'agissait d'un piège ou d'une stratégie particulièrement retorse.

— Jamais je ne pourrai trahir Khepesh, remarqua-t-il prudemment.

— Je n'ai jamais douté de ta loyauté, lui assura Seth-Aziz.

— J'en suis heureux, répondit Rhys. Parce que Nephtys t'a certainement rapporté un autre fait dont je suis venu parler avec toi. Je pense que je te dois quelques explications…

— Je suppose que c'est à propos de la fille, l'interrompit Seth-Aziz.

— De Gillian, oui, acquiesça Rhys.

— Je suis désolé mais tu ne peux pas l'avoir. En temps normal, cela ne me poserait aucun problème de te la laisser, une fois accompli le rituel du Renouveau. Mais la vision de Nephtys ne me laisse guère le choix.

— Je pense que cette vision est trompeuse ou, à tout le moins, que Nephtys l'a mal interprétée.

Seth lui jeta un regard glacial.

— Depuis quand es-tu devenu un spécialiste en matière de divination ? demanda-t-il.

Rhys ne put s'empêcher de détourner les yeux. Plus que jamais, il avait conscience de la facilité avec laquelle Seth-Aziz aurait pu le réduire en cendres.

— J'en suis désolé pour toi, reprit son maître d'une voix qui n'admettait pas de réplique, mais Gillian deviendra ma concubine. Ce n'est pas négociable.

Rhys s'efforça vainement de lutter contre l'accès de panique qui l'envahissait. Il avait l'atroce impression que son sang se glaçait dans ses veines et il ne put s'empêcher de frissonner.

— Gillian a beaucoup de respect pour toi, seigneur, articula-t-il. Mais elle est amoureuse de moi et je suis amoureux d'elle… En tant qu'ami, je te supplie de bien vouloir prendre nos sentiments en considération…

Seth leva la main.

— Il ne s'agit ni d'amitié ni de considérations personnelles, déclara-t-il. La seule chose qui importe, en l'occurrence, c'est l'avenir de Khepesh et de ses habitants. Je suis navré, Rhys, mais en comparaison ta vie sentimentale me semble bien secondaire.

Sur ce, Seth-Aziz se détourna et gagna la porte qui permettait d'accéder à la grande salle. Le cœur lourd, Rhys le suivit et alla prendre place à la table d'honneur où siégeait l'ensemble du conseil.

Il se laissa tomber sur sa chaise et se fit servir un verre de vin qu'il vida d'un trait. Une jolie *shabti* apparut à ses côtés et remplit de nouveau sa coupe. Comme elle faisait mine de se retirer, il posa sa main sur son bras et lui demanda de laisser la carafe.

Elle la posa devant lui, s'inclina légèrement et s'éloigna d'un pas mécanique. Rhys la suivit des yeux, se demandant si, au fond, son sort n'était pas plus enviable que le sien. Etre dénué de volonté et de personnalité était probablement la meilleure garantie contre toute forme de malheur.

Rhys vida son verre avant de le remplir de nouveau. C'est alors qu'il remarqua qu'il était séparé de Seth-Aziz par une chaise vide. Comprenant qui était censé l'occuper, il se leva et chercha des yeux quelqu'un avec qui changer de place.

Mais son regard croisa alors celui de Seth-Aziz qui le considérait d'un air réprobateur.

— Rassieds-toi, lui ordonna-t-il.

— Je ne peux pas rester assis à côté d'elle pendant que tu annonceras à tout le monde que tu comptes la prendre de force, répliqua Rhys.

Shahin se leva à son tour, la main sur le pommeau de son arme. Seth-Aziz fit signe au cheikh de reprendre sa place.

— Voilà des paroles bien audacieuses, l'Anglais,

remarqua-t-il. Si tu n'étais pas mon ami, ta tête se trouverait peut-être à tes pieds, en cet instant.

— Cela vaudrait peut-être mieux, marmonna Rhys.

— Je ne crois pas que tu le penses vraiment, objecta froidement Seth-Aziz. Mais tu ferais mieux de te rasseoir avant que je ne change d'avis.

Rhys poussa un profond soupir et se rassit. Il n'avait rien à gagner en se laissant guider par ses sentiments et son amour-propre. Même s'il parvenait à conserver la vie sauve, il était certain de s'attirer les foudres de Seth-Aziz. De plus cette attitude ne contribuerait guère à améliorer le sort de Gillian.

Mieux valait attendre le moment où sa chance tournerait et où il obtiendrait ce qu'il désirait plus que tout au monde. Cela pouvait prendre des semaines, des mois ou des années. Mais l'avantage d'être immortel était que le temps n'avait qu'une importance toute relative…

— Bien, déclara Seth-Aziz. A présent, avant que je n'annonce ma décision aux habitants de Khepesh, je veux que tu expliques à Gillian que les sentiments que tu as prétendu éprouver envers elle n'étaient qu'un subterfuge qui devait te permettre de l'attirer jusqu'ici. Dis-lui que, en réalité, tu ne t'intéresses pas à elle et conseille-lui d'accepter la proposition que je lui ai faite de devenir ma compagne.

Rhys contempla celui qui avait été à la fois son mentor et son meilleur ami depuis le jour où il avait découvert Khepesh. Jamais il n'aurait cru que Seth-Aziz était capable de le trahir de cette façon.

— Très bien, parvint-il à articuler. Je le ferai.

Incapable d'ajouter quoi que ce soit, il serra les dents

pour réprimer le hurlement de rage qui lui montait aux lèvres.

Autour de lui, la fête allait déjà bon train. Les gens plaisantaient et riaient, heureux de savoir que bientôt une nouvelle étoile serait ajoutée au ciel de Set-Sutekh et que leur grand prêtre avait enfin trouvé une femme selon son cœur, une femme aussi belle que sage qui saurait le rendre heureux.

14

Où es-tu parti, toi qui m'aimais ?
Pourquoi as-tu abandonné celle dont l'amour
Savait faire grandir en toi le désir ?

OSTRACON 25218 TROUVÉ AU CAIRE.

— Tu as fière allure, maîtresse, déclara l'une des deux *shemat* qui avait aidé Gillian à s'habiller.

La jeune femme se regarda dans la glace devant laquelle elle se tenait et hocha la tête. Les jeunes prêtresses avaient dû user de leur magie car cela faisait bien longtemps qu'elle ne s'était pas trouvée aussi séduisante.

Elle se demanda ce que Rhys penserait de son apparence puis se gronda intérieurement. Pourquoi se souciait-elle de ce que pouvait penser un homme qui ne voyait en elle qu'une proie facile parmi tant d'autres ?

— Il est temps d'y aller, déclara alors Nephtys qui venait de les rejoindre.

Elle observa d'un œil approbateur la tenue de Gillian. Cell-ci portait une robe droite très ajustée qui comprimait légèrement sa poitrine, soulignait ses hanches et mettait en valeur ses longues jambes. Elle était d'une très jolie couleur bleu-vert qui évoquait la nacre des ormeaux et offrait un contraste saisissant avec la couleur dorée de sa peau.

Sans ses longs cheveux blonds qui retombaient en cascade sur ses épaules, elle aurait pu passer pour une danseuse de l'antiquité égyptienne échappée de l'une de ces peintures murales qu'elle avait si souvent eu l'occasion d'admirer.

Ses poignets et ses chevilles étaient ornés de lourds bracelets d'or assortis au diadème qui brillait à son front.

— Est-ce que Rhys sera là ? s'enquit Gillian.

Si elle était bien décidée à ne pas se laisser de nouveau séduire par Kilpatrick, elle avait parfaitement conscience que, tant qu'elle se trouverait à Khepesh, il demeurerait son seul et unique allié.

De plus, elle était curieuse de savoir comment s'était terminée sa conversation avec ce cheikh qui paraissait aussi violent que discourtois. Elle ne lui pardonnerait jamais la façon dont il avait parlé de sa mère.

— Lord Kilpatrick assistera effectivement au banquet, répondit Nephtys. Il sera même assis juste à côté de vous. Mais vous devez l'oublier : il n'est pas votre destinée.

Gillian refusa de se laisser impressionner par la menace muette qu'elle devinait dans le regard de la prêtresse.

— Je pense que c'est uniquement à moi qu'il revient d'en décider, déclara-t-elle sèchement.

— Vous vous trompez, répliqua Nephtys. En réalité, vous n'avez guère le choix, et le plus simple pour vous serait d'admettre rapidement que vous appartenez désormais corps et âme à mon frère.

— Je suis désolée, mais c'est impossible, déclara Gillian.

Les habitants de Khepesh vivaient selon des traditions plusieurs fois millénaires mais tel n'était pas son cas. Elle était une femme de son siècle et n'entendait pas se plier aux ordres d'un homme sous prétexte qu'il avait été choisi par un dieu.

— C'est fort dommage, déclara Nephtys. Car si vous persistez dans vos inclinations, Seth-Aziz n'aura d'autre choix que de bannir définitivement l'homme que vous prétendez aimer.

— Pourquoi ferait-il une chose pareille ? Si j'ai bien compris, Lord Kilpatrick l'a loyalement servi durant plus d'un siècle.

— C'est exact. Et c'est ce qui lui vaudra le bannissement plutôt que la mort. Très franchement, je suis surprise que mon frère n'ait pas déjà prononcé la sentence, étant donné ce qui s'est passé entre vous cette nuit.

Gillian la considéra avec stupeur.

— Comment avez-vous su ? articula-t-elle enfin.

— Oh ! ce n'était pas bien difficile à deviner, répondit Nepthys en haussant les épaules. Un aveugle aurait remarqué ce qui se tramait entre vous. Mais il est grand temps d'y mettre un terme. Dites à Rhys que vous avez changé d'avis à son sujet, que vous préférez devenir la concubine d'un homme qui vous apportera le pouvoir et la connaissance. Faites-le ce soir même, Gillian, et évitez à Rhys d'être expulsé de Khepesh. Une telle condamnation lui serait certainement fatale.

Gillian sentit ses yeux se remplir de larmes. Tout ce qui lui était arrivé au cours de ces derniers jours était injuste. Elle avait découvert le destin de Rhys Kilpatrick mais ne pourrait jamais en informer ses employeurs. Elle avait retrouvé la trace de sa mère mais ne pouvait l'arracher à sa prison. Et elle était tombée amoureuse d'un homme avec lequel elle ne pouvait espérer vivre.

— Ce n'est pas juste, murmura-t-elle.

— Ma pauvre enfant, répondit Nephtys avec un sourire empli de mélancolie. Qui vous a dit que la vie, même éternelle, devait être juste ?

Malgré son humeur sombre, Gillian ne put s'empêcher de s'émerveiller en découvrant la grande salle dans laquelle devait se tenir le banquet. Elle avait l'impression de se retrouver au beau milieu d'un champ d'étoiles. Car la pièce immense, plongée dans la pénombre, n'était éclairée que par des milliers de petites bougies disposées sur les tables et dans des niches situées dans les murs uniformément peints en bleu foncé.

Tout comme dans le sanctuaire intérieur du temple, le plafond était constellé de diamants qui accrochaient la lueur des bougies et renforçaient cette illusion. Cette pièce était à l'image du maître de ces lieux, le puissant Set-Sutekh, maître de la nuit.

Le petit groupe de prêtresses qui accompagnait Gillian s'avança lentement entre les tables où les convives étaient déjà installés et rejoignit celle à laquelle siégeait l'homme qui était censé devenir son compagnon pour l'éternité.

Cette mise en scène lui faisait irrésistiblement penser à une procession nuptiale, ce qui ne faisait que renforcer le malaise qu'elle éprouvait. Mais le pire à ses yeux était la perspective de devoir mentir à Rhys.

Ce dernier était assis à la table d'honneur et contemplait son verre de vin d'un œil morne. Gillian se demanda si c'était parce qu'il était aussi accablé qu'elle à l'idée que Seth-Aziz la prenne pour concubine ou s'il trouvait juste ce festin terriblement ennuyeux.

Au fond, songea-t-elle avec amertume, cela ne changeait pas grand-chose pour elle de savoir s'il s'était vraiment épris d'elle ou s'il le lui avait fait croire uniquement pour pouvoir l'attirer jusqu'ici. Elle-même était bel et bien tombée amoureuse, et l'idée de le perdre lui était insupportable.

Comme elle se faisait ces réflexions, un chœur d'instruments s'éleva, interprétant une musique étrange et éthérée. Serrant les dents, Gillian se répéta qu'elle ne pouvait se permettre de verser les larmes qui lui montaient aux yeux.

Car si elle trahissait son désarroi, Rhys ne croirait jamais à la résolution nouvelle dont elle était censée lui faire part. Et s'il décidait de prendre sa défense, elle serait directement responsable de son bannissement et de sa mort.

Dans un état second, elle rejoignit Seth-Aziz qui l'embrassa sur la joue. Elle s'assit alors et écouta sans l'entendre le discours qu'il adressa à l'assemblée. Il fut salué par une salve d'applaudissements. Durant tout ce temps, elle se força à garder les yeux fixés sur lui et à ignorer Rhys qui se trouvait juste à ses côtés.

Lorsque Seth-Aziz se rassit et se tourna vers elle, elle ne put s'empêcher de frissonner en songeant qu'elle avait affaire à un véritable vampire. Il paraissait pourtant aussi charmant que courtois. De plus, s'il était réellement au courant de sa liaison avec Rhys ainsi que l'avait laissé entendre Nephtys, cela signifiait qu'il pouvait faire preuve d'une certaine mansuétude.

Malgré cela, elle ne parvenait pas à évacuer la frayeur qu'il lui inspirait.

— Je te fais donc si peur que cela ? lui demanda-t-il comme s'il avait lu dans ses pensées.

— Oui, répondit-elle, sachant qu'il serait vain de lui mentir à ce sujet. Cela n'a rien de personnel. Mais je ne suis pas habituée à fréquenter des demi-dieux vampires…

— Et encore moins à devoir en épouser un, acquiesça-t-il en souriant.

— Effectivement, concéda-t-elle.

— Sais-tu qu'une telle union te procurera une forme de plaisir physique plus grande que tout ce que tu as pu connaître ou imaginer jusqu'ici ?

— C'est ce que m'a indiqué Nepthys, répondit Gillian qui aurait vraiment préféré éviter ce sujet.

— Cela ne semble pas t'intriguer outre mesure, remarqua Seth-Aziz.

— Très honnêtement, je préférerais conserver mon ignorance en la matière.

— Cela ne tardera pas à changer, lui assura-t-il. Jusqu'à présent, toutes les femmes avec lesquelles j'ai partagé ma couche n'ont eu qu'à s'en féliciter.

Gillian se demanda qui pourrait bien avoir le courage de lui dire le contraire. Elle préféra cependant garder cette question pour elle-même.

— Un tel plaisir n'en demeurera pas moins imposé et non consenti, répondit-elle gravement.

Le sourire affable de Seth-Aziz disparut brusquement, remplacé par une expression réprobatrice.

— Voilà que tu parles comme Lord Kilpatrick, remarqua-t-il sèchement.

Gillian comprit qu'elle se trouvait sur un terrain miné.

— N'as-tu jamais pensé qu'il avait peut-être raison ? ne put-elle pourtant s'empêcher de demander.

— Jamais, répondit-il sans hésiter un seul instant. La seule chose qui m'importe, c'est le bien de Khepesh et de mes sujets. Cela, Kilpatrick ne peut le comprendre.

— Mais ne préférerais-tu pas passer le reste de ta vie aux côtés d'une femme qui t'aime réellement ? insista Gillian.

— Je suis le grand prêtre de Set-Sutekh et le gardien de tous ces gens, répondit Seth-Aziz en désignant les convives du banquet. Crois-tu que je puisse me soucier d'amour ou de préférences personnelles ? Les sentiments ne sont le plus souvent que transitoires. Le devoir, lui, est éternel.

Voilà qui est gai, songea-t-elle en son for intérieur.

— Tu ne vois donc cette union que comme un devoir ? lui demanda-t-elle à voix haute.

— Oui, répondit Seth-Aziz sans hésiter un seul instant.

Gillian se demanda si elle devait se sentir désolée pour lui ou se réjouir que leur union demeure purement formelle et dépassionnée. Comme Seth-Aziz se détournait d'elle pour s'entretenir avec Nephtys qui se trouvait à sa gauche, elle se tourna enfin vers son voisin de droite.

Lord Rhys Kilpatrick arborait une mine plus sombre encore que lorsqu'elle était entrée. Elle dut se faire violence pour ravaler les paroles réconfortantes qui lui montaient aux lèvres et se concentrer sur ce que Nephtys lui avait demandé de dire.

Comme Gillian faisait mine de prendre la parole, Rhys décida de prendre les devants et leva son verre pour porter un toast.

— J'espère pour ma part que cette union t'apportera le bonheur, lui dit-il.

Sur ce, il se détourna ostensiblement d'elle pour s'adresser à Shahin. Fidèle à la ligne de conduite qu'il s'était fixée, il entreprit de l'ignorer purement et simplement et prit garde à ne jamais croiser son regard.

Il ne put s'empêcher cependant d'écouter la discussion de la jeune femme avec Seth-Aziz et de serrer les dents chaque fois qu'il la voyait rire ou sourire, fût-ce de façon contrainte. Et lorsque Seth lui promit une vie de bonheur et de contentement à ses côtés, il ne put retenir un reniflement de mépris.

Gillian se tourna alors vers lui.

— Douterais-tu des promesses de notre maître ? lui demanda-t-elle.

— Bien sûr que non. Et je ne doute pas que tu trouves le bonheur si ce que tu cherches est la richesse, le pouvoir et les plaisirs érotiques les plus raffinés au sein d'un mariage entièrement dépourvu d'émotions véritables.

A ces mots, Gillian pâlit ostensiblement. Mais elle se ressaisit presque aussitôt et haussa les épaules.

— Je ne vois pas quel mal il y a à être riche, répondit-elle. Et tu oublies le plus important. En devenant la concubine du plus puissant immortel que la terre ait jamais porté, je bénéficierai également de facultés dépassant l'imagination...

— C'est vrai, reconnut Rhys en s'efforçant de contenir la frustration que lui inspirait cette discussion.

Combien de temps parviendrait-il encore à faire comme si de rien n'était alors que la jalousie le rongeait ?

— Quelle femme manquerait une telle occasion ? insista Gillian, impitoyable.

— Une femme dotée d'un cœur, peut-être, répondit-il.

Il la vit tiquer et comprit qu'il ne s'était pas trompé à son sujet. Il était évident qu'elle ne pensait pas un mot du discours qu'elle était en train de lui tenir et qu'elle avait été contrainte de lui tenir de tels propos.

— Le cœur est si changeant, répondit-elle d'un ton qui parvenait presque à paraître détaché. J'espère que tu n'as pas pris notre petite aventure trop au sérieux. Ce n'était qu'une passade sans lendemain qui ne tirait pas à conséquence. Mais j'imagine qu'un homme doté de ton expérience l'avait déjà compris.

Rhys se sentit très impressionné par cette prestation qui aurait pu paraître convaincante si le regard de Gillian n'avait pas démenti ses propos. Il était évident qu'elle aussi était à l'agonie.

Mais il n'avait d'autre choix que de jouer le jeu et de feindre l'indifférence.

— Je suis heureux que nous nous comprenions, répondit-il. J'avais peur que tu ne te fasses des idées à ce sujet. Si j'ai couché avec toi, c'était pour t'attirer jusqu'à Khepesh. Il est évident que cela ne peut continuer, maintenant que tu es sur le point d'unir ta destinée à celle de notre maître.

— Cela va sans dire, acquiesça Gillian avant de se

détourner pour décocher un sourire à Seth-Aziz qui était bien trop poli pour laisser voir qu'il n'avait pas perdu un mot de leur conversation.

Tendant la main vers la carafe emplie de vin qu'un *shabti* venait de déposer devant lui, Rhys se servit un nouveau verre qu'il porta à ses lèvres. Le vin l'aida à chasser le goût amer que ses propres paroles lui avaient laissé dans la bouche.

Il sentit alors la main de Gillian se poser sur sa cuisse et dut se faire violence pour réprimer un sursaut. Avait-elle perdu la raison ? Ne se rendait-elle pas compte que, si Seth surprenait ce geste, il les ferait probablement exécuter tous les deux ?

Incapable de résister à la tentation, il glissa pourtant sa main sous la table et la posa sur celle de Gillian. Leurs doigts se mêlèrent, exprimant mieux que des mots ce qu'ils n'étaient plus autorisés à se dire de vive voix.

Par ses gestes, Rhys chercha à lui communiquer le désespoir, la frustration et la colère qu'il éprouvait en cet instant. Il aurait voulu pouvoir porter à ses lèvres cette main si douce et si forte à la fois, défier Seth-Aziz et sa cour.

Mais ce faisant, il condamnerait la femme qu'il aimait à une mort certaine. Cette certitude ne faisait que renforcer l'intensité de sa propre détresse et lorsque Gillian lui retira enfin ses doigts, il se sentit soudain atrocement seul.

Mais n'était-ce pas à une solitude éternelle que Seth-Aziz l'avait condamné en décidant de prendre pour compagne la femme qu'il aimait ?

Incapable de supporter cette idée, il porta sa serviette à ses lèvres comme pour les tamponner.

— De quoi t'ont-ils menacée ? souffla-t-il à Gillian.

Elle fit mine de ne pas l'avoir entendu et porta à sa bouche l'un des amuse-gueules qui étaient artistiquement disposés dans son assiette.

— De te bannir, murmura-t-elle. Et toi ?

— De me couper la tête, répondit-il.

Gillian laissa échapper une exclamation de stupeur qui lui valut un coup d'œil suspicieux de la part de Seth-Aziz.

— N'y a-t-il pas du sésame là-dedans ? lui demanda-t-elle sans se laisser décontenancer un seul instant.

— Je l'ignore, répondit le grand prêtre, quelque peu dérouté par la question.

— Dans ce cas, je ferais peut-être mieux de ne pas en manger. Je suis allergique…

Une fois de plus, Rhys admira l'audace et le sang-froid dont elle était dotée. Hélas, ces qualités ne faisaient qu'ajouter à la liste toujours plus longue de ce qu'il regretterait maintenant qu'il avait perdu Gillian.

Le sentiment d'impuissance qui l'habitait ne cessait d'enfler. Ce n'était pas juste, décida-t-il. Pendant plus de cent ans, il avait fidèlement servi Seth-Aziz, acceptant sans discuter presque tous les ordres que ce dernier lui donnait.

Jusqu'à ce jour, il avait été convaincu que cette obéissance n'était qu'un faible prix à payer pour pouvoir jouir de la vie éternelle et des plaisirs que recelait Khepesh. Mais il se demandait à présent s'il n'avait pas fait preuve d'aveuglement et si le *per netjer* de Seth-Aziz ne commençait pas à ressembler à celui de Haru-Re : une autocratie entièrement soumise à la volonté d'un despote qui n'était peut-être pas si éclairé qu'il voulait bien le croire.

Et comme Rhys formulait cette pensée, il se prit à songer qu'il tenait peut-être justement là la solution à son dilemme...

15

Mangez ! Buvez ! Soyez heureux !
Car demain, nous serons tous morts.

IMHOTEP, GRAND ARCHITECTE DE LA TROISIÈME DYNASTIE.

Il avait fallu à Gillian deux jours entiers pour obtenir ce qu'elle cherchait à force de mensonge, de duperie et de dissimulation. Mais elle avait fini par trouver une vieille carte de Khepesh dans la grande bibliothèque que Rhys lui avait fait découvrir.

Elle avait trouvé le rouleau de papyrus dans l'une des sections les plus anciennes et était quasiment certaine que plus personne n'avait conscience de l'existence de ce plan qu'elle avait trouvé au beau milieu d'autres documents tout aussi poussiéreux.

Cela lui avait pris bien plus de temps qu'elle ne l'avait espéré car elle devait passer des heures auprès de Nephtys à étudier le rituel auquel elle participerait ainsi que les incantations dont elle aurait besoin pour vivre à Khepesh. Et chaque soir, la prêtresse lui faisait réciter ce qu'elle avait appris dans la journée.

La disposition de la bibliothèque avait également retardé ses recherches. Les anciens égyptiens utilisaient les hiéroglyphes, ce qui interdisait tout classement alphabétique. Les premiers scribes qui avaient assemblé le fonds avaient donc créé un étrange système de codification thématique.

Les ouvrages techniques du XXIe siècle côtoyaient ainsi les traités d'astronomie médiévaux ou les papyrus traitant des techniques agricoles de l'Antiquité. Fort heureusement, le père de Gillian avait enseigné à ses trois filles les bases de l'écriture hiéroglyphique, ce qui avait permis à Gillian de décoder les épais catalogues qui avaient été patiemment complétés et remis à jour au fil des siècles et des aménagements successifs.

Josslyn aurait été fière d'elle.

A cette pensée, Gillian se rembrunit.

Ses sœurs lui manquaient terriblement. Ce n'était pas la première fois qu'elles étaient séparées, bien sûr, et elles l'avaient été durant de longues périodes. Mais elle aurait tant voulu se confier à quelqu'un en qui elle pouvait avoir une confiance absolue. Bien sûr, le fait de ne pas savoir si elle les reverrait un jour ne contribuait guère à atténuer sa détresse.

Elle se demandait également si ses sœurs avaient conscience de sa disparition ou si, comme le lui avait affirmé Rhys, le sort qu'il leur avait lancé leur permettait de l'accepter sans se poser de questions.

Elle aurait aimé interroger ce dernier à ce sujet mais depuis le festin qui avait été donné en son honneur, il l'avait soigneusement évitée. Cela valait peut-être mieux, d'ailleurs…

De cette façon, au moins, ils évitaient toute tentation. Et si sa présence lui manquait cruellement, elle préférait demeurer loin de lui plutôt que de risquer de le voir banni ou condamné à mort par sa faute.

Pour le moment, elle ne pouvait se permettre de penser à ceux qu'elle aimait. Elle devait être forte et rester concentrée sur le plan qu'elle avait mis au point.

Forte de cette décision, Gillian alla s'enfermer dans sa chambre pour étudier la carte de Khepesh qu'elle avait trouvée. Le réseau de galeries et de pièces qui constituaient le palais formait un véritable dédale dont la complexité était d'autant plus vertigineuse que toutes ne se trouvaient pas au même niveau.

De plus, le plan était très ancien et ne tenait pas compte des nombreux aménagements qui avaient été réalisés depuis. Il apparut très rapidement à Gillian que Khepesh avait été maintes fois remodelé au fil des siècles. Fort heureusement, la zone à laquelle elle s'intéressait était d'origine.

Car elle voulait retrouver la tombe de Seth-Aziz qu'elle avait découverte à flanc de falaise. D'après ce que lui avait dit Rhys, il s'agissait d'une entrée secondaire qui n'était plus guère utilisée. Aussi avait-elle bon espoir qu'elle soit moins surveillée que les autres.

Si elle parvenait à remonter jusque-là, elle aurait peut-être une chance d'atteindre la surface. Elle ne comptait pas s'enfuir, convaincue que Seth-Aziz ne le permettrait jamais. Si elle quittait Khepesh, il lancerait certainement Shahin ou un autre de ses spadassins à sa poursuite et elle ne se faisait guère d'illusion quant à ses chances de leur échapper.

A vrai dire, elle ne pouvait pas vraiment le reprocher au grand prêtre. La survie et la sécurité des habitants du *per netjer* dépendaient de leur capacité à garder secrète l'existence de ce gigantesque souterrain situé au beau milieu d'une zone archéologique majeure.

Gillian ne tenait pas à être assassinée ou transformée en *shabti*. Elle avait parfaitement conscience du fait qu'une page de sa vie s'était tournée et que tout retour en arrière était désormais impossible.

Elle était même prête à jouer le rôle qui avait été écrit pour elle en espérant que Seth-Aziz finirait par changer d'avis et par lui rendre sa liberté. Tout autre choix aurait été suicidaire. Pire encore, il aurait probablement causé la mort de l'homme qu'elle aimait.

Par contre, elle tenait à faire ses adieux à ses sœurs, à leur dire que tout allait bien, qu'elles ne devaient pas s'inquiéter et qu'elle les aimait. Elle voulait aussi parler à Joss et à Gemma du fait que leur mère était bien vivante et que Gillian comptait la retrouver au plus vite.

Pour transmettre ce message, il lui suffirait de quitter Khepesh pendant une heure ou deux, le temps de trouver quelqu'un qui puisse porter la lettre qu'elle avait décidé de rédiger à l'intention de ses sœurs.

Ensuite, elle reviendrait à Khepesh et affronterait son destin aussi courageusement que possible.

Le début de l'après-midi était une période très calme à Khepesh où les gens avaient pour la plupart l'habitude de faire la sieste. Gillian décida d'en profiter pour passer à l'action. Elle avait fini par repérer la tombe de Seth-Aziz et avait longuement étudié le trajet qui devait lui permettre d'y accéder.

Le passage qui y menait n'était ni obstrué ni particulièrement surveillé. Hélas, le seul moyen de l'emprunter était de passer par la salle du conseil qui était généralement très fréquentée. Gillian s'embusqua donc dans le couloir qui y menait et attendit qu'une occasion se présente.

Elle savait que les membres du conseil se réunissaient quasiment nuit et jour pour discuter des menaces proférées par Haru-Re et de la réponse qu'il convenait de lui adresser. Le problème devait être plus complexe qu'il n'y paraissait puisqu'aucune décision n'avait encore été prise.

En surprenant certaines conversations, Gillian avait cru comprendre que les troupes dont disposait Haru-Re étaient bien supérieures en nombre à celles de son rival. S'il n'avait pas encore attaqué Khepesh de front, c'est uniquement parce qu'il craignait le pouvoir des *shemsu* de Seth-Aziz.

Pendant ce qui lui parut durer une éternité, Gillian demeura immobile, les yeux rivés sur la porte. En fin de compte, sa patience fut récompensée puisqu'elle vit émerger un à un de la salle de réunion tous les membres du conseil. Ils avaient apparemment décidé de s'accorder une pause de quelques heures avant de reprendre les débats.

Profitant de cette aubaine, Gillian attendit qu'ils se soient éloignés et se glissa dans la pièce. Là, elle se cacha derrière le trône de Seth-Aziz qui se trouvait à l'une des extrémités de la grande table de marbre.

Quelques instants plus tard, un garde ouvrit la porte. Le cœur battant à tout rompre, Gillian retint sa respiration. Mais l'homme ne prit pas la peine d'entrer et se contenta de jeter un coup d'œil à l'intérieur avant de refermer le battant. Elle entendit alors un léger cliquetis qui lui indiqua qu'elle venait de se faire enfermer à l'intérieur de la pièce.

Elle n'avait plus le choix, à présent : il lui fallait aller jusqu'au bout de la mission qu'elle s'était fixée. Se redressant, elle prit une profonde inspiration pour chasser la nervosité qui l'habitait.

Lorsque les battements de son cœur eurent retrouvé un rythme plus posé, elle prononça l'une des formules que Nepthys lui avait enseignée et qui servait à accroître la luminosité des cristaux qui éclairaient la majeure partie des pièces à Khepesh.

Elle s'approcha alors de la paroi dans laquelle devait s'ouvrir le tunnel conduisant à la tombe et tâtonna durant quelques minutes à la recherche d'un mécanisme d'ouverture. Elle finit par trouver l'anneau dissimulé derrière une pierre descellée.

Lorsqu'elle tira dessus, un pan de mur s'écarta, révélant un tunnel plongé dans les ténèbres. Gillian se saisit du cristal lumineux le plus proche et s'avança résolument dans ce couloir. Elle prit soin de refermer derrière elle avant de le suivre sur quelques centaines de mètres.

Elle parvint alors à une seconde porte dérobée qui s'ouvrait directement dans la tombe de Seth-Aziz. Quelque peu désarçonnée par la facilité avec laquelle elle avait réussi, Gillian gagna l'antichambre de la sépulture avant d'émerger à l'air libre.

La luminosité du soleil l'aveugla instantanément. Cela faisait trois jours et trois nuits qu'elle vivait dans l'éternelle pénombre de Khepesh et elle eut l'impression d'être une marmotte émergeant d'une grotte après des mois d'hibernation.

Quand elle se fut enfin accoutumée à la lueur aveuglante de l'astre du jour, elle descendit de la falaise et s'avança sur la piste par laquelle Mehmet et elle étaient arrivés jusqu'ici. Pour retrouver la civilisation, il lui suffirait de suivre ce sentier jusqu'à la rive du Nil qui se trouvait en contrebas du *gebel*.

Fort heureusement, elle avait pris la précaution de se munir de suffisamment d'eau pour faire l'aller-retour. Elle se mit donc en route.

Cela faisait déjà une demi-heure que Gillian progressait d'un bon pas lorsqu'elle entendit un bruit de sabots qui venait dans sa direction. Prudente, elle se dissimula derrière un gros rocher et observa la route. Mais lorsqu'elle vit qui était juché sur l'âne qui s'avançait vers elle d'un pas tranquille, elle sentit un mélange de soulagement et de joie l'envahir.

— Mehmet ! s'exclama-t-elle en sortant de sa cachette.

Ce dernier poussa une exclamation angoissée et fit un geste qui servait traditionnellement à repousser le mauvais sort.

— Mam'zelle Gillian ! s'exclama-t-il. Est-ce que c'est bien toi ? Tu n'es pas un esprit, n'est-ce pas ?

Elle ne put s'empêcher de rire et secoua la tête.

— Non, Mehmet, répondit-elle. Du moins pas encore. Et j'aurais besoin que tu me rendes un service.

— Bien sûr, mam'zelle. Tout ce que tu voudras…

Gillian s'approcha de lui et tira de sa poche l'enveloppe qui contenait la lettre adressée à ses sœurs. Elle la lui tendit.

— Pourrais-tu porter ceci à Joss et Gemma ? lui demanda-t-elle gravement.

Il jeta un coup d'œil nerveux aux alentours avant de hocher la tête.

— D'accord, lui dit-il. Je le ferai.

Mais comme il était sur le point de lui prendre la lettre des mains, une voix retentit derrière eux.

— Peut-on savoir ce que tu fais ici ?

Stupéfaite, Gillian se retourna et découvrit Rhys qui se tenait à quelques mètres de là, les sourcils froncés et les bras résolument croisés sur sa poitrine.

Rhys ne parvenait pas à comprendre comment Gillian avait pu s'échapper de Khepesh. Quittant l'ombre de la falaise, il s'avança vers la jeune femme et son ancien guide.

— Ne sais-tu pas qu'en t'enfuyant tu me condamnes à une mort certaine ? ajouta-t-il.

Curieusement, il n'éprouvait aucune colère envers elle. Après tout, c'était à cause de lui qu'elle avait été capturée et condamnée à s'unir à un homme qu'elle n'aimait pas. Comment aurait-il pu dès lors lui reprocher de choisir la fuite ?

— Tu te trompes, lui dit-elle. Je comptais rentrer aussi rapidement que possible. J'espérais seulement que personne ne s'apercevrait de ma disparition.

Rhys la considéra avec stupeur.

— Je ne comprends pas, avoua-t-il. Pourquoi reviendrais-tu te constituer prisonnière de ton plein gré ?

— Précisément pour la raison que tu viens d'évoquer, répondit-elle. Je ne tiens pas à ce qu'il t'arrive malheur par ma faute.

Le regard de Gillian lui confirma qu'elle disait la vérité. Il secoua la tête d'un air incrédule.

— Tu es vraiment quelqu'un de très étrange, lui dit-il en souriant. Puis-je savoir pourquoi tu as pris ce risque si ce n'est pour t'échapper ?

— Disons que j'avais une course à faire, répondit-elle en haussant les épaules.

Rhys devina sans mal ce dont il s'agissait. Malheureusement, il ne pouvait la laisser prévenir ses sœurs : cela risquait d'éveiller leurs soupçons et de dissiper l'enchantement qu'il leur avait lancé. Il tira donc une petite bourse des replis de son manteau et la lança à Mehmet.

— Voici ta récompense, *walad.* Maintenant, file ! Et si tu dis un mot de tout cela à qui que ce soit, je t'assure que c'est toi qui serviras de victime à Seth-Aziz, la prochaine fois !

— Je ne dirai rien à personne, m'sieur, répondit Mehmet, très pâle.

Il fit tourner sa monture et lui décocha un coup de talon pour s'éloigner aussi vite que possible. Gillian tourna alors vers Rhys un regard accusateur.

— Depuis quand Mehmet travaille-t-il pour toi ? lui demanda-t-elle.

— Cela fait des années, répondit Rhys en haussant les épaules. Génération après génération, sa famille a toujours servi fidèlement le dieu Set-Sutekh.

— Dois-je comprendre que c'est sur ton ordre qu'il m'a conduite jusqu'à la tombe de Seth-Aziz ?

— Malheureusement, oui, soupira-t-il. Mais je ne

faisais que mon devoir. Comment aurais-je pu deviner que je tomberais amoureux de toi ?

Un demi-sourire se dessina sur les lèvres de Gillian et il comprit qu'il venait de marquer un point.

— Donne-la-moi, ajouta-t-il en tendant la main vers elle.

— Quoi donc ?

— La lettre que tu caches derrière ton dos.

— Pas question, répliqua-t-elle.

Rhys la considéra avec un mélange d'étonnement, d'amusement et d'admiration. Croyait-elle réellement être de taille à tenir tête à un *shemsu* ? Impressionné par la volonté et la combativité qui la caractérisaient, il haussa les épaules.

— Très bien, garde-la. A présent, je vais me transformer et tu monteras sur mon dos.

— Tu comptes me ramener à Khepesh ? lui demanda-t-elle d'une voix défaite.

— A terme, oui. Mais en attendant, nous allons faire un détour par ma maison.

— N'est-ce pas dangereux ? objecta-t-elle.

— Si, extrêmement, concéda Rhys.

— Alors pourquoi veux-tu y aller ?

— A ton avis ? répliqua-t-il en lui décochant un regard brûlant.

Il eut la satisfaction de la voir frissonner. Encouragé par cette réaction, il s'avança vers elle et la prit dans ses bras. Leurs bouches se trouvèrent et ils échangèrent un baiser ardent.

Rhys la sentit fondre contre lui et lorsqu'elle murmura son nom, un violent tressaillement de désir le parcourut de la tête aux pieds. En cet instant, il comprit que jamais il ne pourrait renoncer à elle. S'il l'abandonnait à Seth-Aziz, la douleur et la jalousie finiraient par le détruire à petit feu.

Il n'avait donc d'autre choix que de mettre à exécution le projet qu'il avait formulé pour la première fois lors du banquet, et auquel il n'avait cessé de penser au cours des jours précédents.

Comme leur baiser se faisait plus passionné encore et qu'il se sentait sur le point de perdre tout contrôle, il repoussa doucement Gillian.

— Allons chez moi, murmura-t-il avant de prononcer les paroles rituelles qui lui permettaient de se transformer en al Fahl.

Avec la grâce d'une cavalière consommée, Gillian sauta sur son dos. Elle entoura son cou puissant de ses bras et nicha son visage contre sa crinière. Il s'élança alors en direction du désert et galopa à toute allure en direction du *wadi* qui abritait son domaine.

Sa passion était si puissante qu'il couvrit cette distance en un temps record. Parvenu devant le grand portail de bois sculpté, il reprit son apparence humaine et, sans marquer de pause, souleva Gillian entre ses bras pour l'emporter vers la maison.

Ils dépassèrent plusieurs de ses domestiques qui les regardèrent passer avec surprise et amusement. A grands pas, Rhys traversa le rez-de-chaussée pour gagner le grand escalier qui conduisait à l'étage.

Lorsqu'ils atteignirent enfin sa chambre à coucher, ils basculèrent sur le grand lit et commencèrent à se déshabiller l'un l'autre avec des gestes fiévreux.

— Tu es à moi, murmura Rhys d'un ton qui recelait autant de défi que de désespoir.

— Oui, gémit-elle contre sa bouche. Seulement à toi…

Ils tombèrent à la renverse sur le matelas et, incapable de surmonter le désir impérieux qu'il avait de Gillian, Rhys entra en elle. Elle était prête à l'accueillir et il se nicha au plus profond de sa chair comme s'il voulait ne plus faire qu'un avec elle.

Là, il s'efforça de dominer l'ardeur de sa passion et demeura immobile. Il voulait prendre tout son temps, profiter de ce moment et oublier l'avenir incertain qui les attendait et les risques immenses qu'ils seraient bientôt obligés de courir s'ils voulaient sauver leur relation.

— Oh ! Rhys, j'avais si peur, murmura-t-elle d'une voix haletante.

— De quoi, mon amour ?

— J'avais peur que tu aies accepté de suivre les ordres de Seth, que tu aies décidé de m'oublier pour de bon…

— Même si je le voulais, j'en serais incapable, murmura-t-il. Tu fais partie de moi, à présent, et j'ai besoin de toi. Il faut que tu le croies, quoi que l'on me force à te dire ou à faire. Tant qu'il restera un espoir, je me battrai pour que nous soyons ensemble.

Elle se serra un peu plus contre lui et, cette fois, le frisson qui la parcourut reflétait bien plus d'angoisse que de désir.

— Est-ce que nous avons vraiment une chance d'en sortir vivants ? lui demanda-t-elle en le regardant droit dans les yeux.

— Peut-être. Si nous parvenons à nous faire vraiment confiance l'un l'autre…

— Tu as une idée, n'est-ce pas ?

— Pour le moment, la seule idée que j'aie, c'est de

faire l'amour avec la femme que j'aime, répondit-il en souriant.

Gillian lui sourit et il se remit à bouger en elle. Cette fois, il fit durer leur étreinte autant qu'il en fut capable, utilisant même ses talents magiques pour prolonger et renforcer leur désir. Sans doute ne pourrait-il jamais lui donner plus de plaisir que Seth-Aziz. Mais il possédait sur le vampire un avantage décisif : l'amour que Gillian et lui éprouvaient l'un pour l'autre transfigurait leur étreinte, la transformant en une communion parfaite des corps et des âmes.

Nichée entre les bras de Rhys, Gillian attendait que se dissipent les derniers échos de l'extase qu'elle venait d'éprouver. Jamais elle n'avait connu une étreinte aussi intense, aussi passionnée. Lorsqu'elle avait atteint le faîte de la passion, elle avait eu l'impression que son être tout entier se disloquait en une ultime explosion de joie pure et parfaite.

Si elle avait eu le moindre doute quant aux sentiments que lui vouait Rhys, la tendresse dont il avait fait preuve à son égard les aurait dissipés. D'ailleurs, le simple fait qu'il soit ici, à ses côtés, prouvait combien qu'il était prêt à courir tous les risques pour elle.

Elle regrettait presque de ne pas s'être opposée à leur venue en ces lieux. Qui pouvait dire en effet si Nephtys ne les avait pas surpris à l'aide de l'œil d'Horus ? Lorsqu'ils rentreraient à Khepesh, peut-être seraient-ils accueillis par Shahin que Seth-Aziz aurait chargé de décapiter Rhys…

Cette idée lui était absolument insupportable et elle

aurait préféré passer une éternité auprès d'un homme qu'elle n'aimait pas plutôt que de perdre celui qu'elle aimait du fait de leur imprudence.

Peut-être aurait-elle mieux fait d'attendre un peu avant de chercher à contacter ses sœurs. Il aurait certainement été plus facile et moins dangereux de le faire après la cérémonie qui ferait d'elle un *shemsu*.

— Ils finiront par l'apprendre, n'est-ce pas ? demanda-t-elle enfin à voix haute.

— Par apprendre quoi ?

— Que nous nous sommes retrouvés ici et que nous avons fait l'amour.

Rhys ne répondit pas. Tournant son regard vers lui, elle constata qu'il s'était redressé. Appuyé sur un coude, il la contemplait, l'air pensif. Jamais elle ne l'avait trouvé plus beau qu'en cet instant d'abandon. Il paraissait plus serein et plus apaisé que d'ordinaire.

— Peut-être, répondit-il enfin sans trahir la moindre angoisse. Mais qu'est-ce que cela change ?

— Pour le moment, rien du tout, concéda-t-elle. Mais nous penserons peut-être différemment lorsqu'il sera sur le point de nous vider intégralement de notre sang.

Rhys se rembrunit.

— Espérons que les choses n'en viennent pas là, répondit-il. Quoi qu'il arrive, je pense qu'il ne te fera aucun mal : il tient trop à ce que la vision de Nephtys se réalise.

— Mais il ne se montrera peut-être pas aussi magnanime envers toi, objecta Gillian. Et s'il te tuait, je ne pense pas que je te survivrais très longtemps.

— Ne dis pas une chose pareille, protesta-t-il.

— Crois-tu donc que je ne chercherais pas à venger l'homme que j'aime ? répondit-elle.

— Il suffirait à Seth d'un seul geste pour te réduire à néant.

— Ce n'est pas ce qui m'empêcherait d'essayer, lui assura-t-elle.

— Qui sait ? Nous parviendrons peut-être à trouver un compromis... Jusqu'à présent, Seth m'a toujours considéré comme un ami.

La voix de Rhys manquait singulièrement de conviction. Tout comme elle, il était certain que le demi-dieu avait pris sa décision et qu'il ne changerait pas facilement d'avis.

— Peut-être aurait-il mieux valu que nous ne nous rencontrions jamais, soupira-t-elle. J'aurais sans doute mieux fait d'écouter Mehmet lorsqu'il m'a conseillé de ne pas entrer dans cette tombe. Mais je n'ai rien voulu entendre...

— Le regrettes-tu vraiment ? lui demanda Rhys d'une voix très douce.

Gillian réfléchit longuement à la question avant de secouer la tête.

— Non, répondit-elle avec un pâle sourire. Aussi absurde que cela puisse paraître, je pense que si c'était à refaire, je prendrais exactement les mêmes décisions...

16

Je t'aime dans la lumière du soleil,
Je t'aime aussi dans les ténèbres,
A travers chacune des étapes de la nuit...

CHANSON DU VAISSEAU VENU DE L'EST.

— Et toi ? demanda Gillian en prenant une datte sur le plateau que venait de leur apporter Amr. Pourquoi as-tu décidé de le rejoindre ?

Rhys lui jeta un regard interrogatif.

— De qui parles-tu ?

— De Seth-Aziz et son *per netjer*, répondit-elle.

— C'est une longue histoire...

Il s'interrompit, le temps de se servir une coupe de vin qu'il porta à ses lèvres.

— J'ai toujours voulu quitter l'Angleterre, déclara-t-il enfin.

— Pourquoi ? s'enquit Gillian, curieuse. Tu étais un lord anglais, tu avais de l'argent et tu jouissais de nombreux privilèges. C'est le genre d'existence que la plupart des gens rêvent de mener. Qu'est-ce qui t'a poussé à y renoncer ?

— Ce que tu vois comme des privilèges m'apparaissait à tort ou à raison comme autant de chaînes qui m'empêchaient de découvrir quel genre d'homme j'étais vraiment. Il est facile de se laisser définir par un titre ou un compte en banque mais je voulais être plus que cela…

— Je peux le comprendre, acquiesça Gillian.

— L'époque y était aussi pour quelque chose, reprit Rhys, pensif. Aujourd'hui, il existe une certaine mixité sociale. Les gens voyagent plus, se mélangent et apprennent à respecter ceux qui sont différents. Ce n'était pas du tout la même chose à l'époque victorienne. Mes compatriotes étaient engoncés dans un carcan moralisateur. Ils étaient convaincus d'avoir atteint le pinacle du développement économique et intellectuel. C'était avant que deux guerres mondiales successives ne nous ramènent à un peu plus de modestie…

— Et c'est pour fuir tout cela que tu t'es engagé dans l'armée.

Rhys hocha la tête.

— Je pensais assez naïvement que j'y trouverais d'autres valeurs. Un sens de l'honneur et de la camaraderie. Lorsque l'on a annoncé la formation d'une unité qui devait voler au secours de Gordon, je me suis porté volontaire sans hésiter. J'ignorais alors que cette expédition était un leurre et que les diplomates avaient déjà décidé qu'elle n'aboutirait pas…

Gillian le considérait avec attention, buvant ses paroles. Tout cela devait lui paraître bien étrange, comme si un personnage était brusquement sorti de l'un des livres d'histoire qu'elle avait coutume de lire.

Quant à lui, il était heureux de pouvoir parler à quelqu'un qui avait vécu en Angleterre et connaissait bien son passé. Il n'avait pas souvent l'occasion de se confier de cette façon et il était surpris de découvrir que la chose était plutôt plaisante.

Mais c'était peut-être surtout parce qu'il tenait à ce que Gillian sache qui il était vraiment. Il ne voulait rien lui cacher, ni les joies qu'il avait pu éprouver, ni les moments difficiles qu'il avait traversés. Il désirait qu'elle l'aime pour ce qu'il était réellement et non pour l'image qu'il avait l'habitude de donner de lui-même.

Il était las de vivre coupé du monde, de mettre à distance ses émotions et de n'être plus qu'un personnage de légende que nul ne se souciait réellement de connaître ou de comprendre.

— Est-ce pour cela que tu as déserté ? lui demanda alors Gillian. Parce que tu te sentais trahi par tes supérieurs ?

— En partie, acquiesça-t-il. Mais je ne l'aurais peut-être pas fait si nous n'étions pas restés cantonnés à Louxor. Nous n'avions rien d'autre à faire qu'attendre l'ordre de marche qui nous permettrait de rallier le Soudan. Alors pour tuer le temps, je me suis mis en tête de visiter la Vallée des Rois. Ce n'était pas un endroit aussi fréquenté qu'aujourd'hui. Les lieux étaient encore nimbés de mystères et de superstitions…

— Et comment as-tu rejoint le culte de Set-Sutekh ?

— J'ai rencontré l'un des ancêtres de Mehmet, expliqua Gillian. Les gens de son village ont toujours voué un culte à Set-Sutekh. Ils le pratiquent en secret, bien sûr, car ce genre d'hérésie est très mal vu par la majorité musulmane.

— C'est pour cela que Mehmet possède un œil d'Horus inversé, n'est-ce pas ?

— Exact. C'est le symbole de leur culte. C'est aussi ce qui a attiré mon attention, au départ.

— Mais je ne comprends pas comment un Anglais cultivé de l'époque victorienne a pu rejoindre une secte de paysans égyptiens, remarqua Gillian. Ne me dis pas que tu as tout de suite cru à ces histoires de vampire immortel.

— Pas tout de suite, en effet. Mais je n'ai pas tardé à comprendre que ce culte n'était pas le fruit d'une simple superstition. Les textes sacrés auxquels il faisait référence étaient authentiques et les croyances paraissaient étonnamment fidèles à l'idée que j'avais pu me faire de celles des anciens Egyptiens. Evidemment, je n'ai compris les raisons de cet état de fait que lorsque j'ai fait la connaissance de celui qu'ils considéraient comme l'avatar de leur dieu.

— Seth-Aziz…

— Lui-même. Tu l'as rencontré et tu comprends donc certainement ce que j'ai éprouvé en me retrouvant face à lui. Il m'est apparu évident que je n'avais pas affaire à un simple mortel. La discussion que nous avons eue ce soir-là a profondément bouleversé ma vision du monde. Le message de Set-Sutekh me paraissait aussi actuel à ce moment-là que lorsque les premiers prêtres égyptiens le prêchaient, il y a plus de cinq mille ans.

— Mais Seth était considéré comme un dieu maléfique, objecta Gillian.

Rhys secoua la tête.

— Il est le dieu des ténèbres, et les ténèbres ont toujours effrayé l'humanité. Sont-elles pour autant maléfiques ? Je ne le pense pas. Ce que nous apprend Set-Sutekh, en réalité, c'est qu'elles sont à l'origine de toute chose. L'univers est ténèbres et ce sont elles qui constituent le trait d'union entre chaque facette de la réalité. Leur rendre hommage, c'est honorer le mystère de la création.

Gillian considéra sa remarque durant quelques instants avant d'y répondre.

— Mais d'un point de vue humanocentrique, ne serait-il pas logique de révérer la lumière comme source de vie plutôt que les ténèbres primordiales ? Après tout, Re-Horakhti symbolise l'illumination, la conscience et le savoir dans la tradition égyptienne. Pourquoi ne l'as-tu pas choisi lui ?

— Tu as rencontré Haru-Re, n'est-ce pas ? répondit Rhys d'un ton ironique.

— Ce n'est qu'un prêtre et non le dieu lui-même, objecta-t-elle.

— Certes, concéda Rhys. Mais j'imagine que mon choix n'était pas uniquement motivé par des considérations théologiques. A l'époque, je me considérais plutôt comme une créature de la nuit. Je sortais beaucoup et je menais une vie plutôt dissolue…

— Tu m'as pourtant dit que les ténèbres n'étaient pas affaire de moralité, lui rappela Gillian.

— Et je le pense. Mais j'étais jeune et j'imagine que je me prenais pour une sorte de dandy, un personnage ténébreux au sens propre du terme…, lui expliqua-t-il avec un sourire teinté d'autodérision.

— Je suis sûre que tu devais être irrésistible, remarqua-t-elle.

— J'étais surtout très égocentrique, répondit Rhys en haussant les épaules. Mais Seth-Aziz m'a appris qu'il y avait des choses bien plus importantes que ma propre vie…

Gillian hocha la tête.

— Il y a tout de même quelque chose qui m'échappe, déclara-t-elle enfin. Si Set-Sutekh n'est pas mauvais et que Re-Horakhti n'est pas bon, s'ils ne représentent au fond que deux facettes d'une même réalité, pourquoi s'affrontent-ils de la sorte ?

— C'est une question que je me suis longuement posée. Et j'ai fini par me convaincre que cette lutte était une forme de mise en scène, un symbole. La question n'est probablement pas de savoir qui va gagner ou même s'il y aura un jour un vainqueur. Au contraire, la réalité naît de la tension entre les concepts opposés et complémentaires qu'incarnent les deux dieux…

Gillian demeura longuement silencieuse, réfléchissant aux implications de ce qu'il venait de lui dire.

— Si ce que tu dis est vrai, remarqua-t-elle enfin, cela signifie que fuir Seth-Aziz pour nous mettre sous la protection de Haru-Re ne constituerait pas un blasphème. Ce serait juste une façon différente d'honorer cette lutte dont tu parles.

— L'idée m'avait traversé l'esprit, admit Rhys.

Gillian l'observa attentivement, attendant qu'il poursuive mais il secoua la tête.

— Pour le moment, je préfère ne pas en parler, lui dit-il. Parmi les nombreux talents de Seth-Aziz, il y a la troublante facilité avec laquelle il parvient à lire dans l'esprit de ceux qui l'entourent. Et je préfère qu'il ne puisse surprendre en nous aucune velléité de traîtrise. C'est la clé de notre survie…

Gillian parut sur le point de protester mais se ravisa.

— D'accord, répondit-elle. Nous en rediscuterons lorsque tu penseras que le moment est venu. En attendant, parle-moi encore de toi lorsque tu étais jeune. Etais-tu vraiment aussi mauvais garçon que tu le dis ?

— Plus encore que tu ne peux l'imaginer, lui assura-t-il.

— Quel genre de choses faisais-tu, par exemple ?

Un sourire gourmand se dessina sur les lèvres de Rhys.

— Plutôt que de t'en parler, je ferais peut-être mieux de te faire une petite démonstration, répondit-il.

Sur ce, il se jeta sur elle en riant…

Gillian et Rhys avaient passé une bonne partie de l'après-midi à faire l'amour, bien décidés à profiter au maximum de ce moment de calme avant la tempête.

Chaque fois qu'ils s'étaient donnés l'un à l'autre, Rhys avait été frappé par la complicité physique et émotionnelle qui existait entre eux. Il avait l'impression de connaître Gillian depuis toujours, comme si, en faisant sa connaissance, il avait retrouvé une partie de lui-même qui lui avait toujours fait défaut sans même qu'il s'en aperçoive.

Allongé à ses côtés, il jouait avec une mèche de ses longs cheveux blonds, se demandant comment il avait bien pu vivre sans elle durant toutes ces années. Confidente attentive, amante passionnée, elle était à la fois forte et fragile, douce et volontaire. Et chaque minute passée en sa compagnie renforçait le lien qui les unissait désormais.

— J'ai peur de rentrer, lui dit-elle soudain.

Rhys partageait cette angoisse. En quittant Khepesh

comme ils l'avaient fait, ils avaient défié l'autorité de Seth-Aziz alors que ce dernier leur avait explicitement demandé de mettre fin à leur liaison.

— Ne t'inquiète pas, répondit-il d'une voix bien plus assurée qu'il ne l'était réellement. Je pense avoir une idée pour expliquer notre fugue. Mais il va falloir que tu me fasses confiance une fois de plus.

Gillian hocha la tête.

— Nous ferions mieux de nous mettre en route avant que la nuit ne soit complètement tombée, ajouta-t-il à contrecœur.

Ils s'arrachèrent donc à leur couche et, après s'être douchés et habillés, ils quittèrent la villa pour s'avancer dans le désert.

Le soleil couchant transfigurait le paysage, nimbant d'une lueur rougeoyante l'étendue de sable qui paraissait s'étendre à l'infini. L'ombre des dunes formait déjà çà et là des îlots d'obscurité qui paraissaient accentuer les couleurs de ce paysage fantasmagorique.

Le ciel formait un improbable dégradé de couleurs allant de l'or au mauve le plus profond. Rhys se prit à songer qu'en cet instant où l'affrontement entre Seth et Re était à son paroxysme, le monde se parait d'une beauté à couper le souffle.

Peut-être fallait-il y voir un présage favorable, la promesse que le jeu dangereux qu'il s'apprêtait à jouer se révélerait payant.

— Est-ce que tu es prête ? demanda-t-il à Gillian.

Elle hocha la tête et il se métamorphosa sous ses yeux, adoptant l'apparence d'al Fahl. Sans hésiter, Gillian se hissa sur son dos et plongea les doigts dans sa crinière. Rhys s'élança alors en direction de l'est.

Même sous sa forme équine, le contact des cuisses de Gillian contre ses flancs et l'odeur troublante de son corps éveillaient en Rhys un émoi qu'il était incapable de maîtriser.

Jamais il n'avait désiré quelqu'un de cette façon et le fait de la ramener vers Khepesh et Seth-Aziz l'emplissait de colère. Il allongea donc ses foulées de peur d'être tenté de faire demi-tour et de fuir dans le désert.

S'il voulait avoir une chance de l'arracher à celui qu'il avait si longtemps considéré comme son maître, il allait devoir faire preuve de patience et de diplomatie…

Rhys atteignit le *gebel* au moment précis où le soleil disparaissait à l'horizon, abandonnant la Vallée des Rois à l'emprise de Set-Sutekh, le seigneur des ténèbres. Les créatures de la nuit saluèrent sa disparition.

En entendant les hurlements des chacals, Gillian ne put réprimer un frisson qu'il sentit distinctement contre ses flancs. Se penchant en avant, elle enserra son cou de ses bras. Rhys lui envoya alors un flot de pensées rassurantes.

Après tout, ils appartenaient toujours au *per netjer* de Set-Sutekh et la nuit était leur domaine.

— Je pense qu'elle est partie, maîtresse. Je l'ai cherchée partout et j'ai interrogé tous ceux qui étaient susceptibles de l'avoir vue mais en vain.

La nouvelle que venait de lui annoncer la plus jeune de ses *shemat* ne surprit pas Nephtys outre mesure. Elle n'avait pas eu besoin de recourir à l'œil d'Horus pour envisager une telle éventualité. Gillian était dotée d'une force de caractère peu commune et d'une volonté bien trempée. De plus, elle était éperdument amoureuse.

— Et qu'en est-il de Lord Kilpatrick ? s'enquit-elle.

— Il est également introuvable, répondit la *shemat*. Cela ne signifie pas forcément qu'ils sont ensemble, ajouta-t-elle. Après tout, le seigneur Kilpatrick se rend très régulièrement dans la maison qu'il a fait construire dans le désert.

— C'est vrai, acquiesça Nephtys qui ne se faisait pourtant aucune illusion à ce sujet. Je te remercie pour ta diligence.

— Puis-je faire autre chose pour toi ?

— Non, merci. Tu peux te retirer, à présent.

La *shemat* se dirigea vers la porte tandis que Nephtys regardait sans la voir l'image que lui renvoyait son miroir.

Gillian et Rhys s'imaginaient-ils réellement qu'en s'enfuyant de la sorte ils échapperaient à la colère de Seth-Aziz ? Peut-être croyaient-ils naïvement que leur amour les rendait intouchables…

La bouche de Nephtys se tordit en un rictus ironique. Ne savaient-ils donc pas que l'amour était le plus traître et le plus cruel des sentiments ? Celui qui y succombait se mettait à la merci de déceptions et de souffrances sans pareilles.

Combien de personnes avait-il déjà détruites ? Combien de foyers s'étaient retrouvés brisés, de jeunes filles innocentes souillées et de femmes mûres trahies par cette inconstante émotion ?

Comme chaque fois qu'elle s'attardait sur de telles réflexions, Nephtys ne put s'empêcher de se rappeler sa propre expérience et de songer à l'homme qu'elle n'avait jamais cessé d'aimer.

N'aurait-elle pas été prête parfois à trahir tout ce qu'elle avait de plus cher pour passer une nuit dans ses bras ? Ne brûlait-elle pas de sentir ses lèvres sur les siennes et ses mains dans ses cheveux ?

Cette simple pensée lui arracha un frisson langoureux. Elle se souvenait toujours avec précision des sensations qu'elle éprouvait chaque fois qu'ils faisaient l'amour. Elle se rappelait le poids de son corps, la douceur de ses caresses.

Renversant la tête en arrière, elle s'abandonna au flot de ces réminiscences. Elle le revit lui promettre qu'il ne la quitterait jamais et qu'il serait toujours là pour elle. Elle se souvient des baisers passionnés qu'ils avaient échangés.

Elle crut presque sentir ses doigts se poser sur sa poitrine et agacer l'extrémité de ses seins qui se dressaient déjà sous la robe légère qu'elle portait. Sa propre main remonta le long de sa cuisse, éveillant sur sa peau un délicieux frisson.

— Haru-Re, murmura-t-elle, les yeux clos. Mon amour…

Comme elle prononçait ses mots, le souvenir se fit plus précis. Elle était allongée sur le lit de son amant, les mains crispées sur les draps froissés, la tête renversée en arrière tandis qu'il buvait son sang, lui procurant un plaisir qui n'était pas de ce monde.

— Tu m'as tellement manqué, mon amour, murmura-t-il à son oreille.

Il effleura ses lèvres de ses canines, y laissant la trace de son propre sang. Elle frissonna de la tête aux pieds.

— Reviens-moi, lui dit-il. J'ai besoin de toi. Je veux que tu règnes à mes côtés comme tu aurais dû le faire depuis bien longtemps.

Elle fut tentée de lui rappeler que c'était lui qui l'avait chassée de sa cour mais il choisit ce moment précis pour entrer en elle, lui arrachant un cri de pur plaisir. Ecartelée, elle s'offrit à lui, s'arquant pour l'accueillir plus loin encore.

Haru-Re se pencha alors sur sa poitrine pour cueillir de ses lèvres l'un de ses tétons qu'il caressa de sa langue, lui arrachant d'incontrôlables petits gémissements. Elle sentait ses dents se planter dans sa chair mais, loin d'être douloureux, cela ne faisait que renforcer l'intensité de son plaisir.

Incapable d'y résister, elle fut balayée par des vagues d'extase qui se succédaient impitoyablement, l'emportant toujours plus loin. Comment avait-elle pu oublier l'intensité du pouvoir que Haru-Re exerçait sur elle et des sensations qu'il était capable de lui inspirer ?

— Reviens-moi, lui répéta-t-il. Reviens à Petru et je te promets que nous partagerons un plaisir à nul autre pareil. Notre puissance sera sans égale et notre règne s'étendra au monde entier. Reviens-moi, Nephtys. Laisse-moi te faire oublier le mal que je t'ai fait autrefois…

— Oui, mon amour, murmura-t-elle, éperdue de joie.

Elle le sentit grandir encore en elle, l'emplir entièrement, et elle s'abandonna à lui, ainsi qu'elle l'avait toujours fait. Il la possédait complètement, éveillant en elle un écho qui se propageait du plus profond de son ventre jusqu'à l'extrémité de ses membres.

Elle était à présent dépourvue de volonté, offerte à

lui, esclave consentante du moindre de ses caprices. Il lui semblait que Haru-Re et elle ne formaient plus qu'un seul être, une entité tout entière possédée par l'extase qu'ils partageaient.

Et lorsqu'elle atteignit le point culminant de sa passion, elle eut l'impression de se disloquer sous l'effet d'un immense afflux d'énergie. Parfaitement en phase avec le cosmos, elle se sentait plus vivante qu'elle ne l'avait jamais été.

Cette sensation s'avéra bien trop violente pour son organisme et elle dut perdre connaissance. Lorsqu'elle reprit enfin conscience, elle avait le souffle court et son cœur battait à tout rompre.

— Par Isis, murmura-t-elle sans oser ouvrir les yeux.

Que lui était-il donc arrivé ?

Le plaisir qu'elle avait éprouvé et qui pulsait toujours en elle était bien trop puissant pour être le fait d'un simple fantasme, d'une rêverie érotique. Elle se sentait aussi bouleversée qu'autrefois, lorsqu'elle quittait la couche de son seigneur et maître pour rejoindre le *haram* de Petru.

S'agissait-il donc d'une vision ?

Si tel était le cas, c'était incontestablement la plus intense et la plus réaliste qu'elle ait jamais eue. La plus dérangeante, aussi… Mais que pouvait-elle bien signifier ? Que son ennemi finirait par avoir raison de Khepesh et qu'elle tomberait alors entre ses mains ?

Même si c'était le cas, elle ne pouvait imaginer s'offrir à Haru-Re avec un tel abandon. Ne s'était-elle pas promise de ne plus jamais céder à son ancien amant ? De toujours conserver sa liberté, fût-ce au prix de sa solitude et de son malheur ?

Il ne pouvait s'agir que d'un mauvais rêve, décida-t-elle. Elle prit une profonde inspiration, laissant cet afflux d'air frais la purifier intérieurement. Elle ne pouvait être tenue pour responsable de ce qu'elle faisait ou disait en rêve, et la promesse qu'elle avait faite à Haru-Re n'avait donc pas la moindre valeur.

Rassérénée par cette idée, Nephtys rouvrit les yeux. Instantanément, son sang se glaça dans ses veines et son corps tout entier se figea comme s'il s'était mué en statue de glace.

— Ce n'est pas possible, articula-t-elle d'une voix blanche.

Mais le miroir qui lui faisait face reflétait impitoyablement la double traînée de sang qui maculait sa peau d'ivoire ainsi que les deux marques de dents qui se dessinaient au creux de sa gorge.

Haru-Re l'avait bel et bien marquée de son sceau, lui signifiant sans le moindre doute possible que, malgré les millénaires qu'elle avait passés à le fuir, elle lui appartenait toujours.

17

La double porte s'est ouverte à la volée,
Révélant le sanctuaire à peine entraperçu.
Elle est sortie d'un pas vif
Et furieux, je l'ai suivie.

PAPYRUS HARRIS 500.

Rhys puisa dans l'amour que lui vouait Gillian le courage d'affronter la colère de Seth-Aziz. Il savait pertinemment qu'en revenant à Khepesh il courait un risque énorme.

Car contrairement à ce qu'il avait dit à Gillian, il était persuadé que son maître saurait immédiatement où ils étaient allés et ce qu'ils avaient fait. Il avait donc de réelles chances de ne pas survivre à cette journée.

Pourtant, il espérait pouvoir gagner assez de temps pour mettre en œuvre le plan qu'il avait mis au point. Ce projet était presque aussi périlleux que son retour au *per netjer* mais, s'il parvenait à le mener à bien, Gillian et lui se trouveraient momentanément à l'abri des foudres de Seth-Aziz.

En temps normal, jamais il n'aurait pris un tel risque. Mais c'était ça ou passer l'éternité sans Gillian, et cette idée lui était devenue intolérable.

Au lieu de gagner la vieille tombe par laquelle ils étaient sortis, Rhys se rendit directement à l'entrée occidentale de Khepesh. Là, il se retransforma en homme.

— Je ne savais pas que tu comptais passer par la grande porte, remarqua Gillian, étonnée.

— Je doute qu'on n'ait pas remarqué notre disparition, répondit-il.

— Et comment comptes-tu la justifier ? lui demanda-t-elle.

— As-tu confiance en moi ?

— Tu sais bien que oui.

— Alors laisse-moi faire et nous aurons peut-être une chance de nous en sortir. Etant donné les circonstances, mieux vaut que tu en saches le moins possible.

— Je n'aime pas beaucoup l'idée d'être mise sur la touche, objecta-t-elle en se rembrunissant.

— Je sais, lui répondit Rhys. Mais cette fois, au moins, il te faudra l'accepter.

Il savait très bien que, s'il lui avait révélé ses projets, elle s'y serait opposée. De plus, il préférait qu'elle reste dans l'ignorance, ce qui lui permettrait de plaider l'innocence au cas où Seth-Aziz le percerait à jour.

Il prit donc Gillian par la main et, après avoir employé la formule magique qui permettait d'ouvrir la porte secrète du palais, il la conduisit le long de l'escalier qui menait à la grande porte d'argent.

De retour à l'intérieur de Khepesh, il se dirigea directement vers la salle d'audience de Seth-Aziz en s'efforçant d'adopter une démarche et une expression décontractées. Il ignora les regards étonnés ou franchement suspicieux que lui adressaient les gens qu'ils croisaient.

Sans surprise, il découvrit que Seth-Aziz les attendait, assis sur son trône. Son expression n'augurait rien de bon, et la colère qu'il éprouvait en cet instant était presque palpable, comme si l'air de la pièce vibrait sous l'effet de sa fureur.

Nephtys se tenait debout, juste derrière lui. Elle semblait étrangement pâle, comme si elle venait de voir un fantôme. Quant à Shahin, il était adossé à l'un des piliers de la salle. Sa décontraction apparente ne rassura aucunement Rhys. Il avait déjà vu son ami faire preuve du même calme juste avant de décapiter l'une de ses victimes d'un coup de sabre.

Si Seth-Aziz lui donnait l'ordre de l'exécuter, il le ferait sans hésiter un seul instant. S'il voulait sortir vivant de cette pièce, il allait donc devoir mener une partie très serrée.

— Tu devrais faire plus attention à tes possessions, seigneur, déclara-t-il d'une voix sonore.

Posant une main sur l'épaule de Gillian, il utilisa un sortilège pour la forcer à s'agenouiller.

— On dirait que tu as perdu celle-ci…

Le mélange d'ironie et d'audace avec lequel il venait de s'exprimer prit apparemment tout le monde de court, ainsi qu'il l'avait espéré. Seth et Nephtys s'attendaient probablement à ce qu'il se présente en pêcheur repentant et ils allaient être fort surpris.

— Je dirais plutôt qu'elle s'est égarée dans ton lit, Kilpatrick, déclara Seth-Aziz d'une voix glaciale.

Il plissa le nez d'un air de dégoût.

— Malgré le savon à l'amande que vous avez tous deux utilisé, sa peau garde la trace de ton odeur, ajouta-t-il.

— Et elle la gardera éternellement, seigneur, répliqua Rhys sans se démonter. Tu peux me tuer et la posséder durant mille ans et plus : cela n'y changera rien. Gillian est mienne à présent, et elle le restera à jamais.

Gillian pâlit brusquement, comprenant probablement qu'en prononçant de telles paroles, Rhys s'exposait à une sévère punition.

— Il ment, s'exclama-t-elle, bien décidée à le protéger malgré lui. Je suis à toi, Seth-Aziz. Je sais que j'ai commis une erreur… C'est entièrement ma faute, d'ailleurs. Rhys a essayé de me repousser mais j'étais bien décidée à le séduire et j'y suis parvenue…

Rhys fut tenté de protester mais Seth-Aziz ne lui en laissa pas le temps. Levant la main d'un geste autoritaire, il leur imposa le silence.

— Cela suffit ! s'exclama-t-il. Tes mensonges sont puériles, femme. Me prends-tu pour un imbécile ? Crois-tu vraiment qu'après cinq mille ans d'existence je puisse encore me laisser duper par un tel plaidoyer ?

Nephtys s'avança vers son frère et posa doucement la main sur son avant-bras.

— *Hadu*, lui dit-elle, souviens-toi que les actes d'une femme sont plus souvent gouvernés par son cœur que par sa raison. Fais preuve d'indulgence envers Gillian.

Mais Seth-Aziz ne paraissait pas d'humeur à faire preuve de mansuétude et il repoussa la main de Nephtys avec douceur mais fermeté.

— Ta loyauté envers Rhys est tout à ton honneur, déclara-t-il froidement. J'espère seulement qu'un jour tu feras preuve de la même fidélité à l'égard de ton véritable seigneur et maître.

— J'en suis sûre, articula Gillian d'un ton qui manquait singulièrement de conviction.

Rhys sentit la tension qui l'habitait se relâcher légèrement : les paroles de Seth-Aziz semblaient laisser entendre que Gillian, au moins, n'avait rien à redouter de lui dans l'immédiat.

— Sortez d'ici, tous les deux, ajouta sèchement le grand prêtre. Vous serez confinés dans vos quartiers respectifs en attendant que je prenne une décision à votre sujet. Je ne voudrais pas que ma sentence soit entachée par la colère que vous avez su éveiller en moi.

— Nous agirons comme tu l'exiges, seigneur, répondit Rhys en inclinant la tête. Mais avant que tu ne prennes une décision au sujet de Gillian, je pense que tu devrais voir ceci.

Tout en parlant, il tira de sa poche la lettre qu'il avait dérobée à la jeune femme pendant qu'elle se trouvait dans la salle de bains de sa villa.

— Elle ne cherchait pas à fuir Khepesh mais à faire en sorte que ceci soit remis à ses sœurs.

Gillian laissa échapper un cri de protestation.

— Tu n'avais pas le droit de me voler ça ! s'exclama-t-elle.

Elle fit mine de lui arracher le pli des mains mais Seth la figea sur place d'un simple geste. Se rapprochant de son maître, Rhys lui tendit l'enveloppe. Il se sentait désolé d'avoir trahi la confiance de Gillian mais il était toujours convaincu d'avoir agi pour le mieux.

De fait, en livrant ce message qu'elle n'aurait jamais pu transmettre, il ménageait la susceptibilité de Seth-

Aziz et le faisait douter de la véritable nature de leurs intentions. L'expression du maître de Khepesh trahissait d'ailleurs l'incertitude qui l'habitait en cet instant.

Rhys se demanda une fois de plus comment les choses avaient pu en arriver là en si peu de temps. La confiance et l'amitié qui régnait entre eux quelques jours auparavant n'étaient plus désormais que de lointains souvenirs.

Et même si cet état de fait paraissait inévitable, Rhys ne pouvait s'empêcher de déplorer que les choses en soient arrivées là. Car, contrairement à ce que paraissait penser Seth-Aziz, jamais il n'aurait mis en danger Khepesh et ses habitants.

Sans un mot, le grand prêtre décacheta l'enveloppe et sortit la lettre qui se trouvait à l'intérieur. Il la lut très attentivement avant de se tourner vers Gillian, qui se trouvait toujours sous l'influence du sort d'emprise qu'il lui avait jeté.

D'un geste, il le dissipa, l'autorisant ainsi à parler. Mais elle s'abstint prudemment de le faire et conserva le silence.

— Est-ce que tu as lu ce message ? demanda Seth-Aziz à Rhys.

— Non.

— Tu devrais le faire, je pense, déclara le grand prêtre en lui tendant le morceau de papier.

Rhys s'en empara et parcourut rapidement les quelques lignes qui y étaient inscrites.

Mes très chères sœurs,

J'espère que vous allez bien. Je sais que j'ai disparu de façon un peu précipitée et je tenais à m'en excuser. Mais il faut que vous sachiez que j'ai une bonne excuse : je suis éperdument amoureuse !

Je crois que mon bien-aimé éprouve les mêmes sentiments à mon égard. C'est un homme merveilleux qui me rend plus heureuse que je ne l'ai jamais été. Qui sait ? Il se pourrait que nous vous invitions pour fêter notre mariage, un de ces jours…

Je tenais également à vous faire part d'une autre bonne nouvelle. Notre mère est peut-être vivante ! J'ai trouvé une nouvelle piste qui pourrait expliquer sa disparition et je suis bien décidée à la suivre jusqu'au bout.

Quant à moi, rassurez-vous, je ne compte pas disparaître de la même façon. Simplement, j'aimerais passer encore un peu de temps en tête à tête avec l'homme que j'aime et obtenir confirmation du fait que maman est saine et sauve.

Je vous promets de reprendre contact aussi vite que possible.

Je vous embrasse tendrement,

Gillian.

Rhys eut grand-peine à retenir un soupir de soulagement. Il avait misé sur le fait que Gillian respecterait le secret de Khepesh et ne s'était pas trompé. Une fois de plus, elle avait fait la démonstration de l'honnêteté et de la droiture qui la caractérisaient.

— Il me semble que la formulation de ce message prouve sans la moindre ambiguïté que Gillian comptait regagner le *per netjer* après l'avoir transmis, commenta-t-il en rendant la lettre à Seth-Aziz.

— Peut-être, concéda le grand prêtre en se tournant vers la jeune femme. Pourrais-tu m'en dire un peu plus au sujet de ta mère ? lui demanda-t-il.

Voyant qu'elle hésitait, Rhys répondit à sa place. Il parla de la photographie que Gillian avait découverte chez lui et du fait que le nom de sa mère figurait sur le registre de Petru.

— Je lui ai promis que je l'aiderais à découvrir ce qu'il est advenu d'Isobelle Haliday depuis qu'elle se trouve aux mains de nos ennemis, ajouta-t-il.

Du coin de l'œil, il vit la main de Shahin se crisper convulsivement sur le pommeau de son cimeterre. Seth-Aziz, quant à lui, paru se détendre quelque peu. Mais la réaction qui le surprit le plus fut celle de Nephtys : son visage était devenu livide et elle s'appuyait contre le trône comme si elle avait peur de perdre l'équilibre.

— Si ta mère se trouve vraiment entre les griffes de Haru-Re, j'ai bien peur que son sort n'ait rien de très enviable, déclara Seth-Aziz. Je suis vraiment désolé.

Gillian pâlit mais s'abstint de tout commentaire. Rhys était convaincu qu'elle refuserait de baisser les bras tant qu'elle n'aurait pas la preuve que sa mère était bel et bien morte.

— En ce qui concerne le mariage auquel tu fais allusion dans ta lettre, sache qu'il aura lieu plus tôt que je ne l'avais prévu initialement. J'ai consulté les augures et il semble que la date d'après-demain soit propice à une telle cérémonie.

Rhys dut faire preuve de beaucoup de maîtrise de soi pour réprimer la colère qui montait en lui. Jusqu'alors, il avait continué à espérer contre toute attente que Seth-Aziz finirait par admettre l'absurdité de cette union et libérerait Gillian de ses obligations. Mais il était évident à présent que rien ni personne ne le ferait changer d'avis à ce sujet.

De plus, il ne lui restait plus que deux jours pour mettre au point les détails de son plan. C'était bien moins que ce qu'il avait espéré.

— Si tu n'as plus besoin de mes services, je crois que je vais me retirer, déclara-t-il.

Mais d'un geste, Seth-Aziz lui intima l'ordre de rester. Avec étonnement, Rhys le vit replier la lettre de Gillian et la remettre dans son enveloppe. Il tendit alors celle-ci à Shahin.

— La prochaine fois que tu remonteras à la surface, veille à ce que ce courrier parvienne à ses destinataires, lui dit-il.

Seth se tourna alors vers Rhys et lui jeta un regard dans lequel se lisait un avertissement muet.

— Tu as fidèlement servi Khepesh pendant des années, lui dit-il. C'est la raison pour laquelle je me suis montré jusqu'ici particulièrement compréhensif à ton égard. Mais tu es parvenu à épuiser ma patience. Tâche donc de ne pas me pousser à commettre un acte que nous serions tous amenés à regretter par la suite. Gillian deviendra ma compagne que tu le veuilles ou non. Et si pour te le prouver, je dois la prendre ici et maintenant, je le ferai sans hésiter !

Seth-Aziz se déplaça si vite que l'on aurait dit qu'il s'était soudain téléporté aux côtés de Gillian. Il la saisit par les cheveux, lui arrachant un cri de stupeur et de souffrance mêlées.

— Ce ne sera pas nécessaire, déclara Rhys, le cœur battant. Nous sommes tes humbles serviteurs, Seth-Aziz.

— Je l'espère, répliqua ce dernier. A présent, tu peux dire adieu à Gillian. Désormais, vous vous tiendrez à l'écart l'un de l'autre. Quant à toi, ajouta-t-il à l'intention de la jeune femme, j'espère pouvoir compter sur ta pleine et entière coopération lors de la cérémonie qui aura lieu après-demain. Me suis-je bien fait comprendre ?

— Oui, parvint-elle à articuler.

— Bien, conclut Seth-Aziz. Maintenant, laissez-moi seul. Et que personne ne me dérange avant demain matin !

Lorsque Gillian quitta la salle d'audience, Nephtys insista pour la raccompagner jusqu'à sa chambre.

— Les armes sont interdites dans l'enceinte du temple, lui indiqua la grande prêtresse. Mais j'ai posté un garde à l'extérieur des portes d'argent. Sachez que vous n'avez plus aucune chance de vous échapper !

— Ne vous en faites pas pour cela, lui répondit Gillian en haussant les épaules. Je ne suis pas suicidaire.

Sur ce, elle claqua la porte de sa chambre au visage de Nephtys. Cette attitude manquait peut-être de panache mais elle en avait plus qu'assez d'être considérée comme un simple pion dans cette partie dont les enjeux ne la concernaient même pas.

Allait-elle vraiment s'unir pour l'éternité à un vampire dénué de tout sentiment, simplement parce que Nephtys et ses absurdes visions en avaient décidé ainsi ?

Ce qui l'agaçait le plus, peut-être, c'était le fait que ni la prêtresse ni son frère ne paraissaient se soucier de ce qu'elle pensait ou de ce qu'elle voulait. Ils se contentaient de lui dicter leurs conditions, ne comprenant même pas qu'elle puisse ne pas leur obéir aveuglément.

C'était probablement ce que la plupart des femmes avaient vécu depuis les origines de la civilisation, ce que la majorité d'entre elles vivaient encore actuellement. Mais Gillian était née au XXe siècle aux Etats-Unis.

Elle était habituée à être respectée et prise au sérieux et non traitée comme une enfant capricieuse.

Hélas, elle n'était pas de taille à résister à ces gens qui n'hésitaient pas à menacer de mort l'homme qu'elle aimait pour s'assurer sa collaboration. Seth-Aziz ne pouvait imaginer à quel point ce chantage était cruel et efficace.

Car depuis que son père s'était enfoncé dans le désert pour y trouver la mort, elle considérait la vie humaine comme ce qu'il y avait de plus précieux au monde. Son père l'avait oublié et il en était mort. Pourtant, s'il avait vécu, il aurait peut-être pu secourir sa mère dont la disparition lui avait fait si mal.

Gillian, quant à elle, voulait croire que le vieil adage disait vrai et que tant qu'il y avait de la vie, il demeurait un espoir. Or elle serait bientôt immortelle, ce qui signifiait qu'elle aurait l'éternité devant elle pour retrouver l'homme qu'elle aimait.

Et si elle n'avait d'autre choix que d'accepter cette union avec Seth-Aziz, elle vivrait dans l'attente de ces retrouvailles. Lorsque Rhys et elle seraient de nouveau ensemble, ils oublieraient rapidement ces années de tristesse.

Il fallait juste qu'elle le lui dise, qu'elle le convainque de patienter plutôt que de commettre un acte qui lui vaudrait d'être exécuté ou banni.

Malheureusement, il n'était pas question pour elle de quitter sa chambre pour aller le retrouver. Ce serait un moyen tout aussi sûr d'attirer sur eux la colère de Seth-Aziz.

C'est alors qu'elle se rappela le plan de Khepesh qu'elle avait trouvé dans la bibliothèque du palais. Il indiquait toute une série de passages secrets qui lui permettraient peut-être de rallier discrètement les appartements de Rhys.

Elle se rappelait que deux d'entre eux partaient du temple : l'un de la petite pièce qui servait de vestiaire et l'autre du sanctuaire central. Elle ignorait par contre où ils pouvaient bien aboutir.

Gillian alla donc chercher le plan qu'elle avait caché sous son lit et le déplia pour l'étudier attentivement. Elle ne tarda pas à constater qu'elle ne s'était pas trompée : le sanctuaire intérieur dissimulait bien un passage secret qui débouchait en plusieurs endroits du palais.

L'une de ces sorties était proche du quartier résidentiel où vivait Rhys et, si elle réussissait à l'atteindre, elle parviendrait probablement à rejoindre ses appartements sans se faire voir. Tout le problème, en fait, était de trouver l'entrée et de l'activer sans se faire repérer par les prêtresses qui officiaient dans le temple.

Elle attendit donc longtemps après que les *shemat* n'euent éteint les torches et regagné leurs chambres respectives. Lorsque le *haram* fut tout entier plongé dans le silence et l'obscurité, Gillian se glissa hors de sa chambre.

Elle suivit le couloir jusqu'au temple proprement dit et y pénétra sur la pointe des pieds. S'étant assuré qu'il était bel et bien désert, elle s'approcha du mur qui se trouvait derrière l'autel situé au fond de la pièce.

Il lui fallut plusieurs minutes pour repérer le mécanisme : une simple fente dans laquelle elle put glisser la lame du couteau dont elle avait pris soin de se munir. Priant pour que l'ouverture du passage ne soit pas trop bruyante, elle l'activa. A son grand soulagement, l'une des pierres s'écarta dans un parfait silence, confirmant le talent dont étaient dotés les concepteurs de cet incroyable palais.

Le passage était étroit mais elle parvint à s'y glisser sans mal et actionna le levier qui referma l'accès qu'elle venait d'emprunter. Gillian alluma alors sa lampe torche et se mit à la recherche de la sortie située à proximité des appartements de Rhys.

18

Si jamais je n'étais pas là, ma bien-aimée,
A qui donc offrirais-tu ton cœur ?

PREMIER CYCLE DE CHANSONS, PAPYRUS HARRIS 500.

Cela faisait plusieurs heures que Rhys était assis dans sa chambre, le regard résolument fixé sur le mur qui lui faisait face.

Il avait passé en revue toutes les options qui se présentaient à lui et mis au point un plan d'action. Depuis, il ne cessait de le retourner dans sa tête, le considérant sous tous les angles pour chercher la moindre faille et tenter d'y répondre.

Quelques coups frappés à sa porte le tirèrent brusquement de ses réflexions.

— Je ne veux pas être dérangé ! s'exclama-t-il d'un ton peu amène.

On frappa encore, plus doucement, cette fois.

— Est-ce que vous êtes sourd ? Fichez-moi la paix ! Je n'ai envie de parler à personne !

Cette fois, une longue minute s'écoula avant que l'on ne frappe de nouveau. Furieux, Rhys se leva et alla ouvrir, prêt à agonir d'insultes l'intrus qui se trouvait là. Mais ses injures moururent dans sa gorge lorsqu'il découvrit Gillian qui se tenait sur le pas de sa porte.

— Bon sang ! s'exclama-t-il, le cœur battant à tout rompre.

Il la prit par le bras et l'attira à l'intérieur avant de jeter un coup d'œil dans le couloir pour s'assurer que personne ne les avait remarqués. Il claqua alors la porte et se tourna vers elle d'un air interdit.

— Est-ce que tu as perdu la raison ? s'exclama-t-il, sidéré par son audace.

L'attirant contre lui, il la serra dans ses bras avec fougue.

— Comment as-tu fait pour venir jusqu'ici sans te faire arrêter ? lui demanda-t-il.

— J'ai trouvé une carte de Khepesh à la bibliothèque, expliqua-t-elle. Elle indique un certain nombre de passages secrets parmi lesquels figure celui que je viens d'emprunter…

— Tu as tout de même pris un risque insensé ! s'exclama-t-il.

— Il fallait que je te voie, lui dit-elle en posant sa joue contre sa poitrine. Je voulais te parler une dernière fois avant la cérémonie…

— Ne t'inquiète pas : je compte bien faire en sorte qu'elle n'ait pas lieu !

Gillian s'écarta de lui et secoua la tête. Il s'aperçut alors que ses yeux étaient emplis de larmes.

— Surtout, ne tente rien de ce genre, protesta-t-elle. Si tu essaies d'intervenir, Seth-Aziz te fera exécuter, c'est certain. Il est déjà très étonnant qu'il se soit montré aussi compréhensif, aujourd'hui.

— Peut-être aurait-il mieux fait de me tuer, murmura

Rhys. C'eût été moins cruel que de me laisser vivre alors que tu es sur le point de devenir sa concubine…

— Ne dis pas cela ! Si tu n'étais pas là, je n'aurais jamais le courage d'affronter cette épreuve. Et même si nous ne pouvons être ensemble, je veux savoir que tu es vivant et en bonne santé et que tu attends comme moi le jour où nous serons enfin réunis.

— Quoi qu'il arrive, je t'attendrai, lui promit-il. Par contre, je ne suis pas sûr de rester à Khepesh.

Gillian fronça les sourcils et le considéra attentivement.

— Je ne comprends pas…

— Je n'aurai pas la force de te regarder vivre aux côtés d'un autre homme, déclara Rhys. Cela me rendrait fou et je finirais par commettre un acte irréparable. Mieux vaut pour toi comme pour moi que je quitte le palais définitivement…

— Mais tu m'as dit qu'un *shemsu* ne pouvait espérer vivre indéfiniment loin de son *per netjer*, remarqua-t-elle.

— Justement, ce n'est pas le seul temple qui existe, répondit gravement Rhys.

— Ne me dis pas que tu comptes aller t'installer à Petru ! s'écria Gillian, incrédule.

— Seth-Aziz m'a clairement fait comprendre que je n'avais plus aucun avenir en ces lieux. Haru-Re, au contraire, n'a jamais caché le fait qu'il aimerait me prendre comme lieutenant. Et j'envisage très sérieusement d'accepter sa proposition.

— Mais ce serait une trahison.

Rhys haussa les épaules.

— Pas forcément, répondit-il. Car je pourrai intervenir en faveur de Khepesh auprès d'Haru-Re. Je pourrais lui conseiller de mettre fin à cette guerre absurde qui n'a que trop duré et risque de détruire les deux *per netjer* et, avec eux, tout ce qui reste de la glorieuse civilisation égyptienne.

— S'il accepte de t'écouter, remarqua Gillian. Mais s'il est aussi orgueilleux et entêté que Seth-Aziz, ce ne sera pas évident.

— Qu'ai-je à perdre ? répondit Rhys en haussant les épaules. De plus, si je vis à Petru, je pourrai peut-être retrouver ta mère et la protéger. Qui sait ? Avec le temps, j'obtiendrai peut-être sa libération…

L'expression de Gillian trahissait un mélange d'espoir et de réticence.

— Ce serait un véritable soulagement si je savais que tu t'occupes d'elle, soupira-t-elle. Mais je trouve déprimante l'idée que tu doives vivre si loin de moi. Car je ne me fais aucune illusion : une fois que tu seras parti pour Petru, il n'y aura plus de retour possible. Si tu reviens à Khepesh, Shahin et ses gardes te tueront sans hésiter…

— Je sais, acquiesça-t-il. Mais si j'en crois ta présence ici, nous vivrons bien plus longtemps que si nous devons demeurer ici tous les deux. Combien de temps faudra-t-il pour que nous succombions à nos propres sentiments ? Et combien de temps durerait une telle liaison sans que Seth, Nephtys ou Shahin s'en aperçoivent ? Ils savent tous ce que nous éprouvons l'un pour l'autre et ils nous surveilleront de près.

Des larmes emplissaient à présent les yeux de Gillian, et Rhys sentit son cœur se serrer dans sa poitrine. Mais il devait être fort pour eux deux.

— Quand partirais-tu ? articula-t-elle d'une voix enrouée par le chagrin.

Rhys se pencha vers elle pour déposer un tendre baiser sur son front.

— Aussi vite que possible, répondit-il. Dès cette nuit, sans doute. Mieux vaut que je sois loin d'ici avant que cette maudite cérémonie ne commence. Si je reste, je ne suis pas certain de pouvoir contrôler ma colère…

— Alors c'est la dernière fois que nous nous voyons, murmura Gillian.

— Notre séparation ne sera pas éternelle, lui assura-t-il. Je trouverai un moyen de nous réunir. Je te jure que je reviendrai te chercher même s'il me faut pour cela défier tous les dieux de ce monde et de l'autre !

— Je te crois, lui dit-elle.

Elle se nicha contre lui et posa ses lèvres contre les siennes. Son baiser trahissait un poignant mélange de tendresse et de désespoir.

— Je t'aime, murmura-t-elle. Et je t'aimerai toujours.

Rhys sentit son ventre se nouer en songeant que c'était peut-être la dernière fois qu'il entendait ces mots.

— Moi aussi, je t'aime, Gillian. Quoi qu'il puisse nous arriver, à présent, je veux que tu te rappelles que je serai toujours là pour veiller sur toi, même de loin. Et si, un jour, tu as vraiment besoin de moi, il te suffira de murmurer mon nom et je viendrai à toi.

Ils firent l'amour, cette nuit-là, et leur étreinte disait mieux que des mots l'amour qu'ils éprouvaient l'un pour l'autre et la détresse que leur inspirait leur séparation prochaine.

C'était une façon de se dire au revoir, une promesse de ne jamais oublier cette poignée de jours qu'il leur avait été donné de vivre l'un auprès de l'autre. Mais Gillian savait déjà que même si elle devait vivre cinq mille ans, chaque instant de leur brève relation resterait à jamais gravé dans sa mémoire.

Ils demeurèrent ensuite longuement enlacés sans dire un mot, goûtant au simple bonheur d'être ensemble. Hélas, la réalité reprit rapidement ses droits. Car Gillian avait quitté sa chambre depuis plus de deux heures et son absence risquait à tout moment d'être découverte.

Rhys insista pour l'accompagner jusqu'à l'entrée du passage secret qu'elle avait employé pour le rejoindre. Il l'emprunta avec elle et tous deux émergèrent bientôt dans le sanctuaire intérieur du temple.

Les autels étaient couverts de fleurs et de bougies et ils avaient été soigneusement décorés par les prêtresses en prévision de la cérémonie du Renouveau. L'endroit était magnifique, mais toute cette beauté ne fit qu'ajouter à l'angoisse de Gillian.

Elle avait l'impression que son cœur avait volé en éclats, laissant derrière lui une atroce sensation de vide qui menaçait à chaque instant de l'engloutir. Une journée sans Rhys constituait à ses yeux une perspective déprimante. Comment imaginer dès lors qu'ils passeraient des siècles entiers loin l'un de l'autre ?

— Partons, lui dit-elle soudain. Utilisons l'un de ces passages secrets pour regagner la surface et fuyons cet endroit maudit !

Rhys la contempla avec tant de tendresse qu'elle sentit ses yeux s'emplir de nouveau de larmes.

— C'est impossible, lui dit-il. Seth-Aziz a certainement prévu cette éventualité. Je suis sûr qu'il a renforcé la garde à l'extérieur. Et même si nous parvenions à échapper aux sentinelles, nous serions rapidement pris en chasse. Nous n'avons pas le choix, Gillian. Crois-moi, j'ai beaucoup réfléchi à la situation : d'ici la cérémonie, toute tentative de fuite équivaudrait à un suicide…

Gillian fit mine de protester mais il la prit dans ses bras et la serra tendrement contre lui. Ils échangèrent alors un poignant baiser puis, s'arrachant à elle, Rhys se détourna et s'enfonça dans le passage secret.

Gillian le vit se fondre dans l'ombre. Quelques instants plus tard, le mur coulissa doucement et elle se retrouva seule dans ce sanctuaire où serait bientôt consacrée son union avec Seth-Aziz.

Les heures qui suivirent s'écoulèrent comme un rêve troublé et inquiétant dont Gillian aurait voulu pouvoir s'éveiller. A mesure qu'approchait le moment fixé pour le rituel, son angoisse se faisait plus pressante.

Lorsque la soirée fatidique arriva enfin, elle se sentait si terrifiée qu'elle avait presque du mal à tenir debout.

— Vous semblez nerveuse, remarqua Nephtys qui était venue l'aider à s'habiller pour la cérémonie.

Elle alla remplir une coupe de vin qu'elle apporta à Gillian.

— Buvez ceci, lui dit-elle. Cela vous aidera à vous détendre.

— Ne pourriez-vous pas me lancer un sort ? suggéra Gillian. Quelque chose qui me rendrait inconsciente pendant la durée de la cérémonie et me permettrait de n'en garder aucun souvenir après coup ?

— Ce serait dommage, répondit la grande prêtresse.

La morsure de Seth-Aziz procure un plaisir qui dépasse de très loin n'importe quelle forme de plaisir sexuel…

— Mais je n'aime pas votre frère, soupira Gillian.

— Rassurez-vous, l'effet en question est complètement indépendant des sentiments que peut vous inspirer la personne. Nous avons tous connu cette sensation au moment où nous avons été transformés.

Gillian se demanda si cela avait été le cas de Rhys et l'idée lui parut étrange. Pourtant, elle n'avait aucune raison de douter de ce que lui disait Nephtys. Acceptant la coupe des mains de celle-ci, elle avala une longue gorgée de vin.

Elle se demanda combien de verres il lui faudrait boire pour que son sang contienne assez d'alcool pour soûler Seth-Aziz et lui épargner ainsi une nuit de noces dont la perspective la mettait plus mal à l'aise encore que celle de se faire mordre par un vampire.

Elle caressa un instant l'idée de se présenter ivre morte à la cérémonie. Hélas, cela ne ferait probablement que reculer l'inévitable.

Inutile de refuser la réalité : qu'elle le veuille ou non, avant le lever du jour, Seth-Aziz boirait son sang en présence de centaines de spectateurs, faisant d'elle une servante immortelle du dieu Set-Sutekh.

Cette idée avait quelque chose de vertigineux et, une fois de plus, elle prit conscience du fait que sa vie avait inexorablement basculé. Même si elle avait eu la possibilité de le faire, elle ne pouvait s'imaginer reprendre l'existence qui avait été la sienne jusqu'alors.

Il s'était pourtant écoulé si peu de temps depuis sa rencontre avec Rhys dans la tombe. Comment aurait-elle pu imaginer, quelques jours seulement auparavant, qu'elle se retrouverait mêlé aux rites d'un culte plusieurs fois millénaire dont le grand prêtre n'était autre que l'incarnation d'un dieu égyptien ?

Ne s'était-elle pas gentiment moquée de Gemma lorsque celle-ci leur avait parlé de Seth-Aziz et d'al Fahl ?

Le souvenir de ce pique-nique dans le temple de la déesse Sekhmet éveilla en elle une profonde nostalgie. Pour chasser ce désarroi, elle essaya de s'imaginer comment réagiraient ses sœurs si elles étaient ici.

Gemma serait probablement en train de prendre toutes sortes de notes sur les us et coutumes des habitants de Khepesh, sur leurs croyances et leurs rites ou la nature de leur régime alimentaire.

Josslyn, quant à elle, serait probablement allée trouver Seth-Aziz pour lui faire la morale et l'accabler de reproches. Avec un peu de chance, le grand prêtre aurait fini par accepter d'annuler la cérémonie du Renouveau juste pour la faire taire.

Cette idée lui arracha un pâle sourire et elle vit Nephtys lui jeter un coup d'œil intrigué.

— Je pensais à mes sœurs, lui expliqua-t-elle. Je me demandais ce qu'elles feraient si elles étaient ici...

— Je comprends, acquiesça la prêtresse.

— Vraiment ? demanda Gillian d'un ton dubitatif.

— Vraiment, acquiesça Nephtys. Vous savez, il m'arrive parfois d'être prise d'un fou rire en pleine cérémonie quand j'oublie ce que Seth-Aziz est devenu et que je ne vois plus que le frère qui me tirait les cheveux ou me jouait des tours pendables...

Gillian la considéra avec stupeur. Elle avait beaucoup de mal à imaginer Seth-Aziz de cette façon. Une telle idée avait même quelque chose de sacrilège...

— J'imagine qu'elles doivent beaucoup vous manquer, ajouta Nephtys. Mais après ce soir, vous aurez une nouvelle sœur.

Gillian mit quelques instants à comprendre que Nephtys parlait d'elle-même puisqu'elle deviendrait effectivement sa belle-sœur. Formuler une telle pensée était presque aussi étrange que de se représenter Seth-Aziz en culottes courtes.

Que pouvaient bien avoir en commun une prêtresse égyptienne du troisième millénaire avant Jésus-Christ et une jeune universitaire du XXIe siècle ?

Nephtys ajusta l'étole noire qui était attachée autour de la taille de Gillian.

— Je sais que tout ceci ne doit pas être facile pour vous, lui dit-elle gravement. Mais vous avez beaucoup de chance, croyez-moi. Nombre de femmes à Khepesh rêveraient de prendre votre place, en ce moment. Ne refusez pas ce que peut vous offrir mon frère, Gillian. Si vous gardez l'esprit ouvert, il se pourrait que cette union vous apporte des satisfactions que vous n'auriez jamais imaginées auparavant…

— J'essaierai, répondit Gillian.

C'était un mensonge, bien sûr. Car si elle n'avait aucun moyen de s'opposer à ce que Seth-Aziz pourrait faire de son sang puis de son corps tout entier, elle était bien décidée à demeurer fidèle en pensée à l'homme qu'elle aimait. Quelles que soient les tentations auxquelles elle se trouverait confrontée, elle y résisterait de toutes ses forces.

Nephtys la conduisit alors devant le grand miroir en pied qui se trouvait au fond de la chambre. Il fallut quelques instants à Gillian pour accepter le fait qu'elle était bien l'étrangère qui lui retournait son regard.

Le fourreau qu'elle portait épousait son corps tout entier dans la plus pure tradition égyptienne. Son visage était très maquillé, les yeux soulignés par une épaisse ligne de kohl qui se prolongeait au niveau des tempes. Ses lèvres étaient peintes d'un rouge sombre qui évoquait la couleur du sang.

Quant à ses cheveux, ils étaient attachés à l'aide de multiples épingles de façon à dégager son cou, probablement pour que Seth-Aziz puisse y accéder plus aisément.

Il lui aurait suffi de les teindre en noir pour devenir l'exacte réplique de l'une de ces femmes qui ornaient les peintures murales du nord au sud de l'Egypte.

Cela valait peut-être mieux, songea-t-elle. Car au fond, ce n'était pas vraiment elle qui s'apprêtait à prendre part à se rituel et à s'offrir à ce demi-dieu vampire. C'était une étrangère, une inconnue dont elle se contenterait de jouer le rôle.

Ne pouvant échapper au destin qui était devenu le sien, elle mettrait son existence entre parenthèses et se convaincrait que tout cela n'était effectivement qu'un mauvais rêve. Un cauchemar interminable dont elle finirait par s'éveiller un jour pour retrouver l'homme qu'elle aimait plus encore que sa propre vie.

19

Laisse-moi me repaître de la vue de mon amour,
De mon immense amour dans la nuit frissonnante.

Papyrus Chester Beaty I.

Tout comme lors du festin qui avait été organisé en son honneur, c'est accompagnée de Nephtys et de deux de ses *shemat* que Gillian se présenta à la porte du temple.

La foule qui s'était réunie dans la salle hypostyle pour prendre part à la cérémonie s'écarta respectueusement, lui ménageant un long couloir qui conduisait jusqu'à la salle abritant le bassin sacré de Set-Sutekh où n'étaient admis que les plus fidèles conseillers et officiers de Seth-Aziz.

Lorsqu'elle s'avança, un concert de cris de joie et d'acclamations se fit entendre. Les fidèles de Set-Sutekh lançaient devant elle des poignées de pétales rouge sang qui dégageaient une délicieuse fragrance sucrée.

La plupart des hommes étaient torse nu, ne portant que des pantalons de style bédouin. Les femmes étaient vêtues de fourreaux semblables à celui que portait Gillian et dont la teinte dominante était souvent l'argent, référence à la couleur de la lune.

Hommes et femmes étaient maquillés de kohl et portaient de lourds bijoux d'or ou d'argent souvent sertis de pierres précieuses qui scintillaient à la lueur des torches.

Contrairement à ce que Gillian avait imaginé, l'ambiance n'était pas à la gravité et au recueillement mais bien à la joie et à l'enthousiasme. Nombre de convives avaient d'ailleurs dû procéder à de généreuses libations et certains semblaient déjà complètement ivres.

Il y avait dans l'air une ambiance électrique, presque érotique, qui éveillait en elle un trouble qu'elle ne parvenait pas à réprimer.

Un groupe de musiciens se mit alors à jouer un air étrange, à la fois hypnotique et entraînant qui s'insinua au plus profond d'elle, accentuant encore l'étrange exaltation qui s'emparait d'elle à son corps défendant.

De toute évidence, une puissante magie était à l'œuvre. Elle n'était d'ailleurs pas la seule à y être sensible puisque tous ceux qui se trouvaient autour d'elle se mirent à danser au rythme de cette musique entêtante.

Fascinée, Gillian ne pouvait détacher le regard de tous ces corps qui ondulaient, chaloupaient, se tordaient avec une intensité croissante. La foule paraissait prise d'une forme d'hystérie collective à laquelle elle-même ne pouvait échapper.

Sa peau se couvrit d'irrépressibles frissons tandis qu'une étrange sensation de chaleur montait en elle, s'insinuant au cœur même de sa féminité.

— Que se passe-t-il ? demanda-t-elle à Nephtys.

— Le Renouveau approche, expliqua la prêtresse

qui, elle aussi, semblait sensible à ce qui était en train de se passer. Les gens sentent que Set-Sutekh est sur le point d'être ressourcé et de devenir plus fort…

Elles étaient à présent parvenues sur le seuil de la salle du bassin sacré. Ici aussi, la plupart des participants paraissaient en transe. Cet état d'exaltation semblait même plus prononcé encore, peut-être parce qu'ils se trouvaient ici plus près du sanctuaire intérieur.

Gillian comprit qu'elle n'avait aucune chance de résister à cet environnement saturé d'une puissante magie. Plus elle cherchait à la repousser et plus elle sentait monter en elle une sensation de vertige. Craignant de s'évanouir au beau milieu de la foule, elle cessa donc de lutter contre l'inévitable.

Instantanément, son corps s'embrasa tout entier, éveillant en elle un trouble qu'elle aurait été incapable d'identifier. Cela ressemblait à du désir mais l'impression était à la fois plus puissante et moins connotée sexuellement.

Il s'agissait plutôt d'une forme d'exaltation du corps et de l'âme qui lui rappela certaines descriptions que de grands mystiques avaient faites de leur communion avec Dieu…

En arrivant devant le bassin sacré, Gillian s'aperçut qu'il était à présent traversé par une passerelle qui conduisait à une plateforme de bois située au centre du plan d'eau. Encouragée par la foule, elle s'avança sur le pont et marcha jusqu'à la plateforme.

Lorsqu'elle l'atteignit, les musiciens cessèrent brusquement de jouer et la foule se tut. Par contraste avec le vacarme qui l'avait précédé, le silence paraissait d'autant plus écrasant.

Le cœur battant à tout rompre, Gillian comprit que tous attendaient qu'elle prononce les formules d'invocation que lui avait enseignées Nephtys. D'une voix d'abord mal assurée, elle commença à le faire. Aussitôt, la foule reprit les paroles dans un ensemble parfait.

Gillian eut alors l'impression exaltante de ne plus faire qu'un avec tous ces gens, de participer d'une même entité qui invoquait son dieu et appelait sur elle sa bénédiction. Les invocations qui jusqu'alors ne lui étaient apparues que comme un enchaînement de syllabes dénué de toute signification semblaient à présent prendre un sens.

Sans savoir comment, elle comprit que ces paroles étaient bien plus anciennes que l'humanité, plus ancienne que la Terre elle-même. Elles étaient l'émanation d'une conscience cosmique qui dépassait de loin toute tentative d'interprétation rationnelle.

La musique reprit alors, ponctuant chacune de ces phrases, rythmant leur diction de façon à accroître encore leur efficacité. Gillian eut soudain l'impression de se dédoubler. Une partie d'elle-même récitait sans les comprendre ces litanies chargées de magie. Une autre retrouvait dans ces mots une signification autrefois connue mais depuis longtemps oubliée.

Je m'avance,
Je marche vers celui qui était, est et sera.
J'entre dans les Ténèbres et pénètre au plus profond d'elles
Jusqu'à ne plus faire qu'un avec elles
Jusqu'à ne plus faire qu'un avec leur maître

Je m'offre à lui pour qu'il transforme ma mort en vie
Et fasse de moi son serviteur…

Gillian avait désormais perdu tout sens du temps et de l'espace. Elle n'existait qu'au rythme de l'incantation qui résonnait au sein du temple. Son corps tout entier participait à cette prière, vibrant à l'unisson de ces centaines de voix qui se fondaient en un unique appel.

Set-Sutekh, entends-moi,
Set-Sutekh, viens à moi…

Jamais elle n'avait imaginé que de simples mots puissent se charger d'une telle puissance. Ils paraissaient altérer la nature même de la réalité, ouvrant un passage vers un ailleurs, un conduit en prise directe avec un autre monde.

Parvenue à la fin des formules qu'elle avait apprises, Gillian rouvrit les yeux et constata que la foule tout entière reprenait les dernières phrases de cette longue mélopée.

Set-Sutekh, entends-moi,
Set-Sutekh, viens à moi…

Nephtys s'avança alors sur la passerelle de bois, suivie de ses deux *shemat*. Lorsqu'elle eut rejoint Gillian, elle la prit par la main et la conduisit vers le sanctuaire intérieur. L'étrange exaltation qui s'était emparée de la jeune femme retomba alors brusquement, cédant place à une étouffante sensation d'angoisse.

Les quatre femmes fendirent la foule en transe qui invoquait toujours le nom du maître de la nuit. Elles pénétrèrent alors dans le sanctuaire intérieur, le lieu de plus sacré de Khepesh.

Les six autels situés tout autour de la pièce étaient recouverts de fleurs et de bougies, et l'air était envahi par la fumée odorante qui se dégageait des nombreux encensoirs disposés çà et là.

Mais ce qui retint surtout le regard de Gillian, c'est la silhouette qui se tenait devant le septième autel que constituait le sarcophage de Seth-Aziz. On eût dit que le dieu Set-Sutekh lui-même était descendu sur terre.

Entièrement vêtu de noir, il portait le masque à tête de chacal de la divinité des ténèbres. Gillian remarqua que ce dernier était surmonté de la mitre blanche qui symbolisait sa souveraineté sur la Haute-Egypte.

En frissonnant, elle nota aussi que ce masque dégageait le bas de son visage, ce qui devait lui permettre de la mordre sans avoir à l'ôter.

Partagée entre terreur et fascination, Gillian demeurait immobile, les yeux fixés sur cet être fantastique qui paraissait tout droit sortir de l'Autre Monde.

— Peuple d'Egypte, j'ai entendu ton appel ! s'exclama-t-il dans la langue des anciens Egyptiens.

Il avait dû avoir recours à une incantation car sa voix déformée et amplifiée résonna dans tout le temple.

— Je reçois ton sacrifice. Que par lui soit renouvelée l'alliance qui nous lie… Approche, toi qui as été choisie pour m'honorer, ajouta-t-il dans un murmure à l'unique intention de Gillian. Viens rejoindre ton dieu et lui offrir ta mort en signe de soumission.

Nephtys et ses deux *shemat* s'inclinèrent respectueusement devant l'incarnation de Set-Sutekh et quittèrent le sanctuaire, les laissant seuls.

Gillian voulut s'avancer mais ne put se résoudre à bouger. Ce n'était pas la terreur sacrée qui la clouait ainsi sur place mais la prise de conscience brutale de ce qu'elle était en train de faire.

Jusqu'alors, elle était parvenue à se convaincre qu'elle n'avait d'autre choix que d'accepter les conditions dictées par Seth-Aziz. Ce choix était parfaitement rationnel et logique. Mais à présent qu'elle se trouvait face à lui, elle prenait brusquement la véritable mesure d'une telle décision.

Et elle comprit qu'elle ne pourrait jamais aller jusqu'au bout de ce rituel. Elle se rappela alors ce que lui avait dit Rhys lorsqu'ils s'étaient séparés.

Si un jour, tu as vraiment besoin de moi, il te suffira de murmurer mon nom et je viendrai à toi…

— Rhys, murmura-t-elle.

Mais c'était inutile, bien sûr. S'il était toujours vivant, il se trouvait certainement à des centaines de kilomètres de là.

— Approche ! lui intima l'avatar de Set-Sutekh.

Incapable de résister à la magie qui accompagnait cette injonction, elle fit un pas vers lui. Il fut suivi d'un autre, puis d'un autre encore jusqu'à ce que, sans l'avoir décidé, elle se retrouve juste en face de lui. Il lui prit alors la main et elle ferma les yeux, résignée.

— Mon amour, murmura-t-il.

Le cœur battant à tout rompre, Gillian rouvrit les yeux. Car elle avait cru reconnaître cette voix qui n'était plus déformée magiquement. Elle s'aperçut alors que les yeux qui la contemplaient sous le masque de Set-Sutekh n'étaient pas noirs mais bruns.

— Rhys ? murmura-t-elle de nouveau.

Il se pencha vers elle et déposa un baiser brûlant sur ses lèvres, noyant le cri de joie qui venait de s'y former.

— Fais attention, lui dit-il. Les portes du sanctuaire sont ouvertes et tous les regards sont braqués sur nous. Nous devons poursuivre la cérémonie comme si de rien n'était.

— Mais comment as-tu fait… ?

— J'ai utilisé le passage secret que tu m'as montré l'autre jour.

— Et Seth ?

— J'ai versé dans son vin un puissant sédatif qui agit même sur les *shemsu netru*.

— Comment l'as-tu obtenu ?

— Je l'ai fabriqué moi-même. Cela fait partie des multiples choses captivantes que l'on peut apprendre grâce à la bibliothèque de Khepesh !

— J'ai de nouveau l'impression de rêver, murmura-t-elle. C'est vraiment toi ?

— Oui, mon amour. Laisse-moi te le prouver.

Il l'embrassa de nouveau, avec tant d'ardeur qu'elle sentit son corps tout entier s'enflammer à ce contact. Elle ne pouvait douter à présent du fait qu'il s'agissait bien de Rhys. Au dehors, la foule laissa entendre une clameur enthousiaste, persuadée sans doute que Set-Sutekh venait d'approuver le choix de sa victime.

Rhys utilisa de nouveau sa magie pour amplifier sa voix et il entama avec la foule le dialogue rituel par lequel il acceptait son sacrifice et étendait sur Khepesh sa bénédiction.

— Nous devons impérativement avoir terminé avant que Seth ne se réveille, chuchota-t-il à Gillian.

Elle hocha la tête, ayant beaucoup de mal à se

concentrer sur ce qui était en train de se passer. Car maintenant qu'elle n'avait plus de raison de se défier de l'incarnation de Set-Sutekh, elle se sentait succomber de nouveau au pouvoir qu'exerçait sur elle ce rituel.

Son corps tout entier était parcouru de frissons irrépressibles et elle comprit que, même si elle avait vraiment eu affaire à Seth-Aziz, elle aurait probablement été incapable de lui résister.

Sang et vie pour notre seigneur,
Sang et vie pour le maître de la nuit...

Tandis que la foule reprenait en chœur l'incantation, elle se sentit vaciller légèrement. Rhys la souleva alors entre ses bras et l'emporta en direction du sarcophage qui constituait l'autel central sur lequel devait avoir lieu le sacrifice.

— Comment se fait-il que tu connaisses aussi bien ce rituel ? lui demanda-t-elle.

— J'y assiste chaque année depuis cent vingt-cinq ans, lui rappela-t-il. Je pourrais le réciter à l'endroit et à l'envers.

Il la déposa précautionneusement sur le sarcophage avant de se tourner vers la foule en levant les bras. La nouvelle incantation qu'il prononça fut reprise à l'unisson par des centaines de voix.

L'air était à présent chargé d'une tension érotique qui se communiquait à tous les spectateurs. Et chaque nouvelle stance ajoutait encore à cette ambiance électrique.

Incapable d'y résister, Gillian gémit doucement sous l'emprise du désir impérieux qui s'insinuait au plus profond de son âme et irradiait son corps tout entier.

— Je t'en prie, articula-t-elle d'une voix très rauque. Arrête... Je vais devenir folle...

Mais Rhys ne pouvait interrompre la cérémonie sans se démasquer et il poursuivit imperturbablement le rituel. Gillian se tordait à présent sous l'effet de l'envie qu'elle avait de lui.

Jamais elle n'avait éprouvé une telle urgence. Son corps tout entier n'était plus qu'un brasier incandescent qui se consumait à chaque instant pour mieux renaître de ses cendres.

— Es-tu prête à te donner à moi ? lui demanda alors Rhys d'une voix tonitruante. Es-tu prête à t'offrir en sacrifice à Set-Sutekh ?

— Oui ! s'exclama-t-elle. Je le suis !

La foule poussa un véritable hurlement de joie qui résonna longuement dans l'enceinte du temple. L'air était tellement saturé de magie, à présent, qu'elle sentait un fourmillement courir sur sa peau et dans ses cheveux.

Rhys glissa alors un bras sous sa nuque et la souleva légèrement. Ce simple contact la fit tressaillir de part en part.

— Es-tu prête à m'offrir ton sang ?

— Oui, je le suis, répéta-t-elle.

— Es-tu prête à m'offrir ta mort et à vivre à tout jamais au service de Set-Sutekh ?

— Oui, je le suis...

— Par ce triple consentement, tu deviens mienne et tu rejoins le peuple que j'ai choisi, celui qui marchera à mes côtés dans les ténèbres, aujourd'hui et jusqu'à la fin des temps.

Une nouvelle clameur accueillit cette déclaration. Le

cœur de Gillian tremblait convulsivement sous l'effet du manque. Stupéfaite, elle vit alors les canines de Rhys s'allonger brusquement. Se penchant sur elle, il les planta dans sa gorge, éveillant en elle un mélange de douleur aiguë, de plaisir fulgurant et de terreur.

Incapable de supporter ce débordement de sensations contradictoires, elle bascula dans l'inconscience en se demandant avec angoisse si Rhys était un vampire ou si Seth-Aziz l'avait dupée depuis le début en se faisant passer pour l'homme qu'elle aimait.

20

Tandis que les jours s'écoulent paisiblement,
Tournons-nous l'un vers l'autre avec affection,
Et marchons paisiblement vers la vieillesse.

CHANSON INSCRITE SUR UN POT D'ARGILE.

Le rituel avait parfaitement fonctionné et tandis que Rhys prononçait les paroles sacrées qui le concluaient, il constata avec satisfaction que la plupart des fidèles étaient en transe. Certains avaient même décidé de se joindre à leur façon à la communion du dieu et de sa victime en la célébrant de façon lascive.

Gillian était toujours inconsciente, vaincue probablement par la puissance libérée au cours de la cérémonie. Cela valait peut-être mieux, songea-t-il, car contrairement à Seth-Aziz, il ne pouvait boire son sang et la libérer ainsi de l'emprise de ce sortilège.

Lui-même devait faire appel à toute la force de sa volonté pour dominer le désir brûlant qu'il avait d'elle. Mais il ne pouvait se permettre de perdre du temps et n'avait guère envie de posséder Gillian en présence de tous les habitants de Khepesh.

Il la prit donc dans ses bras et l'emporta jusqu'à la petite antichambre qui communiquait avec le sanctuaire.

C'est là que se trouvaient d'ordinaire la tenue et le masque du dieu qui étaient utilisés lors des cérémonies.

Dès qu'il eut refermé la porte derrière eux, il sentit diminuer légèrement l'intensité de l'énergie magique et érotique qui flottait dans l'air. Il ôta alors le masque de Set-Sutekh et la couronne, qu'il posa sur la table.

Gillian cligna des yeux et lorsque son regard se posa sur lui, il se sentit transpercé de part en part par l'angoisse qu'il exprimait en cet instant.

— Rhys, murmura-t-elle d'une voix légèrement tremblante. C'est bien toi ?

— Oui, mon ange.

Elle porta la main à son cou et contempla le sang qui s'était déposé à l'extrémité de ses doigts. Rhys pouvait encore sentir son goût métallique sur sa langue.

— Tu ne m'avais pas dit que tu étais un vampire, remarqua-t-elle d'un ton légèrement accusateur.

— Si c'était le cas, ta blessure aurait déjà cicatrisé, lui dit-il.

— Mais j'ai vu tes canines s'allonger, insista-t-elle.

— C'était juste une illusion, expliqua-t-il. J'ai utilisé un sort mais je n'étais pas sûr que cela fonctionnerait à cause du nombre de personnes qui nous regardaient…

— Où sommes-nous ?

— Chut, lui souffla-t-il en parcourant la pièce des yeux pour s'assurer qu'ils étaient seuls. Nous nous trouvons dans l'antichambre du sanctuaire et nous n'avons plus guère de temps devant nous avant que Seth-Aziz ne reprenne conscience.

Il se dirigea vers le paravent qu'il avait placé devant le corps de Seth-Aziz. Ce dernier était étendu de tout son long à même le sol et dormait toujours à poings fermés.

— On dirait que la potion est plus efficace encore que je ne le pensais, remarqua-t-il.

— Tu es sûr qu'il n'est pas mort ? lui demanda Gillian.

— Rassure-toi, répondit Rhys. Il respire toujours... Je suis désolé, mon vieil ami, ajouta-t-il à l'intention de Seth-Aziz. Je ne voulais pas que les choses en arrivent là mais tu ne m'as guère laissé le choix...

Gillian alla se planter devant le miroir et observa attentivement la blessure qu'il lui avait faite à la gorge.

— Comment se fait-il que je saigne alors qu'il ne s'agissait que d'une illusion ? demanda-t-elle.

— C'est parce que tu y as cru, lui expliqua Rhys.

— Tu veux dire que c'est entièrement psychosomatique ? s'exclama-t-elle avec stupéfaction.

— Exactement. Ton corps a réagi à ce qu'il croyait être la réalité. C'est le fondement même de la magie.

— Est-ce que tu m'apprendras à la pratiquer ? lui demanda-t-elle.

— Si nous parvenons à sortir d'ici vivants, acquiesça-t-il. Viens, le temps presse !

Il se dirigea vers le mur dans lequel s'ouvrait l'autre passage secret que Gillian avait remarqué sur la carte. Rhys avait passé une bonne partie de ces deux derniers jours à explorer ces couloirs dérobés.

Il avait été fasciné de découvrir qu'ils desservaient une bonne partie de Khepesh. Peu de gens se rappelaient pourtant leur existence.

— J'aurais dû apporter des vêtements de rechange, murmura-t-il. Je n'avais pas pensé au fait que nous serions couverts de sang. Mais il y en a dans les sacs que j'ai laissés dans la tombe de Seth-Aziz.

— Rhys, l'interpella Gillian comme il s'apprêtait à

pénétrer dans le passage secret, es-tu vraiment certain de vouloir faire cela ?

Il comprenait parfaitement ce que signifiait cette question. Gillian savait qu'en défiant une nouvelle fois l'autorité de Seth-Aziz, il se condamnerait à mort. Son ancien maître n'avait pas le choix : s'il ne voulait pas que ses sujets doutent de son autorité, il devrait lui infliger une punition exemplaire.

Sa seule chance d'échapper à ce châtiment résidait dans le fait que tous les habitants de Khepesh étaient convaincus que la cérémonie avait bien eu lieu. Si Gillian restait ici et que Rhys s'enfuie sans elle, Seth-Aziz aurait tout intérêt à laisser ses sujets croire que tout s'était effectivement déroulé comme prévu. De cette façon, il éviterait de perdre la face.

— Je n'ai jamais été aussi sûr de moi de toute ma vie, répondit Rhys.

De fait, il refusait catégoriquement de vivre sans Gillian. Elle était la femme qu'il aimait, celle aux côtés de laquelle il voulait passer le reste de sa vie, qu'elle soit longue et heureuse ou qu'elle finisse dans quelques jours seulement, tranchée par la lame de Shahin.

S'approchant de Gillian, il lui prit la main et la serra très fort dans la sienne.

— Je ne veux plus jamais te perdre, lui dit-il en la regardant droit dans les yeux. Sans toi, je ne suis plus que la moitié de moi-même.

Sur ce, il déposa un baiser sur ses lèvres et l'entraîna en direction du tunnel. Il prit soin de refermer le passage secret derrière eux au cas où quelqu'un pénétrerait dans l'antichambre avant que Seth-Aziz ne se réveille.

Il leur fallut une dizaine de minutes pour gagner la

tombe de ce dernier et Rhys se félicita d'avoir procédé à un repérage minutieux du trajet, car le réseau de tunnels formait un véritable labyrinthe souterrain.

Dans la tombe, ils enfilèrent les vêtements de Bédouin que Rhys avait choisi de façon à dissimuler entièrement leurs traits. C'est alors que Gillian avisa la fresque sur laquelle elle avait remarqué la présence de Rhys. Un nouveau petit personnage était venu s'ajouter à tous les autres dont les visages lui étaient devenus familiers.

C'était une femme aux cheveux blonds, agenouillée juste aux pieds de Seth-Aziz.

— J'imagine qu'ils vont nous effacer, à présent, murmura-t-elle d'une voix qui trahissait une certaine mélancolie.

— Peut-être, acquiesça Rhys.

Ils empruntèrent la porte dérobée et sortirent de la sépulture. Avec étonnement, Gillian constata que les premières lueurs de l'aube commençaient à poindre à l'horizon. Apparemment, la cérémonie avait duré plus longtemps qu'elle ne l'avait pensé.

— Est-ce que tu vas te transformer ? demanda-t-elle à son compagnon.

Il hocha la tête.

— Il ne nous reste donc plus qu'à savoir où nous irons, remarqua-t-elle.

Rhys contempla la bande de terre fertile que l'on devinait à l'est. Là se trouvait la civilisation à laquelle il avait renoncé pour rejoindre Khepesh. Plus de cent vingt ans s'étaient écoulés depuis lors et ce monde n'était plus le sien, désormais.

Mais c'était celui de la femme qu'il aimait et il l'en avait privée trop longtemps.

— Nous pourrions rentrer en Angleterre, suggéra-t-il. Seth-Aziz ne nous poursuivra probablement pas jusque-là…

Gillian secoua la tête.

— Je crois que nous devrions aller à Petru, déclara-t-elle.

Rhys lui jeta un regard hésitant.

— C'est le premier endroit où Seth-Aziz s'attendra à ce que nous allions, remarqua-t-il.

— Peut-être, mais il n'attaquera certainement pas Haru-Re de front juste pour nous capturer. D'ailleurs, même s'il le voulait, il ne dispose pas d'une armée suffisante pour mettre un tel projet à exécution. De plus, il n'y a qu'à Petru que tu pourras conserver ton immortalité…

— Je me moque de vivre éternellement, objecta-t-il. Je préférerais vieillir à tes côtés.

Elle lui décocha un sourire radieux.

— Je crois que c'est la plus belle chose qu'on m'ait jamais dite, lui avoua-t-elle. Mais je continue à penser que nous devrions gagner Petru. De plus, c'est là que se trouve ma mère. Et j'aimerais vraiment la revoir…

Rhys hocha la tête et la serra tendrement contre lui. Il savait qu'en se rendant auprès de Haru-Re, tous deux prenaient un risque. Mais jusqu'à présent, c'était une stratégie qui leur avait plutôt réussi…

— Très bien, lui dit-il. En avant pour Petru, donc.

Gillian lui décocha un sourire rayonnant. L'intensité de la tendresse qui se lisait dans ses yeux éveilla en lui une profonde émotion et il sut en cet instant qu'il passerait le reste de sa vie à tenter de se montrer digne d'un tel amour.

— Tu n'as pas peur ? lui demanda-t-il.

— Non, répondit-elle sans hésiter un seul instant. La seule chose que je crains aujourd'hui c'est de te perdre. Mais tant que tu seras à mes côtés, je n'aurai rien à redouter.

— Ne t'en fais pas : après tout ce qui vient de nous arriver, je suis bien décidé à ne plus te quitter des yeux un seul instant ! Et si nous décidons de nous installer à Petru, je te promets que je trouverai un moyen de te donner la vie éternelle dont je viens de te priver. Car rien désormais ne pourra nous séparer, pas même la mort.

— Je t'aime, Rhys, lui dit-elle gravement. Et il importe peu que je vive encore dix, cent ou mille ans. Je t'aimerai toujours.

— Moi aussi, je t'aime, répondit-il d'une voix enrouée par l'émotion.

Le baiser qu'ils échangèrent alors valait toutes les promesses et toutes les cérémonies. Puis, comme le soleil levant illuminait la plaine fertile du Nil, Rhys se métamorphosa et Gillian se jucha sur son dos.

Al Fahl s'élança alors vers le désert, emportant la dernière des femmes qu'il avait capturées, la seule qui avait su lui dérober son cœur.

Epilogue

Je l'empêcherai de passer,
Je la harcèlerai de questions,
Et pendant qu'elle m'accablera de reproches et d'injures,
Je m'assiérai à ses pieds,
Juste pour écouter le doux son de sa voix.

PAPYRUS HARRIS 500

Le visage rayonnant de joie, Nephtys pénétra dans le vestiaire du temple.

— Par Isis, quelle magnifique cérémonie ! s'exclama-t-elle avec enthousiasme. Je t'avais bien dit que Gillian finirait par céder et qu'elle répondrait à tes avances ! J'avoue cependant que je ne m'attendais pas à un tel retournement de situation ! C'était tout bonnement…

Elle s'interrompit en constatant que la pièce était vide. Il n'y avait trace ni de son frère ni de Gillian qui s'était évanouie entre ses bras. Stupéfaite, elle parcourut la salle des yeux.

— Seth ? murmura-t-elle.

Un gémissement lui répondit et elle se précipita vers le paravent d'où il provenait. Là, elle trouva Seth-Aziz allongé sur le sol.

— *Hadu* ! s'écria-t-elle, inquiète. Par les enfers, que t'est-il arrivé ? Est-ce que tu es blessé ?

Il gémit de nouveau en portant les mains à ses tempes.

— Non, répondit-il. Seule ma fierté en a pris un coup. Et ma tête…

Il se redressa péniblement et se massa la nuque.

— Par Sekhmet, je te jure que si j'attrape cet Anglais…

Il gémit de nouveau.

— Mais qu'est-ce qu'il a bien pu me faire avaler ?

— Veux-tu que je prévienne la garde ? lui demanda Nephtys, anxieuse.

— Surtout pas ! Fais juste venir Shahin et personne d'autre.

Nephtys se concentra et projeta sa pensée en direction du cheikh. Lorsqu'elle fut certaine qu'il avait bien reçu son message mental, elle se tourna de nouveau vers Seth-Aziz. Ce n'est qu'à ce moment qu'elle remarqua qu'il était en sous-vêtements.

— Ne me dis pas…

Elle fut interrompue par Shahin qui se rua dans la pièce, cimeterre en main.

— Que se passe-t-il ? demanda-t-il à Nephtys. Tu semblais inquiète…

— Je le suis, acquiesça-t-elle en désignant Seth-Aziz.

— Ce n'est pas moi qui ai pratiqué le rituel du Renouveau, déclara alors ce dernier. Rhys m'a drogué et a pris ma place !

Shahin et Nephtys le considérèrent avec stupeur.

— Voilà qui explique pourquoi elle paraissait si enthousiaste, murmura sa sœur.

Seth lui jeta un regard noir.

— Je ne comprends pas, intervint Shahin. Je croyais

que les *shemsu netru* étaient immunisés contre tout poison.

— Justement, répondit Seth-Aziz en se redressant péniblement. Ce n'était pas un poison mais un narcotique…

Il grimaça et se massa de nouveau les tempes.

— J'aurais dû m'y attendre, ajouta-t-il. Mais je pensais que Rhys passerait à l'action pendant la cérémonie et non avant…

— Tu veux dire que tu t'attendais à te faire attaquer ? s'exclama Nephtys. Et tu n'as pris aucune mesure pour l'en empêcher ?

— Il ne m'a pas attaqué, il m'a drogué, objecta Seth-Aziz. Et je suis sûr que la cérémonie s'est parfaitement déroulée…

— Nous n'y avons vu que du feu, acquiesça Shahin en fronçant les sourcils. Non seulement Rhys connaissait le rituel par cœur mais, de plus, il a réellement fonctionné… Ses pouvoirs magiques sont bien plus grands que je n'aurais pu l'imaginer. Et il représente un véritable danger pour Khepesh, à présent. Je ferais mieux de faire sceller toutes les portes menant à la surface…

— C'est inutile, lui assura Seth-Aziz. Ils sont déjà loin d'ici.

— Impossible, objecta Shahin. J'ai posté des gardes à toutes les entrées. Ils auraient au moins été aperçus…

— Je t'assure qu'ils ne sont plus à Khepesh. Sinon, je sentirais leur présence.

— Très bien. Dans ce cas, je vais rassembler une petite troupe de mes meilleurs hommes. Rhys sait qu'il ne peut pas retourner à sa villa. Quant à Gillian, elle ne survivra pas très longtemps dans le désert. Ils doivent donc être à Louxor. Nous aurons le temps de les localiser avant qu'ils ne quittent l'Egypte…

— C'est inutile, répondit Seth-Aziz. Laisse-les partir.

— Mais tu ne peux pas faire une chose pareille, *hadu*, protesta Nephtys. Ce qu'ils ont fait est impardonnable et ils méritent la mort !

— C'est justement la raison pour laquelle je vais les laisser s'enfuir, déclara Seth-Aziz.

Nephtys et Shahin échangèrent un regard inquiet.

— Je pense que la drogue que t'a fait ingérer Rhys a troublé ton esprit, remarqua Nephtys.

— Je n'ai aucune envie de tuer Rhys mais ta sœur a raison, seigneur. Tu ne peux pas laisser un tel forfait impuni !

— Sans compter qu'ils vont se rendre tout droit à Petru, renchérit Nephtys. C'est le seul endroit où ils seront à l'abri. Et Haru-Re se fera une joie de les recevoir !

Nephtys se rappela brusquement la vision qu'elle avait eue et compris qu'elle était effectivement sur le point de se réaliser. Etant donné les circonstances, Haru-Re accueillerait à bras ouverts les rebelles de Khepesh.

— C'est bien sur cela que je compte, acquiesça Seth-Aziz avec un sourire malicieux.

Nephtys le considéra avec stupeur.

— Ce n'est pas possible, murmura-t-elle. Ne me dis pas que…

— ... tu avais prévu ce qui se passerait, compléta Shahin.

Seth-Aziz se contenta de hocher la tête.

— Est-ce que Rhys en est conscient ? articula Nephtys, ne parvenant pas à croire qu'il ait pu prendre un tel risque. Est-ce que tu as mis tout cela au point avec lui ? Ou comptes-tu seulement sur son sens de la loyauté ?

— Il fallait qu'il croie réellement à toute cette histoire, répondit Seth-Aziz. Qu'il y croie du fond du cœur… Dans le cas contraire, Haru-Re s'en serait rendu compte.

— C'est de la folie ! s'exclama Nephtys.

Seth-Aziz la prit tendrement par les épaules.

— A toi de me le dire, petite sœur. Consulte l'œil d'Horus et dis-moi si j'ai mal jugé mon vieil ami ou s'il est bien tel que je le pense…

— Je n'arrive pas à croire que tu aies pu faire une chose pareille. Tout cela risque de très mal se finir.

— Seul l'avenir nous le dira, répondit-il en haussant les épaules.

— Et qu'en est-il de Gillian ? lui demanda-t-elle. C'était elle qui t'était promise, elle qui devait régner à tes côtés et apporter la paix à Khepesh. Pourquoi l'as-tu laissée partir, elle aussi ?

— Premièrement, parce que si Rhys était parti sans elle, il aurait peut-être cherché à se venger. Deuxièmement, parce que le fait que je ne me sois pas uni à elle ne signifie pas forcément que Khepesh ne trouvera pas la paix. Et troisièmement, parce que si nous sommes réellement destinés l'un à l'autre, elle finira de toute façon par me revenir…

Nephtys fit mine de protester mais le mélange d'entêtement et d'amusement qu'elle lut dans les yeux de son frère la convainquit qu'elle ne ferait que perdre son temps. De toute façon, il était trop tard pour revenir en arrière.

— Si je comprends bien, intervint alors Shahin, tu

n'as pas reçu le sacrifice qui t'était destiné. Le plus urgent est donc d'en trouver rapidement un autre.

— C'est vrai, acquiesça Nephtys. Il faut aussi que ce soit quelqu'un d'extérieur à Khepesh. Cela nous permettra d'organiser ce nouveau sacrifice en toute discrétion. Nous éviterons ainsi que tout le monde apprenne ce qui s'est réellement passé…

— Bonne idée, acquiesça Seth-Aziz. Et je pense à quelque chose. Est-ce que tu as toujours la lettre que Gillian avait écrite à ses sœurs ?

— Oui, répondit Shahin. Ces derniers jours, j'ai passé beaucoup de temps à préparer notre défense au cas où Haru-Re déciderait de nous attaquer. Je n'ai donc pas eu l'occasion de remonter à la surface pour la porter aux sœurs de Gillian.

Un sourire calculateur se dessina sur les lèvres de Seth.

— Eh bien, j'imagine que le moment est choisi pour porter cette missive, mon ami. Qui sait ? Les sœurs de Gillian pourraient ne pas commettre la même erreur qu'elle et accepter de bon cœur l'immortalité que je suis prêt à leur offrir….

Si vous avez aimé ce roman, ne manquez pas en décembre, dans la collection Nocturne, *le prochain volume de la série* « Les princes immortels »

NOCTURNE

Pour profiter encore plus
de l'univers fascinant
de votre collection préférée,
découvrez les 3 nouveaux romans
du mois d'août.

LES GRIFFES DE L'AUBE, de Deborah LeBlanc - n°40

- 3ème volet de la série : Les peuples de l'ombre -

Alors que le carnaval bat son plein à La Nouvelle-Orléans, les corps de deux loups-garous sont retrouvés sauvagement assassinés. Appelée sur les lieux pour mener les investigations, Shauna MacDonald découvre que Danyon Stone, l'homme-loup à la tête de la principale meute de la région, l'y a déjà devancée. Le visage fermé, il ne cache pas son exaspération en la voyant, et la toise avec son arrogance de mâle dominant. Comme si cette enquête était la sienne. Comme s'il pouvait d'un seul regard la contraindre à rentrer chez elle…

LA TENTATION DÉFENDUE, de Nina Bruhns - n° 41

- 1er volet de la trilogie : Les princes immortels -

Emerveillée, Gillian contemple le palais somptueux dans lequel l'a conduite Rhys, l'inconnu aux allures de prince des mille et une nuits qu'elle vient de rencontrer sur le site archéologique où elle effectuait des fouilles. Mais tandis qu'elle se laisse aller avec délice aux attentions de son hôte, elle est loin de se douter qu'un piège terrible est en train de refermer sur elle. Car elle n'est pas l'invitée de Rhys, elle est sa captive. Et s'il l'a enlevée, c'est sur l'ordre de son maître, le grand prêtre Seth-Aziz, un vampire immortel qui veut faire d'elle son épouse…

LE VOYAGEUR DE L'OMBRE, de Lindsay McKenna - n° 42

- 1er volet de la trilogie : Les passagers du temps -

Envoyée dans le passé pour rechercher un sceau aux fantastiques pouvoirs, Délia se retrouve à Rome en 44 av. JC. Déjà troublée par ce voyage dans le temps, elle découvre avec stupeur que son partenaire n'est autre que Jake Tyler, son amour de jeunesse. Dès qu'elle le revoit, plus mûr, plus séduisant que jamais, elle comprend que son cœur n'a jamais cessé de battre pour lui. Pourtant, elle se rend très vite compte qu'elle a tout intérêt à garder pour elle ses sentiments, car Jake se montre ostensiblement indifférent, trop occupé à l'évidence à goûter au charme des mœurs dissolues de la Rome antique…

NOCTURNE

3 romans inédits
le 1er de chaque mois

Votre prochain rendez-vous le 1er septembre

UNE DANGEREUSE ATTRACTION, de Michele Hauf - n°43

- 1er volet de la série : Aux portes des ténèbres -

Depuis toujours, Mercey sait que des démons hantent le monde des humains dont ils captent les âmes pour mieux les détruire. C'est pour la protéger de Beryth, un de ces êtres maléfiques, que sa mère lui a donné neuf bagues en lui faisant cette prédiction : la bague manquante, la dixième, lui sera offerte par l'homme auquel elle est destinée…
Dès qu'elle voit Jack Harris, Mercey est troublée par l'irrépressible attraction qu'il exerce sur elle. Cet homme au charme viril et au sourire désarmant est-il celui qu'elle attend ? Mais tandis qu'elle plonge son regard dans celui de Jack, Mercey, horrifiée, a un geste de recul. Car dans ses yeux, elle a deviné une autre présence : celle de Beryth, le démon qui la traque depuis l'enfance...

LA MORSURE DU LOUP, de Lilith Saintcrow - n°44

Au sortir de la boîte de nuit où elle a perdu de vue son amie Lucy, Sophie aperçoit le corps de cette dernière allongé dans une ruelle sombre. Près d'elle un homme est penché, les canines luisantes, le visage couvert de sang. Paralysée par l'épouvante, Sophie comprend qu'elle va être la prochaine victime du vampire. Mais alors qu'elle tente de s'enfuir, un inconnu se dresse entre elle et le monstre, des bras puissants l'enserrent, une voix grave lui ordonne de ne pas bouger…
A moitié morte de peur, le cœur battant à tout rompre, Sophie lève les yeux et rencontre le regard de l'homme qui a arrêté sa course. Un regard de loup qui la transperce et la caresse tout à la fois. Un regard qui, sans qu'elle s'explique pourquoi, fait naître en elle le plus troublant des frissons...

LA NUIT DU GUERRIER, de Cindy Dees - n°45

- 2ème volet de la trilogie : Les passagers du temps -

Envoyée dans la Perse antique pour chercher le sceau de magie qui sauvera l'humanité, Tessa est reçue à la cour de l'empereur. Là, grâce à ses pouvoirs psychiques, elle est sensible au climat de danger mêlé de sensualité qui règne dans le palais. Partout, dans une atmosphère de fête, des complots se nouent, des assassinats se préparent… Un soir, elle fait la connaissance d'un homme : Rustam, un guerrier farouche dont la silhouette rassurante et le regard clair la séduisent aussitôt. Mais alors qu'elle tente par jeu de lire dans les pensées de Rustam, elle découvre avec stupeur qu'il a dressé autour de son esprit une muraille psychique infranchissable. Aussitôt les sens de Tessa sont en alerte. Qui est réellement Rustam ? Se peut-il qu'il ne l'ait séduite que pour mieux la surveiller et découvrir son secret ?

Best-Sellers n°470 • suspense

Ombres sur Black Falls - Carla Neggers

Hannah Shay est enfin parvenue à montrer aux habitants de Black Falls, le petit village de montagne où elle est née, ce dont elle est capable : le café qu'elle y a ouvert est un succès et elle va bientôt devenir magistrate. Mais quand son établissement se retrouve au cœur d'une enquête sur une série de crimes violents perpétrés dans le domaine montagneux des Cameron, Hannah est pétrifiée d'angoisse. D'autant plus que Bowie, son ami d'enfance est soupçonné par la police d'être mêlé à ce cauchemar… Hannah refuse d'y croire, et les soupçons de Sean Cameron, revenu à Black Falls pour tenter de démasquer l'assassin de son propre père, l'une des victimes, n'y changeront rien. Sean… Un homme intrépide qu'adolescente, elle aimait en secret, et qui tente aujourd'hui de la convaincre de participer à ses recherches. Que faire ? Car tout comme Sean, Hannah sent que le tueur va bientôt frapper… et il pourrait bien se trouver plus près d'eux qu'ils ne le pensent.

Best-Sellers n°471 • suspense

Face au danger - Brenda Novak

Traumatisée par la violente agression dont elle a été victime trois ans auparavant, Skye Kellerman a mis du temps à surmonter ses angoisses. Ce n'est que depuis peu qu'elle reconstruit son existence autour de l'association d'aide aux victimes qu'elle a créée en Californie avec deux amies. Mais quand elle apprend que son agresseur, Olivier Burke, est sur le point d'être libéré pour bonne conduite, bien avant la fin de sa peine, toutes ses peurs ressurgissent brutalement : comment oublier que c'est son propre témoignage qui a permis d'envoyer cet homme derrière les barreaux ? Lui n'a certainement pas oublié qu'il a tout perdu par sa faute. Le temps presse et Skye n'a qu'une solution : faire ce qu'il faut pour que Burke ne sorte pas de prison, en commençant par prouver son implication dans trois affaires de meurtres survenues à l'époque de son agression, et qui n'ont jamais été résolues... Heureusement, elle peut compter sur l'aide et le soutien inconditionnel de l'inspecteur David Willis, qui est venu la trouver. Car lui aussi en est convaincu : Burke n'en restera pas là.

Best-Sellers n°472 • thriller

La proie du silence - Karen Rose

L'incendie criminel de Minneapolis dans lequel Tracey, une adolescente atteinte de surdité, a trouvé la mort en pleine nuit, est un véritable choc. Ecœurée par le sort de cette toute jeune fille que son handicap a sans doute empêché de fuir suffisamment tôt, l'inspectrice Olivia Sutherland se sent prête à tout pour retrouver les coupables. D'autant plus que ses recherches l'orientent rapidement vers d'autres agissements sinistres : ceux d'un maître chanteur qui n'hésite pas à tuer les proies qui lui résistent. Perturbée par son enquête, Olivia l'est encore plus quand elle doit interroger David Hunter, le pompier qui a risqué sa vie lors de l'incendie pour tenter de sauver Tracey. David, un homme secret et mystérieux qu'elle a aimé autrefois, et qui lui a brisé le cœur. Elle accepte pourtant l'aide qu'il lui propose pour mettre la main sur ce criminel cynique et calculateur. Un criminel toujours proche mais jamais visible – et qui sème la mort sur son passage.

Best-Sellers n°473 • roman

Le printemps des rêves - Debbie Macomber

Séparée de son mari depuis peu, Rosie a bien du mal à prendre un nouveau départ. Non seulement Zach revendique la garde de ses enfants, mais les deux adolescents tumultueux lui mènent la vie dure. Heureusement, son métier d'institutrice la passionne et elle peut compter sur l'aide et la compréhension de son entourage. D'autant qu'elle n'est pas la seule à traverser une période de doute et de remise en question : Grace, qui habite non loin de là, essaye elle aussi de prendre un nouveau départ, même si elle a encore du mal à s'y retrouver dans sa vie sentimentale depuis la disparition brutale de son mari. Elle-même sait pouvoir compter sur sa meilleure amie Olivia, qui semble vouloir donner une nouvelle chance à sa relation avec Jack. Ainsi que sur sa fille aînée Maryellen qui, après des relations houleuses avec Jon, vient de mettre au monde une merveilleuse petite Katie. Bref, c'est tout un univers chaleureux qui aide Rosie à prendre en main son avenir et celui de ses enfants. Un univers où les gens finissent toujours par se retrouver car, à Cedar Cove, on n'est jamais très loin les uns des autres…

Best-Sellers n°474 • paranormal

Le papillon des ténèbres - Gena Showalter

Gideon, ténébreux guerrier mi-ange mi-démon, possède le pouvoir de détecter le mensonge et la tromperie. Pourtant, quand l'immortelle Scarlet se présente à lui, couronnée de sa chevelure d'ébène, il perd tous ses moyens. Envouté par son parfum d'orchidée, captivé par tant de beauté, il écoute son incroyable histoire, incapable de savoir si elle lui dit la vérité. Mais comment la croire quand elle lui affirme qu'elle a un jour été sa femme alors qu'il n'a aucun souvenir d'elle ? Et surtout, comment la protéger sans mettre en danger ses compagnons et sans se détourner de sa propre quête, celle qu'il poursuit comme prince des seigneurs de l'ombre ? Une force irrésistible le pousse néanmoins à vouloir connaître la vérité et comprendre ce qui l'attire en elle. Car bien au-delà du désir, Gideon sent qu'un lien très particulier l'unit à Scarlet. Un lien qui, s'il le découvrait, pourrait détruire celle qu'il commence à aimer…

Best-Sellers n°475 • thriller

Piège de neige - Lisa Jackson

Prisonnière du criminel pervers qu'elle traque depuis des semaines dans l'hiver glacial du Montana, l'inspecteur Regan Pescoli n'a plus qu'une obsession : s'échapper coûte que coûte. Aussi essaie-t-elle, dans le cachot obscur et froid où elle est enfermée, de dominer la terreur grandissante qui menace de la paralyser. Car ce n'est pas seulement sa vie qui est en jeu, mais également celle d'autres captives, piégées comme elles et promises à la mort.

Pour les sauver, autant que pour retrouver ses enfants et Nate Santana, l'homme qu'elle aime, Regan est déterminée à découvrir le point faible du tueur. Pour cela, il lui faudra aller au bout de son courage, de sa résistance physique… Et vaincre définitivement ce maniaque, avant qu'il ne soit trop tard.

BestSellers

Best-Sellers n°476 • historique

Lady Secret - Nicola Cornick

Angleterre, Yorkshire, 1805.

A la seconde où elle est entrée dans la somptueuse salle de bal de Cole Court, Marina a senti son regard posé sur elle. Le regard d'un homme sûr de lui, déterminé à percer ses secrets. Et, dès qu'il s'est avancé, elle a su que cet homme sombre et arrogant était le mystérieux inconnu de Londres. Celui qu'elle a embrassé dans la taverne, quelques mois plus tôt. Un baiser enivrant dont le seul souvenir suffit à faire naître en elle un délicieux frisson.

Pourquoi est-il ici ? A-t-il découvert sa véritable identité ? Les questions fusent dans l'esprit de Marina tandis que l'inconnu approche, un sourire prédateur aux lèvres. Car si cet homme venait à découvrir les raisons de son séjour à Londres, il ne tarderait pas à déchirer le voile de mensonges derrière lequel elle se cache depuis des années…

Best-Sellers n°477 • roman

L'été des secrets - Susan Wiggs

Quand elle aperçoit les premiers rayons du soleil scintiller sur le lac des Saules, Claire Turner, une jeune infirmière, est envahie par un sentiment de bien-être presque irréel. Venue pour prendre soin de George Bellamy, un vieux monsieur qu'elle adore, elle ne s'attendait pas un instant à se retrouver, le temps d'un été, dans ce cadre enchanteur. Malgré tout, sa mission s'avère délicate. Elle a en effet promis à George de l'aider à réaliser son rêve de toujours : se réconcilier avec son frère sur les lieux de leur enfance, là où, cinquante ans plus tôt, s'est joué le drame qui les a conduits à se perdre de vue. Heureusement pour Claire, Ross Bellamy, le petit-fils de George, semble prêt à tout pour aider son grand-père à réaliser ses souhaits les plus chers. Ross qui hante ses rêves depuis le jour de leur rencontre. Même si, hélas, elle sait que de terribles obstacles liés aux secrets de son passé se dresseront, quoiqu'il arrive, entre elle et lui.

Composé et édité par les
éditions Harlequin
Achevé d'imprimer en juillet 2011

BRODARD & TAUPIN

La Flèche
Dépôt légal : août 2011
N° d'imprimeur : 63881

Imprimé en France